*Dè Woahrhääd
on dè Fandasie!
Hossde nur äi,
dann wäsde nie,
woas merr uhne
die anner deed.
Zem Dengge
eas' nonnid sè schbeed,
meend Moadder Geede,
meend dè Kant.
Dichdung on Woahrhääd
brouchd es Laand!
On Märche, Bosse, gurre Wärge
on fier die Glies Kaddoffelschdärge.*

Es woar nommo

Mehr
oberhessische Mundartmärchen
und wahre Geschichten

Monika Felsing

Bibliografische Information der Deutschen Nationalbibliothek
Die Deutsche Nationalbibliothek verzeichnet diese Publikation in der Deutschen Nationalbibliografie; detaillierte bibliografische Daten sind im Internet über www.dnb.de abrufbar.

Gestaltung: Wolfgang Rulfs
www.wolfgang-rulfs.de

Verlag: BoD · Books on Demand GmbH, In de Tarpen 42, 22848 Norderstedt
Druck: Libri Plureos GmbH, Friedensallee 273, 22763 Hamburg
ISBN: 978-3-7693-1771-8

Inhaltsverzeichnis

Anhang

Vorwort

Es war einmal ein Vorwort, das bestand aus nur drei Sätzen und war auf Hochdeutsch verfasst, obwohl die Märchen, die ihm folgen sollten, eins wie das andere im Dialekt eines kleinen oberhessischen Dorfes gehalten waren, in dem die Autorin im 20. Jahrhundert ihre Kindheit und Jugend verbracht hat und dessen Geschichte und Geschichten sie als Historikerin und Journalistin gemeinsam mit anderen Freiwilligen seit mehr als einem Jahrzehnt ehrenamtlich erforscht und in Sachbüchern, Dialektliedern und Mundartmärchen veröffentlicht.

Auch in diesem Band wird, was passiert ist, was heute passiert und was passieren könnte, aber auch was bekannt war und nicht vergessen werden soll, in der Art moderner Märchen erzählt, auf der Grundlage von Fakten, Lebenserfahrungen und Fantasie, inspiriert von den Geschichten der Brüder Grimm oder Hans Christian Andersen, von Volksliedern, Blues, Klezmer oder Hits wie „Die Hesse komme" von den Rodgau Monotones, in Mundartworten und Redewendungen, die für sich sprechen und deren oberhessischer Humor heutige mit früheren Generationen verbinden kann, tief Verwurzelte mit Menschen, die in der Region heimisch geworden oder dahin zurückgekehrt sind und alle auf ihre Weise das Leben in Hessen prägen.

Es ist also wieder ein Märchenband geworden, dessen Geschichten in meinem Blog zu hören sind und Lust machen sollen auf Mundart, ob nun diese oder andere, aufs Zuhören, genau Hinhören, Mitfühlen und selbst

Erzählen, auf die Beschäftigung mit Menschheitsproblemen, die uns unmittelbar angehen und uns vor größere Herausforderungen stellen, als es ein Drache im Märchen tun kann oder das Krokodil im Kasperletheater unserer Kindheit, und zugleich eine Einladung zum Träumen und Aufwachen sind.

Zores eam Roiwerhaus

Es woarn nommo vicher Viecher, enn Esel, è Kadds, enn Giggel on enn Hond voo Owwerhesse, die huh ean enner Roiwerhedd eam Waald gewuhnd, freegd mech nid, wu on wann. Wieso sè doa geland woarn, wääs merr. Sie woarn voo deheem foadd, wail merren oo dè Kroache wolld, on harre nooch Bremè zieh winn, Schdoaddmussikaande werrn.

Awwer dann harrese doas Roiwerhois-che gefonne, merre eam Waald, on die Roiwer foaddgejeegd, desse die Schuh vèlorn huh. Die Roiwer, vèschdidd seh, nid insè Esel, insè Hond, ins Kadds on insenn Giggel. Die harre joa käi Schuh oo, dè Esel niddemo Aise.

Wie sè schuh è gaans Zaid ean demm Roiwerhois-che eam Waald gewuhnd huh, gobb's alsèmo Zores. Wie doas sou eas, wann è poar sesomme läwe. Doa gidd's dè Viecher wie dè Loid. „Hieh sehd's aus wie eam Sauschdall", deed sech die Kadds beschwiern, die's geann schie oddendlech hadd. „Rammd dommo off!" Dè Hond awwer hodd bluus geknoadd. „Ech sai nid voo deheem foadd, dess ech mech hieh erimkommandiern leass", säärer. „Du hossd merr goar naut sè saa!" Dè Esel woar souwiesou schdur wie drai Owwerhesse, on dè Giggel hadd dè Kobb enner enn Fiddch genomme on die Kadds nid esdemierd.

Die woar belaidechd, doas kennder ouch joa dengge, on hadd die Krann ausgefoahrn on deed fauche wie è Loggemoddief. Offgerammd hadd trotzdem kenner. Bai

Hembels innerm Sofa woarsch oddendlech dègeeche. On doas woar nid es eenzeche Problem. Alsèmo deere sè sech zengge wie die Kanneflegger, wu dè besde Pladds eam Haus woar, wer doa schloofe doafd on wer dè lessd Wache gehaan hadd, ob die Roiwer sereggkoome oder ob annern vèdächdiche Geschdalde eam Waald woarn.

Äimo koome zwie Geliehrde, die voo Hanau woarn on ean Kassel wuhn deere, off ihrm Wääg nooch Bremè om Roiwerhaus vèbai. Die vicher Viecher awwer huh kenn Muggs gedoh on sè nid reanngeleasse. „Woas è Knus-berhois-che", sääd enner voo dene zwie Geliehrde. „Nur uhne Läbbkùche", sääd dè anner. „On der Waald hieh sehd aus, wie wann sech Goil med emm Horn on Bärn, die schwaddse kenn, hieh genoachd saa deere. Säih merr zu, dess merr foaddkomme."

On foadd woarnse. Dè Hond awwer hääd sè zè geann gebisse. Dè Esel haddn dèvoo obgehaan. Schuh geang die Zenggerai voo voanne luus. „Als widdè saa, wu's laangk gieh soll", deed sech dè Hond offreeche. „Nur wail dè dè Krissde säisd, widde Scheff sai!" „Ech?", riff dè Esel. „Ech huh die krissd Last sè draa, wann ihr off merr schdieh dudd. Doa kann ech aamo saa, wu's laangk gidd!" „Ech huh gehoadd, dess die, die gaans owe sedse, die krissd Veraandwoaddung draa", sääd dè Giggel. „Du sai bluus schdell", deedn die Kadds oozische. „Dai Krann vèkraddse merr dè gaanse Kaddsebuggel! Es kann merr schuh käis mieh offs Fell gegugge, wail ech doa è Pladd huh!" „Dudd merr lääd", sääd dè Giggel, „dess ech geschlibbd sai on lääb. Uhne mech wierder die drai Mussigktiere!" „Hirr off", sääd dè Hond, „du beldsd derr wer-wääs-woas ean off dai

10

Schdeamm." „Ech huh zèm Glegg è Schdeamm", sääd dè Giggel. „Doas kann merr nid voo all hieh behaubde."

„Woas soll doas edds bedoire?", frogd dè Esel. „Huh ech käi?" „Du kräischsd", sääd die Kadds. „On dè Hond dudd gauze on hoin. Die Eenziche, die enn Ton haan on seangge kenn, sai dè Giggel on ech. Saa merrsch doch, wie's eas." „Dann seangd doch zè zwädd, ihr zwie", sääd dè Hond. „Ech huh die Schnauz voll voo däre Disbediererai."

On all sai sè schloofe gegangge, uhne è Woadd. Sou bies woarn sè! Die Noachd hadd dè Hond gedreemd, dè Giggel wier ean dè Sobbedobb gekomme, on heh, die Kadds on dè Esel härre im dè Disch rimgesäasse, enn Deller vier sech on Dreene ean dè Aache. Käis konnd woas äasse, käis wolld woas saa. Bes dè Hond gegauzt hodd. „Ech äassenn nid, ech äass die Sobb nid", hadder gehoild. „Gidd merr foad medd sou Reddsebbde!"

On doa woar dè Giggel ausem Sobbedobb gehebbd on hadd gekräht. Wie jeeren Moije. On dè Hond woar off enn Schloag wach. „Gemoije", särer zèm Giggel. „Dudd merr lääd, dess ech sou goschdech woar." „Ech woar aanid besser", sääd dè Giggel on boddsd sech sai Ferrerklääd. „Leass gudd sai. Ech hadd enn Draum, der schdeggd merr als noch ean dè Knoche."

Ehm hadd's gedreemd, dess die Kadds duudkraangk woar, die hadd Schnobbe on Fiewer on enn gloaseche Bligg. Dè Esel woar luus on hadd Kroirer ausgerobbd on sè dè Kadds sè fräasse gegäwwe. Dè Hond hadd Holz eam Waald gesammeld, demed dè Owe oogemachd werrn konnd.

On dè Hahn eas oo die Bach on hadd enn Schnowwel voll Wasser fier die Kadds geholld on noch enner on noch enner. Die Kadds awwer woar schwächer on schwächer gewoarn. Vier loirer Offrechung woar dè Giggel voo dè Schdang gefann on hadd gekräht. On nommo on nommo vier loirer Glegg.

Die Kadds woar die Noachd off gewäse, wie gewehnlech, on hadd iaschd koazz geschloofe. Awwer aach sie hadd schlächd gedreemd. Ean ihrm Draum hadd dè Esel off enner Biehn geschdanne on hadd vier gruusem Pubbliggum gesungge wie dè Caruso sou schie. Die Kadds doochd, sie hirrd nid enggè. Sou enn Juwell, Baifall, Bravo-Ruffe! Medde ean dè schinnsde Arje awwer fill dè Esel duud im. On dè Giggel deed kräè, on wie sè sech imguggd, schdann dè Esel bai dè Dier on schliff eam Schdieh on dreemd.

Eannem Esel saim Draum hadd dè Hond sech off die zwie Geliehrde aus Kassel geschdiadsd, med gefledschde Zieh on geschdroibdem Fell. „Aus", krisch enner voo dene Herrn. „Mächsde dech foadd!" Awwer dè Hond haddse gebesse, freegd nid, wu. Die zwie Geliehrde woarn geflichd, on dè Esel hadd noch gehorrd, wie dè eene zèm annern saa deed: „Willem, erinner mech droo, dess merr nie on nimmer è Märche offschraiwe, wu enn Hond drean vierkimmd!"

„Vèschbroche", sääd der, der Willem hiss. „Käi eenzich Märche med Hond. On edds of, zèm Dogder, nooch Bremè!" Dè Esel haddn noch „Iah" heannerher gekrische, doa pliwwe sè schdieh, die zwie Geliehrde, die Brirrer woarn, aach wann doas hieh naut dèzu dudd. „Aach käi Märche med emm Esel, Jacob", sääd dè Willem. „On wenn merr schuh dèbai sai, aach käis med annern Viecher, die sech die Loid haan. Obgemoachd."

Emm Esel fehlde die Woadde. Ean è Märche hadder goar nid gewolld, awwer edds woarn aach die annern ean Ongnoare gefann bai dene zwie Geliehrde, die Willem on Jacob hisse. On die wie gesääd nid voo Grimmich woarn, sonnern voo Hanau. Oo allem woar dè Hond schold! „Aaler Zonngiggel", doochd dè Esel, wie enn die Krisch voom Giggel wach gemoachd harre. Awwer es woar wie eam Märche. Doa sasse dè Hond on die Kadds on dè Giggel bainanner on woarn sech eenich wie nur woas.
„Wie gudd, dessde wach säisd", sääd dè Hond.
„On läbsd", sääd die Kadds.
„On deafsd Scheff sai", sääd dè Giggel.
Dè Esel wossd nid, woasser saa solld, on hodd es Maul gehaan.

Wail dè Hond awwer die Brirrer Grimm nid gebesse hadd, kann's gesai, desse doch noch è Märche offgeschreawwe huh, doas voo emm aale Esel, enner aale Kadds, emm aale Hond on emm aale Giggel hanneld, die sesomme gesongge huh. Woas Bessesch wie Zengge kannsde allemo.

Brurrer Joggob

Es woar èmo enn Jung ean Owwerhesse, der deed sè geann schloofe on schliff on schliff, wu heh schdann on geang, bainoh aach eam Laafe. „Du hossd die Schloof-kraankedd", säare die Loid oder, wann sai Ellern nid dèbai woarn: „Der eas sou faul, es eas è Schaand." On werre annern doochde, heh deed sech fier woas Bessesch haan: „Graf Koks voo dè Gasanschdaald!" Sai Gode hissenn nur „ins Doannrees-che". Dèbai wuhndesè goar nid off dè Sababurch, die eas joa aach ean Noaddhesse.

Wie dè Joggob sech enn Beruf siche solld, easser baim Gloggegisser ean die Liehr gegangge. Heh hadd sech gesääd: Wann die Glogg iaschdemo eam Owe eas, kann ech geschloofe bes dè annern Doag. On es weadd joa aanid als è nau Glogg beschdaald! Besser, doa ean die Liehr gieh wie baim Bägger!

Awwer doa harrer sech geschnerre. Die Ärwed baim Gloggegisser woar hoadd, on es mussd als woas èbai geschaffd werrn, Lehm fier die Form oder Holz on annern Sache, dess oo's Schloofe goar nid sè dengge woar. On wanner dommo schloofe doafd, deerem dreeme, heh wier Bägger woarn. Heemlech harrer sech off on dèvoo gemoachd, wie dè Gloggegisser foadd woar, è nau Glogg nooch Fuld breangge. Doa brouchdese mieh Glogge wie wuannerschd.

Dè Joggob eas ean die Weald enaus on koom baal nooch Fraangkräich. Im naut schaffe sè misse, harrer sou gedoh,

wie wann heh enn Mench off Pilgerfoahrd wier. Woas merr brouchd, im wie enn Mench aussèsäih, harrer eannem Klosder geschdohn, wu sè enn harre ewwernoachde leasse. Med dere Kudd sogg heh wie enner aus, der Godd diene wolld, on die Hoarn harrer sech aanoch geschnerre on è Gesichd gemoachd wie enner, der med emm Fuss schuh eam Himmel woar oder enn Fuss schuh ean dè Dier voom Himmel hadd. Laddain konnder käis, awwer heh hodd vier sech heangemurmeld, on doas hodd käis vèschdanne.

Die meesd Zaid harrer goar naut geschwassd on die Loid weasse leasse, doas wierer saim Gelibbde scholdech. Wu heh aach woar, huhsenn fier è Noachd offgenomme onnen dè Moije bai Zaire zèm Beede geweggd. „Frère Jacques, dormez vous?", frogdn è Frää ean Fraangkräich, on è anner, die voo Hesse offem Wääg nooch Paris woar, wu sè die Gass kiehrn wolld, riff: „Hirrschde nid die Glogge, hirrschde nid die Glogge?"

Ai, ech hirrsche joa, sääd sech dè Joggob on wolld sech nommo rimdreè, awwer doa huh enn noch mieh Loid geruffe: „Frère Jacques, frère Jacques, dormez vous?" On aus woarsch merrem Schloof.

Dè Joggob eas wäirer on wäirer dorch die Wealdgeschichd, awwer wailer sech fier enn Mench ausgegäwwe on geluuche on bedruuche hadd, easser bleand on schdomm woarn on mussd sou laangk èrimgezieh, bes heh die Glogge voo semm Heemeddoaf werre gekaand hadd. Doas hadd sech rimgeschbroche, on die Loid huh enn off die Prob geschdaald on geann aach zèm Schiss gehaan.

Wu heh aach heankoom, huh sè gesungge: „Bruder Jakob, Bruder Jakob, schläfst du noch, schläfst du noch, hörst du nicht die Glocken, bim, bam, bum?" On heh hadd Glogge gehoadd, ewwerall, laandoff, laandob.

Werre deere Glogge loire. Doas woar nid ean saim Doaf, doas woarn gaans gruuse Glogge, die Brema on annern ean Bremè. On sou easser wäirer, Loid huh enn offgenomme, awwer heh woar eam Krais gelaafe, on käis harrem gesääd, wu heh woar. „Sai ech deheem?", frogderr sech, wie heh werre Glogge hirrd.

„Ai, du säisd joa als noch ean Bremè", deerem enner vèroare, der aus Hesse offem Wääg nooch Ammerigga on off dè Dorchrääs woar. „Doas eas als noch ean Bremè hieh, nur è anner Kearch." On sou eas dè Joggob wäirer on hadd werre woas zèm Schlofe gefonne. Dè annern Doag woar Sonndoag, on die Glogge riffe die Loid ean die Kearch. Awwer doa hadd dè Joggob schuh gewossd, doas woar nid bai enn deheem. Mied on vèzwaddseld easser foadd.

Ean enner Schdoadd hoardd heh è Glogg, die koomem vèdraud vier, awwer heh wossd nid, wurim. „Doas eas die Glogg, die enn beriehmde Gloggegisser gemoachd hadd", hirrder äis saa. „Demm eas dè Liehrling foaddgelaafe domols. On der errd edds dorch die Laande on sichd die Glogg voo semm Doaf. Die feanderr niemols, doa sai ech derr gudd dèfier." On die Loid lachde. Die sogge dè Joggob joa on wossde, heh konndse hirrn.

Degge Dreen deerem die Bagge nobbronn, gruus wie Erwes, nur nid sou grie. Sai Hemb woar schuh mesdenass, on heh deed schlochdse, dess die Schdäi mirb gewoarn sai dèvoo. Doa harrer è Schdeamm gehoadd, on nid nur äi: „Brurrer Joggob, Brurrer Joggob, schleefsde noch, schleefsde noch? Hirrschde nid die Glogge, hirrschde nid die Glogge? Bim, bam, bum!"

On wie dè Joggob die Aache offmoachd, doa sogg heh werre, on schwaddse konnd heh aach, awwer doa fillem naut ean. Heh logg eam Schdruh off senne Ellern ihrm Hoop, on all schdannesse immen rim, sai Schwesdern, sai Brirrer on wer noch all, on es woar doaghell, on heh woar die gaans Zaid deheem gewäse, on voom Kearchtorm deed enn vèdraude Ton komme...

On wann heh nid geschdorwe eas, dann läbd dè Joggob noch haut on eassenn Gloggesachvèschdänniche gewoarn. Voo Glogge hadder joa woas vèschdanne.

Dè Näiberr

Es woar èmo enn Woahn, es kann awwer aach ean Glaime gewäse sai, doa hodd enner gewuhnd, der hadd niemols joa gesääd. Nid ims Vèregge! Schuh sai alleriaschd Woadd, vèzehld merr sech, woar nid „Mamme" gewäse on aanid „Babbe" oder „Habbahabba", sonnern „näi". Naut woarem räächd, es gobb als Gedees on Gekrisch on Zores. Ean dè Schul koom doas aanid gudd oo. Wann dè Schullliehrer weasse wolld, ob heh wossd, wie die Lanneshaubd-schdoadd voom Gruusheazzochtum Hesse-Doarm-schdoadd hiss, sääd der Kealle: „Näi, doas wääs ech nid. Doas kimmd dèvoo, dess ech nonnie ean Doarmschdoadd gewäse sai. Doa weasseses beschdemmd."

Dè Liehrer woar sech nid sicher, ob heh enn off dè Oarm nomme wolld, on frogdn nooch dè Lanneshaubdschdoadd voom Kurfiaschdedum Hesse-Kassel. On heh sääd nur drogge: „Doarmschdoadd easses nid, on aanid Frangk-foadd, doa wuhn loirer Nassauer. Ob nooch Kassel – doa kemmer freeje!" „Ob nooch Kassel sääd merr nid", sääd dè Schullliehrer schdreng, on hoddn iaschdèmo naut mieh gefrogd.

È poar Joahrn schbeerer hodd der Kealle dann è jung Frää kennegeleannd, die woar ausem selwe Holz geschneddsd. Drim saise nid sesomme komme. Es hädd zu gudd gebassd. „Hossdese dann nid gefrogd, ob sè dech fraije will?", wolld sai Mamme weasse. „Näi", sääd heh. „Doas konnd ech merr schboarn. Die Aandwoadd kaand ech joa schuh."

On sou easser elläi gepliwwe on hodd deheem, ob nu ean Woahn oder Glaime, bai senne Ellern gewuhnd on nid viel Froinde gehadd. Frogdn enner, ob heh mo helfe kennd baim Häämache, sääd heh: „Näi." Wolld äis sech Geald voo emm liehn, säärer: „Näi." Deed sech äis erkundiche, ob heh bai dè Foierwiehr medmache wolld, sääd heh: „Näi." On sou geang's als on als. Wann's woas sè faiern gobb, woar heh nid dèbai. Doa hodder niddemo „näi" saa misse – käis harren eangelodd.

Die annern eam Doaf woarn schuh laangk nid mieh gudd offen sè schbreche. Enner, der naut wie näi sääd, der kemm helfe will on voo demm dè naut krieje kannsd, eas nid dè Beliebdesde ean dè Noochberrschafd, doas kann ech ouch gesaa.

„Dè Näiberr" huh senn gehääse, schdadds „dè Noochberr", on huh enn Booche im enn gemoachd. Aach die poar, die Medlääd merrem gehadd harre, huh's irjendwann off- gegäwwe. Hossdn gefrogd: „Giddersch gudd?", sääd heh: „Näi, on es gidd dech goar naut oo." Hossde weasse winn, ob heh Hilfe brouche kennd, deeder dè Kobb scherrenn on saa: „On bevier dè freegsd: Ech bezoahl aach naut dèfier." Die Sindi on Roma, die merr domols ean Hesse Heere hiss, wail merrsch nid besser wossd oder geann schlächd ewwer sè geschwassd hadd, huh enn Zingge oo senn Zau gemoald. È Zaiche, doas hiss: „Der gedd naud. Niddemo emm Keand, doas Hungger hodd on enn bleande Obba oo dè Haand fiehrd." Sou schlächd woar sain Ruf schuh, on wannersch gewossd hädd on gefrogd worrn wier, obemm doas woas ausmache deed, härrer gesääd, ihr wessd schuh: „Näi!"

Awwer irjendwann woar doas Geald ausgegäwwe, doassem sai Ellern heannerleasse harre, on enn Beruf hadder joa aanid geleannd. Doa woarsch nid mieh laangk hean, besses Doaf fierenn zoahn mussd, denn domols mussd jeed Doaf sai Oarme innerhaan. Die kreeje joa nid viel, awwer wer wossd schuh, wie aald sou enner werrn konnd. On doas geang dann eans Geald.

Enn Owend huh sech die Mannsloid ean dè Weaddschafd vèsammeld on Road gehaan. „Ech säih nid ean, dess ech è Läwe laangk fier dè Näiberr zoahn soll", sääd enner. „Der hodd nonnie woas fier ins gedoh", enn zwädde. „On kemm voo ins geholfe", enn dreadde. „On als nur näi gesääd", enn veadde. Doas woar dè Hauptmann voo dè Fraiwillech Foierwiehr.

Käis hadd sech fier dè Näiberr eangesassd, all harrese genungk voo emm, aach die Waibsloid on die Keann on dè Weadd, der naut oo emm vèdien konnd. Nid, desser nid soff. Awwer deheem, senn selwer Gebraande. On sou huh sè all sesomme geläägd, fier è Foahrkoadd nooch Ammerigga, äifache Foahrd, käi Reddurbiljee, on dreadder Klasse. Dann huh semm gewäsd, wu's zèm Doaf nausgeang, on huh sech erkunnichd, ob heh werrekomme wolld.

„Näi", sääd heh. „Ech hadd schuh laangk vier, aussèwannern, awwer es Geald hadd nid gescheggd." On sou eassser off on dèvoo on ean Ammerigga off loirer Loid gedroffe, die woarn wie heh. Jeerer Noochberr enn Näiberr (neighbour).

Dè Wadds eas luus

Es woar èmo enn Wadds ean Owwerhesse, der woar ean Schwainsberch oder ean Deggebach deheem, sääd merr, awwer doas kann aach enn Scheadds gewäse sai.

Dè Wadds, voo demm die Reed eas, hadd schuh sou manch Mogg gedeggd on imso mieh Keann gezoichd. Nid jeerer Bauer konnd sech enn Wadds haan, awwer all brouchdese Firgel, desse bai Zaire woas zèm Schloachde harre, sou wie sè Kälwer brouchde, wail nur die Moadderkieh Melch gäwwe. On wie sè die Kieh zè emm Bulle broochde, sou holldè sè sech enn Wadds oder geangge med ihrm Vieh doa hean, wu enner woar.

Woaschd on Flääsch asse die meesde Loid domols goar sè geann. „Ean dè Nuud schmäggd die Woaschd aach uhne Bruud", säärese, aach wann manche sou oarm woarn, desse niddemo enn Zibbel Woaschd eam Haus harre. Jeed Doaf hadd sai ächene Schloachder, on manches aach enn Schoched, enn jiddische Schloachder, der sech oo die relichiöse Geseddse haan deed, dess alles koscher woar. „Flääsch eas mai Gemies" eassen aale hessische Schbruch, doas kennder eam Hesse-Park noochgelääse. Awwer doas nur näwebai.

Dè Wadds, voo demm hieh die Reed eas, kaand ean dè gaans Geejend baal jeed Mogg, on jeed Mogg kaandn. Heh wolld awwer mo annern Bekaandschafde mache on eas off on dèvoo, wie die Schdallsdier èmo nid bai woar. Heh liff luus on koom ean enn Waald, on doas härrer liwwer plaiwe leasse. Es deed nid laangk dauern, on enn wille Wadds haddn offgeschbierd on haddn gejeegd, desser sou schweann geweddsd eas wie nonnie ean saim gaanse Waddseläwe.

Heh koom off enner Wess zèm Schdieh on hadd sech imgeguggd. „Wu sai ech dann bluus geland", deerer gronnse. „Wu gidd's heem ean menn Schdall? Ech kennd dè halwe Trog lier fräasse!" Awwer doa woar naut wie Groas on Plomme, on è poar Käfer on Bie. „Ech huh mech vèlaafe", sääd dè Wadds zu emm Vochel, derenn die gaans Zaid beowwachd hadd. „Wääsd du, wu ech deheem sai?"

„Näi", dswiddschedd dè Vochel. „Fier mech sehd ihr Wuddse all gläich. Äi wie die anner. Awwer doa drewwe, off dè anner Sääd voom Hichel, huh ech è gaans Heerd gesäih, med emm Jung, der off sè offgebassd hadd." Besser wie goar naut, hodd sech dè Wadds gesääd. Doa krie ech woas sè fräasse oder kann è poar naue Firgel mache. Oder alles sesomme.

Jeed Doaf hadd domols enn Gäns- on enn Soihird, der eene geang med dè Loid ihre Gäns off die Wesse, dè anner med dè Wuddse ean Waald. Nur nid offn Agger! On all mussdese dè Owend werre doa sai, wu sè heangehirrn deere. Doas woar nid läichd! Wann nur äi Gaans oder äi Wudds fehn deed, woar es Gedees gruus. „Du Sauwansd", deere die Loid dann dè Hird schembe. „Kannsde nid besser offgebasse? Dou säisd sou domm, dess dech die Wuddse bäise!" Awwer alsèmo deed sou enn Hird aach eanschloofe, on wann heh kenn Hond hadd, der offem Kiewief woar, dann woar schweann äis voo dene Viecher foadd. Oder

23

zwä oder drai. Wer zehn konnd, wossd, wie gruus dè Schoare woar. On wiffel Hibb sè erwoadde.

Dè Wadds koom ewwer dè Hichel, wie die Heerd schuh offem Wääg seregg ins Doaf woar, on eas äifach heanne medgelaafe. Die annern Wuddse huh sech gewonnerd, awwer naut gesääd. Die schwaddsde nid med jeerem Douhergelaafene. Wie sè eans Doaf koome, hodd dè Hird all noochenanner obgelewwerd on sech gewonnerd, doass om Enn enner ewwerech woar. „Wemm säisdèdè?", hadder dè Wadds gefrogd, awwer der konnd nid med Mensche schwaddse on deed nur gronse.

„Sauegel", sääd dè Hird. „Wächer dir krie ech naut wie Ärjer. Behaan kann ech dech nid, doa häsd's, ech hädd dech geschdohn, on wann ech vèsich, die Sach offseklärn, saa die Loid, ech hädd geschloofe. On lache ewwer mech. Oder ech sai menn Posde luus." On sou hadder dè Wadds heemlech baim krissde Bauer ean' Wuddseschdall gefiehrd on hodd kemm woas gesääd. Dè Wadds eas oo dè Trog on hadd fier zwie gefräasse on sech offs Schdruh gelägd. Off Fraijersfiss woar der nooch demm Doag nid mieh, on die annern eam Schdall wollde aanaut voo eam weasse on huh Obschdaand gehaan.

Wie dè Knächd dè Moijend ean' Schdall koom, hadder sech die Aache gerewweld: Doa logg enn Wadds offem Schdruh, den hadd heh nonnie gesäih. On woas fierenn Moaddskealle. Die Magd koom on dè Bauer on emm Bauer sai Frää on die Keann on dè Obba, on all schdannesse doa on schdaunde. „Wu kimmd der dann hier?", frogd dè Bauer on hadd nid med enner Aandwoadd gerechennd. Waddse schwaddse joa nid.

„Misse merr doas menn?", frogd emm Bauer sai Frää, awwer ihrn Mann hadder bluus enn biese Blegg zugeworfe. „Wemm dann", deeder sè oblaffe. „Dess äis sääd, der Wadds deerem gehirrn? Der eas hieh kemm. On dè Scholdhääs freegd mech om Enn, wu ech enn hier huh, on riffd dè Viehhännler – näi, näi, näi. Doas gedd naut wie Ärjer! Woas è Sauerei!" „Dann leassen ins vèkääfe", sääd dè Obba. „Ean Alsfeld eas Pingsdmäad, doa schigge merrn hean. Sou enn Wadds eas woas wierd. Ech meen aach, ech hädd den hieh schuh mo gesäih. Wie merr vier zwä Joahrn ean Schwainsberch woarn oder ean Deggebach..."

„Sai schdell, sai schdell", zischd dè Bauer senn aale Voadder oo. „Mir weasse voo naut. Saa emm Viehhännler, heh kennd den Wadds hieh vèkääfe, wann heh kemm schbrichd, fier wen. Es soll senn Schoare nid sai."

Dè annern Doag hodd dè Viehhännler dè Wadds geholld, awwer räächd woarschem nid. Heh hodd sech gesääd, es wier besser, noch è bess-che wäirer foadd sè foahrn, offen annern Mäad, dess bluus käis dè Wadds werrekaand. Wann heh nid saa doafd, wer den Wadds vèkaafe wolld, dann hadd heh ewwer koazz oder laangk dè Ärjer, on Ärjer konnder kenn gebrouche, emm gruuse Bauer awwer aach kenn Wonsch obschloo. Souwoas rächd sech.

On sou hadd heh dè Wadds ean enn Viehwaggong voo dè Boh geloare on wolld merrem foadd. Heh sassd sech voanne eans Abdail on schwassd medde Loid, on dè Wadds woar heanne eam Waggong on eas geeje die Wänn gehebbd vier Zoann on Angsd. „Naus, naus, naut wie naus", hadder gegronsd, on die Mensche huh enn nur kräische on kwiege hirrn. „Der kann's goar nid erwoadde", säärese on lachde, denn sie wossde joa: Off sou enn Wadds woadd è Mogg – oder dè Schloachder.

Wailersch ailech gehadd hadd, hadd dè Schaffner nid richdich offgebassd. Die Schiewedier voom Viehwaggong woar nid gaans bai, on wie dè Wadds erimhibbe deed, geang sè off. Merrem gruuse Sadds woarer dois, deed die Beesching nobbronn on koom off enner Wess werre zè sech.

Es Zuggpersonal hodd's iaschd baim neggsde Bahnhoop schbedds kreeje on eas luusgelaafe on hodd oo emm gesùchd. Imsossd. Waid on brääd naut sè säih, niddemo è Ringgelschwänns-che. „È schie Sauerai", riff dè Schafner on liff ruud oo. „Wann merr doas dè Owwerbahndireggdsjon ean Gisse menn, huh sè ins all zèm Schiss." „Doas pläibd inner ins", sääd dè Viehhännler nur on woar nid bies drim, desses sou gekomme woar. Wer konnd sech beschwiern, wann enn Wadds, der kemm woar, foadd woar? „Äi Problem wingger. Dè Ärjer wier sou on sou menner gewäse."

On wann dè Wadds nid geschloachd woarn eas, dann läbd heh velläichd haut noch on sichd dè Wääg noch Schwainsberch oder Deggebach. Manche Loid nomme oo, desser sai Fraihääd geniese dudd. Eas sou enn Wadds iaschdemo luus, dann gedd's käi Haan mieh.

Es bleddsgeschoire Haus

Es woar èmo è Haus ean Owwerhesse, doas schdann è bess-che obsääds, owe offem Hichel. Die annern Hoiser wollde naut merrem sè duh huh, awwer sou è Haus sichd sech joa aanid aus, wu's heangeschdaald weadd. On foadlaafe kann's iaschd räächd nid.

„Noa, wie eas die Lofd doa owe", deere die annern Hoiser schdängenn, awwer es Haus, doas offem Hichel schdann, hodd ewwer sè riwwer geguggd on sech gewinschd, wu gaans annerschd sè sai. On es hodd gesoifdsd, dess sai Balgge geknarrd huh.

„Insè Haus weadd aach langsam sè aald", sääd der, der deann gewuhnd hadd. „Die aald Bruchbuud", sääd sai Frää. „Edds wuhn merr schuh gaans owe, on all kenn ins gèsäih, on doa blamiern merr ins bes eans neggsde Doaf med sou enner wurmschdichich Hedd!" „Dè besd, merr räisd's ob on baut sech enn Bungaloo", sääd ihrn Mann. On es Haus eas erschrogge on hodd gezirredd. „Hossde doas ge-schbierd?", riff die Frää. „Dè Burre waggeld!" „Joa", sääd dè Mann. „Ech sai's aach gewoahr worn. Sou gidd doas nid wäirer."

On wie sè doa bainanner sasse ean dè Schdobb, doa koom è Gewerrer, wie sè nonnie äis gehadd harre. Dè Himmel woar schwoadds wie die Kohn eam Owe, on die Vechel gowwe all Ruh. Die Kadds hodd sech innerm Rabarwer vèkroche, on dè Hond hodd vègäasse sè gauze. Aus dè deggsde Wolgk awwer koom enn Bledds, desses doaghell woadd, on du hossd's groad zesche hirrn on Schwewel geroche. Dè Bledds eas eam Karacho eans Dach voom Haus offem Hichel geschloo, on alle Lambe huh geflaggerd wie bleed. Aach die, die goar nid ogewäse woarn. Es Haus hodd nid ogefangge sè brenn, sonnern hodd geloichd wie è Gliehwirmche eam Huuchsommer. On dann woar alles schdell.

Dè Mann on die Frää sasse noch om Desch on deere sech nid riehrn. Sie woarn nid duud, awwer aanid sou richdich läwennich. Dè Schregge sassenn ean alle Knoche. On dann hodd è Schdeamm gesääd: „Doas Haus pläibd schdieh, wu's eas!" Die zwie huh sech oogeguggd on imgeguggd on konnde nid vèschdieh, wer doa woas gesääd hadd. „Doas Haus pläibd schdieh, wu's eas", sääd die Schdeamm nommo. Hodder mech vèschdanne?" „Ai, joa", sääd dè Mann, on wail's sou nooch Schwewel geschdungge hadd, doochderr, es deed memm Doiwel zugieh. On med demm zängsdè dech liwwer nid. „Gudd", sääd die Schdeamm. „On moije kääfderr Foarwe on Bensel on schdräichd die Balgge on wäisd die Gefach, desses Haus aamo werre woas aussehd!" „Awwer", sääd die Frää, on wäirer koomse nid. „Ihr machd, woas ech ouch schbrech. Sossd wearder ouch noch imgugge!", sääd die Schdeamm, on imgeguggd harre die zwie sech joa schuh on harre käis gesäih. Also woar dè Doiwel wohl bai enn zè Besùch gekomme. Doas konnsde kemm vèzehn. Die äine härre derr nid gegläbd, on die annern härre's med dè Angsd kreeje. On die Moiler härre sè sech all sesomme vèreasse!

On sou eas dè Mann dè annern Doag luus on hodd Bensel on Foarbdebbe geholld. È Ledder harre sè ean dè Schoier, on sou huh sè sech oo die Ärwed gemoachd. Es hodd gedauerd, awwer wie sè feaddich woarn, sogg's Haus werre ooschdennich aus. „On es Dach kennderr aamo ausbessenn leasse", sääd die Schdeamm. „On dè Schonnschdäi gläich med! Naue Fensderloare gehirrn aach beschdaald. Giddemo zèm Schrainer, der mächdse ouch."

On wie doas all feaddich woar, sääd die Schdeamm: „Es eas oo dè Zaid, dè Goadde sè mache. On dè Goaddezau gläich med. Schdräiche kennderr edds joa, dann moaldn èmo schie bond oo! Eam Goadde will ech Plomme huh, Dahljebisch, awwer aach annern Plomme, on dann Beede med Karodde, Borree, Zwiwwn, Eerebiern, Bunn, Seload on woas sossd noch schmägge dudd."

Die zwie sai naus on huh gemoachd, woasse sollde. Irjendwann koom dè Hirbsd, on die Schdeamm sääd: „Edds kennderr èmo die Schdowwe dabbeziern, dess schinner aussehd hieh! On die Debbch huh aach schuh bessere Zaire gesäih! Auf, es gedd genungk sè duh!" Die zwie huh nid offgemuggd, sonnern gedoh wie gehääse. On es Haus offem Hichel eas als schinner geworrn, on die annern Hoiser huh gedoh, wie wann naut wier, on huh's ean Ruh geleasse. Wann ihr Loid doch aamo Oschdell gemoachd härre, è bess-che woas schinner sè mache! Awwer näi, die huh sech käi Gedaangge doa drewwer gemoachd on wollde, dess alles plibb, wie's schuh friejer gewääse woar.

Räsende awwer, die dorch die Geejend koome, huh oogehaan on sech doas Haus offem Hichel bedroachd, med saim Goadde on dè Baangk vier dè Dier on saim bonde Zau. „Doas muss schie sai, doa sè wuhn", sääre sè sech. On huh die Loid gefrogd, die off dè Baangk sasse.

„Joa, schie eas", sääd die Frää. „Mächd awwer aach enn Schdall voll Ärwed." „On doadèbai huh merr niddemo enn Schdall", sääd dè Mann. „Nur è Schoier." On dann huh sè gelachd. Baim Offramme off dè Lääb, doa harre sè ean enner Kisd nämlich ihrn Humor werre gefonne, den sè vier laange Joahrn doa vègäasse harre. Woas woarn sè doa sou fruh!

On sie deere seangge*:
„Haut eas sou enn Doag fier die Domme.
Drim haan mir zwie (weiblich: zwu) sesomme.
On wann noch sou viel Geschoire komme,
mir zwie (zwu) Domme haan sesomme!"

Die Schdowwe off dè Lääb huh sè oo Räsende vèmied', die sech oo demm Bligg ausem Dachfensder goar nid soad säih konnde. On gurres Geald huh sè demed vèdiend. „Wääsde noch, dess merr bainoh es Haus härre obräise leasse", sääd die Frää enn Owend. „Doas wier es Dimmsde gewääse, woas merr härre duh kenn", sääd ihrn Mann. „Dann said fruh, desser sou è bleddsgeschoid Haus hodd", sääd die Schdeamm. „On ech glääb, des Dräbbegelenner kennd aach enn naue Oschdrich vèdraa..."

On wann sè nid geschdorwe sai, dann bensenn sè noch haut on mache dè Goadde on bessenn hieh on doa woas aus. On doas eas es Geschoidsde, woas dè duh kannsd, wann dè è Haus hossd. Aach wann nie enn Bledds neangeschloo hodd on es nie ogefangge hodd sè schwaddse. È geschoid Haus hodd als es lessde Woadd.

* Es Lied dèbai eas voo Koads Kall (Karl Gemmer) voo Owenglie.

Dè Wewerknächd

Es woar èmo è Familje ean Owwerhesse, die woar oarm wie die meesde. Doag on Noachd deere sè schbeann on wewe, on dodèfier gobb's nid viel. Awwer die Dochder woar è gudd Dier, die hadd è krisser Heazz wie annern, on doa deere è poar drewwer läsdern. „Du säisd sè gudd fier die Weald", säresè. Oder: „Du widd wohl ean' Himmel?"

Awwer die Dochder voo dè Wewerschloid hadd sech naut draus gemoachd. Sie hadd geschaffd voo dè Moijend bes dè Owend on nooch ihre kläine Geschwisder geguggd on zweschedorch aach noochem Äasse offem Hiard. Glegglech awwer woarsche nid. Alsèmo, wann käis ean dè Näh woar, haddse è Dreenche vèdreggd, wail es Läwe naut wie Nuud on Ärwed woar, on es gobb käi Hoffning off bessere Zaire.

Enn Moije haddse werre enn Eemer Wasser voom Komb geholld on nid gesäih, dess è Schbeannche drean gesässe hadd, sou è gruuses, dinnes, med laanggge, dinne Bäi. Wie es Wasser ean dè Eemer gelaafe eas, doa deed doas Schbeannche im sai Läwe zabbenn, on doa soggses.

„Schbeannche dè Moijend, Kummer on Sorje", säädse, wie ihr Moadder doas sou oft gesääd hadd. Awwer dann haddse doch schweann ean dè Eemer gelangd on es Schbeannche vierm Ersoufe geredd. È Frää, die's gesäih hadd, deed lache. „Doas oarme Schbeannche! Wier bainoh ersoffe! Edds hossdn Froind fiersch Läwe! Med oachd Bäi. Enn Wewerknächd!"

Die Dochder voo dè Wewerschloid awwer hodd nur gelächeld. Liwwer enn Froind med oachd Bäi wie Hoarn off dè Zieh, doochdse bai sech. Gesääd haddse naut. On wie sè med ihrm Eemer heem eas, lisse es Schbeannche offem Henggel seddse, wu's dreggenn konnd. Kaum woarn sè werre elläi, hadd sè è Schdeammche gehoadd. „Dangge, dess dè merr des Läwe geredd hossd!" Sie hodd sech imgeguggd, awwer doa woar käis. Ongloiwech hodd sè es Schbeannche ogeguggd, doas offem Henggel voom Eemer sass. Doas schwadsd wäirer. „Du hossd è gudd Heazz on mächsd derr naut draus, woas annern voo derr dengge", säd's. „Die meesde Loid härre mech ersoufe leasse. Du nid. On drim will ech derr drai Winsch erfinn. Dengk gudd drewwer nooch, nid all off äimo."

Die Dochder voo dè Wewerschloid hodd dè Eemer obgeschdaald on mussd sech iaschdemo seddse. Sie doochd oo ihr Läwe, doas woar wie doas voo ihre Ellern on Gruusellern, schwier on hoadd, on sie doochd oo ihr Geschwisder, die Kläine, med Aache, gruus voom Hungger. „Ech winsch merr, dess die Nuud è Enn hodd", säädse on hadd schweann noochgeschowe: „Fier alle Loid." Denn sie hadd nid nur è gudd Heazz, sie wossd aach, desses besser woar, nid nur oo sech sè dengge: Sossd kreeg merrsch nid gegonnd on hadd naut dèvoo.

„Doas eas enn gruuse Wonsch", sääd es Schbeannche. „Der brouchd sai Zaid. Fangge merr iaschdèmo dodèmed oo, dess die Ernde gudd weadd. On dess die Doarmschdädder gaans vèrigd sai nooch Schdoffe voo Owwerhesse on ouch viel obkääfe on gudd bezoahn. Noachds schbeann on web ech ouch, woasser doagsewwer nid geschaffd hodd. On die Kläine gieh all ean die Schul, on käis muss mieh Hungger huh."

Die Dochder voo dè Wewerschloid hadd degge Dreene ean dè Aache. „Doas wier sè schie, im woahr sè sai", säädse, „woas fier enn wonnerboare Draum." Denn sie doochd, sie deed dreeme. „Doas weadd woahr", sääd es Schbeannche. „Gieh nur heem. On sedds mech owe ean die lessd Egg."

On sie eas heem, on doa schdann ihr Moadder ean dè Dier. „Schdell derr vier", riff sè. „Es weadd è Schul offgemoachd fier alle Keann hieh, on käis muss woas dèfier bezoahn! On mir huh Offdreeg noch on necher. Ech wääs goar nid, wie merr doas schaffe senn. Awwer die zoahn gudd! Doas schdellsde derr nid vier, wie gudd!"

Es Eenziche, woas dè Moadder läd deed, woar, dess ihr ellsd Dochder nid mieh ean die Schul gieh konnd, denn aus demm Aaler woarsche joa raus. Woas hädd aus dere werrn kenn, sääd sech die Moadder. Sou gudd, wie sè eas, sou schlau easse aach. On sie deed soifze.

Ihr Dochder awwer hodd sech gefroid on eas neann zu ihrm Voadder, der schuh om Webschduhl sass on nooch dè aale Musder gewebd hadd. „Edds hodd die Nuud è Enn", säädse. On ihrn Voadder hodd geniggd. Geschwassd hadd heh nie viel. Die Keann sai baal ean die Schul, die Ellern on die ellsd Dochder huh dè gaanse Doag geschaffd, on dè Owend hadd die Dochder ean die Bicher voo ihre Geschwisder geguggd on sech nooch on nooch selwer es Läse, es Schraiwe on es Rechenn baigebroachd. Die

Noachd awwer, wann sè all schliffe, eas dè Webschduhl gegangge wie voo Zauwerhaand, on dè Moije woarn die schinnsde Schdoffe feaddech. Die Ellern huh gedoochd, dess ihr Ellsd doas gewääse woar, on sou lissesse sè dè Doag schloofe. On doas hoddse ob on zu aach gemoachd. Dè hellichde Doag!

Die Loid voo Doarmschdoadd deere gudd zoahn, on sou hadd die Nuud è Enn. Emm gaanse Doaf geang's besser, wie Earndezaid woar, on die Keann geangge all ean die Schul. Wie die Dochder voo dè Wewerschloid èmo elläi deheem woar, hirrdse werre doas Schdemmche. „Hossdè derr ewwerlägd, woas dè zwädde Wonsch sai kennd?" „Ach", sääd die Dochder voo dè Wewerschloid, „ech will nid ondaangkboar sai. Es eas sou gudd, dess dè Hungger on die Nuud è Enn huh, awwer es eas doch enn Doag wie dè anner on äi Joahr wie's anner, on es gedd naut sou räächd, wu merr sech droff froije kennd." „Doas eas kenn gruuse Wonsch", sääd es Schbeannche. „On wail dè nie nur oo dech selwer dengge dusd, wääs ech woas, doa kenn sech alle jungge Loid droff froije."

On es hodd die Schbeannschdobb erfonne. Dè gaanse Wender ewwer huh sech die jungge Loid gedroffe, jeeren Owend, die jungge Waibsloid huh iaschd è bess-che geschbonn, ooschdannshalwer, on schbeerer woadd Mussigk gemoachd on gedaansd.

Die Dochder voo dè Wewerschloid wolld iaschd nid heangieh, wail sè doochd, es wier ihre Ellern nid räächd. „Gieh nur daanse, Keand", sääd ihr Moadder. „Mir kenn insè ächenn Fesde faiern, edds, wu die Nuud è Enn hodd

34

on die iaschde Weaddschafde offgemoachd huh. On nooch jeerer Erndezaid gedd's è Kearmes, hodd's gehääse."

On sou eas die Dochder voo dè Wewerschloid aach ean die Schbeannschdobb, hodd geschbonn on gelachd on gedaansd. On irjendwann hadder enner besser gefann wie alle annern sèsomme. Enn schmugge Kealle med Aache wie dunggel Schoggeload on Fiss, die zèm Daanse gemoachd woarn, on Hänn, med dene heh Mewel baue deed. On emm Lache, doas dè dois gehodd hossd, on emm Lächenn, doas nur fier sie gedoochd woar.

Awwer oo è Hochzedd woar nid sè dengge. Heh hadd nonnid genungk Geald, im sè fraije, on sie hadd noch käi Ausschdoier. On sou sasse enn Owend ean dè lessde Egg on deed simmeliern. „Noa", sääd è Schdeammche. „Dengs-de ewwer dè dreadde Wonsch nooch?" „Ach", sääd die jung Frää bluus. „Alles, woas ech will, eas glegglech werrn. On ech wääs nid, woas ech merr doa winsche soll." „Doas ewwerleass mir", säädes Schbeannche. „Doas sai merr die libbsde Winsch."

On es hodd dèfier gesorchd, dess die Dochder voo dè Wewerschloid è Kinsdlerin geworrn eas. Ihr Schdoffe harre Musder wie käi annern, on sie eas nooch Doarmschdoadd gezuuche, awwer aach alsèmo heemkomme. Ob sè den Kealle aus dè Schbeannschdobb gefraid hadd, weadd nid vèrroare. Awwer es Klääd fier è Hochzedd, vèzehld merr sech, häddse gehadd: enn Draum voo emm Klääd, genohd voo Schbeannlabbe, die eam Moijelechd gliddsern.

Die Kaffiemehl

Es woarn èmo zwie, die woarn sou aald, dessdè nid saa konnsd, ob's Mannsloid oder Waibsloid woarn. Die harre laangge wäise Hoarn on deere Lainekerrel draa, die geangge bes zém Burre. Ihr Haus schdann oo dè Bach, è aald Mehl, die schuh laangk käi Mähl mieh moahn deed.

Die meesd Zaid woarn sè fier sech, awwer alsèmo koom enn Gesell off dè Walz oder enn Wannerer oder è Hausierern vèbai on frogd nooch emm Schlugg Wasser oder woas Häsem sè dreangge. Oder emm Schdeggelche Bruud oder emm gurre Road. Wann zwie sou fier sech geläbd huh, dann huh enn die Loid allerhaand ogedichd, awwer sie wossde aach, dess sou zwie ehender woas fier oarme Wannerer ewwerich harre on è Geheemnis fier sech behaan konnde. Wemm solldesè aach woas vèzehn?

Enn Doag klobbd's oo ihr Dier, on dois schdann enn fremde Kealle. „Die Schandoarme sai heanner merr hier", särer. „Ech huh awwer naut gemoachd. Nur è poar Fluggblärrer vèdäld, fier bessere Zaire." Die zwie, häse merrsche Mellesch, lissen rean on hirrde sech sai Geschichd oo. Heh wolld wäirer nooch Noadde on dann velläichd nooch Ewwersee. „Es eas merr schwier ims Heazz, dess ech menne Ellern on menne Geschwisder nid saa konnd, dess ech mech foaddmach", sääd heh, on Dreene schdanne ean senne Aache, bes owe oo die Aachedeggel.

„Edds dreangge merr iaschdemo enn Kaffie, on dann sehd die Weald schuh gaans annerschd aus", sääre Mellesch,

36

wie med enner Schdemm, on äis hadd die Kaffiemehl offen Geann genomme, der oder die anner Wasser offgesassd. „Wie gidd die Kaffiemehl", deere sè freeche, wie sossd, wann gewirfeld woar. „Ai, rechds rim", sääd dè jungge Kealle on schluggd sai Dreene nobb. „Dann winn merr moo nooch leangs dreè", sääre Mellesch. „Dann säih merr joa, woas bassierd."

Die Kaffiemehl awwer woar käi Kaffiemehl wie alle annern, die woar enn Doag voom Himmel ean die Mehl gefann oder eam huè Booche aus dè Hell geflooche. Woaddse nooch leangs gedrohd, dann liff die Zaid reggwädds, je noochdemm, wie schweann dè gedrohd hossd. Bevier heh sech imgugge konnd, woar der jungge Kealle deheem bai senne Ellern, on es woar nonnid haut, sonnern neechd. Heh haddn alles vèzohld on gesääd, wu heh hean wolld, on vèschbroche sè schraiwe, on sie huh sech gedrùchd on geflaand, awwer ewe aach Obscheed genomme. Es hodd nid laangk gedauerd, nid längger, wie è Kibbche Kaffie sè dreangge, on der jungge Kealle sass werre ean dè Mehl on hadd sech die Aache geribbeld.

„Huh ech doas gedreemd?", frogder Mellesch, awwer die huh nur gelächeld. „Joa on näi. Moije wiaschde dech nid droo erinnern, dessde hieh gewäse säisd, awwer du wiaschd ewwerzoichd sai, dessde voo daine Loid Obscheed genomme hossd. On dene weadds aach sou vierkomme. On wann sech all droo erinnern, easses irjendwie woahr." Dè jungge Kealle hadd sech bedaangd on wolld foadd, doa hadd wer oo die Dier geklobbd. Doas woarn die Schanndoarme. „Offmache, Bollidsai", deere sè ruffe, on dè jungge Kealle sääd: „Edds eas alles aus!"

Mellesch huh sech nid geriehrd. „Sou schweann schisse die Proise nid", huh sè gesääd. „On die sai ins erschboard gepleawwe. Awwer insè Bollidsai kann aanid äifach è Dier offbreche. Mir huh noch Zaid, im è bess-che Kaffie sè moahn." On huh die Kurwel voo dè Kaffiemehl ruggoardech hean on hier beweechd on woas dèbai gemurmeld. Es woar demm jungge Kealle, wie wann es Klobbe offgehoadd hädd, on voo dois koom aach sossd käi Geroisch. „On edds?", frogderr. „Edds eas dois die Zaid schdieh gepleawwe. Awwer du woarschd hieh deann on kannsd dech frai beweeche. Auf, mach dech foadd, dorch die Heannerdier, on laaf, woasde kannsd! Viel Glegg on vègäass ins gläich werre!"

Doa hadd dè jungge Kealle nid laangk gefaggeld, sonnern eas off on dèvoo. Wie merr hirdd, sollersch nooch Ammerigga geschaffd huh – sai Ellern huh alsèmo enn Prieb voo emm kreeje on sai dann irjendwann aach newwer. Mellesch huh ihrn Kaffie fiaddech gemoahn, on wie sè die Kurwel beweechd huh, hadd's aach werre geklobbd, on sè huh die Schandoarme reangeleasse.

„Woar hieh ean jungge Kealle?", frogd enn Bollidsisd, on dè anner guggd ean dè Holzkisd nooch on ean alle Egge, konnd awwer kenn Vèdächdiche enndegge. „Mir harre schuh laangk kenn Besùch mieh", sääre Mellesch wie aus emm Mund. „Sedsd ouch doch, mir moahn groad Kaffie. Wie gidd die Kaffiemehl?" „Ai, rechds rim", sääd dè äine Bollidsisd. „Dann prowiern merrsch sou", sääre Mellesch, on äis drohd, on merr konnd die Kaffiebunn knagge hirrn, on offem Hiard woar es Wasser eam Kässel aach schuh hääs on deed brodsenn. „Es gidd doch naut iwwer fresch

gemoahne Bunnkaffie", sääre Mellesch, on die Schann-
doarme harre off äimo alle Zaid voo dè Weald.

Die Zaid woar nid schdieh gepleawwe, sonnern deed hean
on hier laafe, onsechdboar noff on nobb, ewwern Desch
on ean alle Egge, wie wann sè iwwerall on nirjends wier.
On die Schanndoarme sasse doa on riehrde sech nid on
säde naut on schdanne irjendwann off on geangge foadd,
wie wann sé schloofwannen deere. Mellesch huh sè gieh
leasse on sech bluus ogeguggd.

„Doa gieh sè hean on werrn sech nid mieh droo erinnern,
desse hieh gewäse sai", säärese sech on deere wäirer Kaffie
moahn, moo leangs rim, mo rechds rim, wiesenn gefill. Es
deed nooch Kaffie riche, die Zaid liff vier on seregg, plibb
schdieh on hibbde dè Kallenner noff on nobb, ean die
Auernkäsde on werre naus, iaschd eam Karacho on dann
wie è Schnegg, on Mellesch sasse doa on deere ihrn Kaffie
dreangge on guggde ean die aale, die naue on ean die
Zaid, die nonnid woar on velläichd aanid komme selld.

Kenn Mensch hädd doas ausgehaan, awwer Mellesch huh
sech nid gefiachd vier dem, woas komme konnd. Sie
wossde joa, wann's goar sè schlimm koom, dann konnde
sè sech als noch enn Kaffie koche on oo dè Kaffiemehl
drehn. On wann sè nid geschdorwe sai, dann moahn sè
haut noch. On woadde off Besùch.

Die zwellef Elfe
on die Schwoaddswoaddsel

Es woar èmo enn Schullliehrer on Klavierschdemmer ean Owwerhesse, demm sai Schwesder hadd waid foadd gefraid, ean Siere. On die Schwesder hadd enn Sohn, der deed Fleede schbien on solld bai die Soldoare. „Ech will awwer nid ean die Kasern on ean käi Kabell, die zèm Maschiern offschbield", sääd heh, wann aach ean saim ächene Pladd. Wail heh awwer hean mussd, härresenn eans Loch geschdobbd, on doa hadder sai sewwe Sache gepaggd on eas foadd.

Sai Moadder harrem gesääd, wu heh sain Unggel feanne konnd, on wail sech die zwie nonnie gesäih harre, solder sai Fleed nomme on è Liedche schbien, doasse ean ihne ihr Familje kaande. Dè Jung, Jonaddaan hiss merrn, eas luus on als nur bai Noachd wäirer, on bai Doag deerer sech vèschdeggenn.

Eam Waald bai Gisse woar die Heemed voo ellef kläine Elfe, die woarn oarch mussikalisch. Kenn falsche Ton doffd's ean dene ihrm Waald gäwwe, doas wossde die Vechel, die rehrende Heasche on aach dè Weand, der off dè Beem Klavier geschbield hadd. Dè Jonaddaan wossd doas nid. Heh sassd sech offen Baamschdamm on deed sai Fleed nomme on doas Liedche iewe, doasser saim Unggel vierschbien solld. Uhne Node woar doas nid sou äifach, on è poarmo logger dènäwe. Doa huh emm die Elfe awwer dè Marsch gebloase! Die huh emm die Fleed aus dè Hänn gereasse, med vèäände Kräfde, kammer sech gèdengge, on huh enn geschonn: „Aiaiaiaiai, woas soll dossdè gesai? Doas dudd wieh ean insè Uhrn. Foadd! Du hossd hieh naut vèlorn!" Raime deere sè gaans geann, vier allem, wann sè ean Raasche woarn. On doas woarnse.

Dè Jonaddaan wossd nid, wie emm geschäih woar. „Ech muss iewe, sossd vègäass ech doas Lied", riffer. „On menn Unggel kennd mech nid on weadd merr nid gèhelfe!" Doas awwer woar dè Elfe äinerläi. Mensche woarn als sou laut on läsdich. Awwer eam Waald woar aanid groad moadds woas luus, on sie harre Laanggewail. Also huh sè dè Jonaddaan off die Prob geschdaald. Wann heh drai Doag kenn Muggs mieh mache deed, wolldesemm om Läwe leasse. On wann heh sech ean enn Baam vèwanneln konnd, wolldesem è Insdrumend schengge, doas schbeerer mo ean kemm Orchesder fehn doaffd. Dann konnder saim Unggel imbonniern – Hauptsach, heh deed wuannerschd iewe. On woadder nid voo selwer enn Baam, wolldesè enn Baam ausem mache.

Emm Jonaddaan plibb naut annerschd ewwerech, wie droff insègieh. Med fuchdiche Elfe woar nid sè schbasse.

Gurrer Road awwer woar doier. Emm Jonaddaan woadd angsd on bang, awwer heh deed kenn Muggs on sass nur doa on deed simmeliern. Bes è dunggel Schdemm sè hirrn woar. Die klännsd Elf hadd Medlääd merrem on hodd sech off sai Schulder gesassd. „Mach, woas ech derr schbrech", sääd die kläi Elf, die sou kläi woar, desse dorch è Knobbloch gebassd hadd on ean die Bloggfleed reangrabbenn konnd on è dunggel Schdemm hadd. „Edds schdellsde dech èmo off äi Bäi. Gudd! On edds nomm èmo dai Ärm ewwern Nerschel on läg die Hänn oènanner. Schdregg dech! Kobb huuch! On nid waggenn! Du säisd joa kenn Baam eam Weand!"

On dè Jonaddaan hadd's gepaggd, heh schdann doa wie enn Baam med Woddsenn. „Oadme nid vègäasse", riff die ellefd Elf on hodd die annern geholld. „Enn Baam", säädse. „Sou, wie merrsch insè Vèwaande aus Indchen gewäsd huh." Doa konnde die zeh annern Elfe naut degeeche saa. Äi hodd woas geholld, doas sogg aus wie è Fleed, bluus längger, on woar voo Holz, hadd awwer aach Klabbe voo Meddal, è Mundschdegg on è Bläddche voo Rohr, doa, wu neanngebloase woadd, on unne enn Drichder, wu die Teen nauskoome. „È kläi Drommbeedche, wann merr sou will", sääd äi Elf. „Klarinedd häsd merr die Schwoadds-woddsel. Prowiersch èmo. Enn schebbe Ton winn merr derr noochsäih."

On dè Jonaddaan hadd sech die Klarinedd genomme on è Heazz dèbai on hodd enn Ton nauskreeje, enn woarme, volle Ton, der ewwerall eam Waald sè hirrn woar. Sossd awwer woarsch sou schdell, wie nur ellef Elfe schdell sai kenn, die groad woas gesäih huh, woas zè schie woar, im woahr sè sai.

Wie dè Jonaddaan ean die Klarinedd neangepusd hadd, doa woar nid nur enn volle, woarme Ton nauskomme, näi, aach è wenzech Männche oder Waibche med Fiddch on griene Logge: die zwellefd Elf! All die Joahrn harre sè ogenomme, der Kealle med dè Klarinedd häddse vèjeegd oder sie wier duud imgefann on onsechdboar woarn, wie sè sai Mussigk gehoadd hadd. Drim woarn die Elfe sou auser sech gewääse, wie dè Jonaddaan koom.

Ean Werglechkääd awwer woar die zwellefd Elf, die kläi Noischier, ewwer è Tonledder ean dè Drichder reange-krabbeld on dann ean die Klarinedd, im sè gugge, wie doas Deangk voo inne aussogg. Dè Mussigger hadd è Schloofliedche geschbield, gaans lais, on die Elf woar eangeschloofe. Wail Elfe bekaandlich laangk on diep schloofe kenn, hadd sè nid medkreeje, dess die annern oo err siche deere. On edds woarsche werre doa, on die Froide woar gruus, sou gruus, dess die Elfe die Schben-dierhose oharre.

„Du deaffsder noch woas winsche", särese zèm Jonaddaan. „Wann's ean insè Macht schdidd, winn merr derr's erfinn." Dè Jonaddaan hädd sè geann woas fier sech selwer gewinschd, awwer dann fillem der Mussigger ean. „Woas eas aus dem Mann gewoarn, der die Klarinedd geschbield hadd", hirrder sech saa. „Der schdidd doa driwwe", sääd äi voo dè Elfe on deed off è schebb Fichd doire.

„Leassdn frai", sääd dè Jonaddaan, „on mir gieh sèsomme foadd. Dann hodder werre auer Ruh." Die Elfe lisse dè Mussigger gieh, on heh on dè Jonaddaan geangge sèsomme zèm Jonaddaan saim Unggel, on sie huh emm doas Lied viergeschbield, off dè Fleed, on dè Mussigger off dè Klarinedd. On dè Unggel hadd gelachd on gesääd: „Woas gedd's ean ins Familje doch fier Dalende! Dai Moadder hadd sech enn Scheadds erlaubt. Ech hädd dech aach uhne Mussigk gekaand, awwer med Schdändche woarsch schinner!"

On heh haddn sè äasse on sè dreangge heangeschdaald on sè willkomme gehääse. Dè Mussigger harrem Jonaddaan es Klarineddeschbien baigebroachd, Ton fier Ton, on wie merr doas Deangk haan dudd on wie merr oadme muss.

Irjendwann hadder gesääd, heh missd wäirer, on dè Jonaddaan eas med. „Mir gieh nooch Bremè", särese dem Unggel. „On schbien Klarinedd eam Orchesder on breangge's annern bai." On sou huh se's gemoachd. Dè Jonaddaan awwer hadd sech dè Moijend, wann annern noch schliffe, boarwess off äi Bäi geschdaald on enn Fuss oo dè Owwerschenggel gelägd on die Haandfläche huuch ewwerm Kobb onanner gelägd. On woar enn Baam on è Keadds on è Kadds on enn Plugg on enn Hond memm Kobb nooch unne on hodd die Sonn gegriesd. On heh hodd è Klarineddeschdegg geschreawwe, doas hodd geklungge wie die ellefd Elf geschwassd hadd. „Oadme nid vègäasse", sääd heh sech.

Eam Sonnelaand

Es woar èmo vier goar nid laangger Zaid, doa sai Keann-
sammler ewwer Laand gezuuche, eam friejere Kurhesse,
eam friejere Gruusheazzochdum, ean Nassau on sossdwu,
on huh geruffe: „Keann! Keann! Gedd ins auer Keann!
Koazze Keann! Laangge Keann! Kläine Keann! Gruuse
Keann! Kläine Keann! Gruuse Keann! Blaiche Keann!
Kraangge Keann!"

On die huh dè Familje gesääd, wonner wie schie's die
Keann bai enn härre, on nur fier è poar Woche, on dann
keemese werre heem on wiern all rond on gesond. „Mir
gäwwe off sè oachd", huh sè geruffe. „Bai ins huh se`s
gudd, besser wie deheem! Ihr selldèmo säih, wie gudd die
aussäih, wann merrsche ouch werre breangge ausem
Sonnelaand." Sou hiss doas, wu sè her woarn: Sonnelaand.

On die Midder huh è bess-che geflaand, on die Väder
wollde weasse, wie doier sou woas woar, awwer doa riffe
die, die Keann sammenn deere: „Alles imsossd! Doas
zoahld die Kass! Ihr missd nur eannerschraiwe..." On dè
Dogder koom gelaafe on hadd off die Ellern eange-
schwassd, on om Enn huh è poar ihr Keann medgieh leasse,
demed sè sech erhoon konnde, doa ean demm Sonnelaand.

On foadd woarn sè. Die Keannsammler awwer sai
schweann merrenn ean die Berje on huh sè ean è gruus
Haus gebroachd. Die Keann mussde alles obgäwwe, woas
sè voo deheem harre, on mussde barriern. „Sossd sedsd's
woas", deed äi voo dene Daande zesche, die ean demm
Haus es Saa harre.

Bai Doag mussde die Keann oo emm laangge Desch sedse on äasse, woas off ihrn Deller koom, aach wann's werrerlech woar oder è schwabbelech Haut hadd. Asseses nid, koom's dè annern Doag werre offen Deller, on wer's dann nonnid ass, woadd è Wail nid gesäih. Noochem Äasse deere die Daande die Keann vèzauwern, desse sech nid mieh riehrn konnde. „Demed ihr zunomme dudd on schie maggelech weadd", säärese, denn nur wann die Keann rond on gesond aussäih deere, kreeje sè oddendlech Geald. Oo dè Keann selwer loggen naut, sie huh sech niddemo die Noome gemärgd. „Du doa", riffese. „Seds groad. On schräib honnerdmo: Liewe Mamme, liewer Babbe, es gidd merr gudd. Wie gidd's ouch dann?"

Denn die Keann mussde Prieb on Koadde heem schraiwe, dess kenner off dè Gedaangge koom, moo noochen sè gugge. Die Daande wollde ihr Ruh huh, bai Doag on aach bai Noachd, on laude Keann deere sè ean Keller schberrn, alle annern awwer noachds ean enn gruuse Käfich. „Desser nid foaddlaafe dudd", sääre sè. „Wer ausem Sonnelaand foaddlääfd, vèwanneld sech ean enn Schdallhoas on weadd voo dè Figgs gefräasse, voom Hobbch gejeegd oder voo emm Waa ewwerfoahrn. On edds säiderr muggsmois-cheschdell, sossd pläibderr hieh, besserr sou aald on groo on ronzelech said wie mir!" On huh laude Läch gedoh.

Die Keann huh sech gefiachd, on nur es Heemwieh woar krisser wie die Angsd, on eam Donggenn liffe die Dreen dene Märrerchen on Jungge nur sou die Bagge robb, on manch enn Board deed zerrenn wie è Lämmerschwänns-che. Doa droff harre die Daande gewoadd. Sie koome

bain Käfich on deere Heemwieh offsammenn, genungk fier è gudd Sobb, on deere Dreen ean kläine Fläscherche finn, im die Sobb sè weaddse. Doa sassese dann on deere jeeren eenzenne Läffel geniese. „Ihr Keann, ihr Keann", sääd äi Daande. „Woas eas doas fier è gudd Sobb! Dessmo huh merr Keann hieh, die kenn's goar nid erwoadde, dess' heemgidd! Als wiersch eam Sonnelaand nid schie!" On huh gelachd wie vèreggd. Käis voo enn konnd Keann gèlaire, im iehrlech sè sai, on die äi oder anner häddse dè libbsd... awwer leasse merr doas.

Die Keann harre schuh genungk Angsd ausseschdieh. Jeeren Moije koome die Daande on wollde weasse, ob sè all schie broav gewäse woarn on nid menanner ge-schwassd oder eans Bedd gemoachd harre, wail sè sech dèvier gefiachd harre, offen Abee sè gieh. Wann è Keand laut gewäse woar, moalde die Daande schwoaddse Schdeann oo die Waand, on käis wossd, woas doas bedoire solld. On woarn die Keann so ruich gewääse woarn wie Schdäi, gobb's enn goldene Schdeann, on harrese geluuche, zwie schwoaddse. Doas koom raus, denn die Keann aus dè annern Schdowwe woarn zèm Peddse oogehaan. Ean ihre Zauwerkuuchel konnde die Daande säih, wer sech nid geriehrd hadd die Noachd on wer erimgezabbeld hadd. Awwer sossd konndese nid engge gugge. On doas huh die Keann baal schbedds kreeje.

Wann die Schdeann all oo die Waand gemoald woarn, lisse sech die Daande die Damme waise. Jeed Keand mussd sain lengge Damme ausem Käfich schdregge, on wanner dè Daande sè dinn woar, plibb doas Keand noch längger doa.

„Dai Ellern weaschde goar nid mieh kenn, wann dè dann sereggkimmsd", sääre die Daande. „On die dech aanid! Sou laangk woaschde foadd. On sou gudd sehsde aus. Gemässd eam Sonnelaand!" Die Keann awwer huh Karodde med ean' Käfich genomme on äi nausgèhaan, wann sè oo dè Raih woarn, è degg, fesd Karodd on kenn Damme. On die Daande sai droff reangefann. Äi Keand noochem annern huh sè ausem Käfich geleasse on heem geschùchd. Die Keannsammler koome on huh sè obgehollld on koazz vier ihrm Doaf ausgesassd. Wie die Keann heemkoome, woar è Schbeggdogel eam Doaf wie sossd baim Bliedefest. On all huh sè sech werregekaand. „Dess du nur werre doa säisd", sääd è Mamme zè ihrm Keand. „Nie werre leasse merr dech sou laangk foadd voo ins", sääd dè Babbe, on è degg Dreen därem ean sain Board ronn. „Mir huh ouch mieh vèmissd wie sossd woas!"

On doas wolld woas häse. Ob die Keann woas off die Ribbe kreeje harre, woarenn all woarschd, wie sè gesäih harre, desse vier Schregge sou blaich woarn on die Angsd enn ean dè Aangk sass, on sie sech imgugge deere, wie wann sè nid glääwe konnde, desse werre deheem woarn. On nid eam Sonnelaand. Ean ihrm Doaf awwer huh sè schweann è poar Schelder offgeschdaald: „Keann sammenn bai Schdroofe vèborre! Gidd seregg eans Sonnelaand!"

On wann's die Keannsammler geläase huh, dann sai sè foadd gepleawwe on sai foadd bes haut. Vèmisse deedse käis.

Es Preansess-che Widdèwidd

Es woar èmo è Preansess-che eam Gruusheaddsoochdum Hesse-Doarmschdoadd, die hadd ihrn Schbass droo, annern fier sech schbrengge sè leasse. Voo dè Moijend bes schbeed ean die Noachd. Es woarer, wie wann sè zauwern kennd: Sie mussd nur ean die Hänn kladdsche on enn Befehl gäwwe, on schuh koom, woas sè wolld, awwer zaggech, prondo, vite, vite!

Es Preansess-che konnd Proisisch, Iddaljenisch, Franzeesisch on Owwerhessisch, awwer die meesd Zaid haddse eam Napoleon senner Schbroach Kommandos gegäwwe, wie dè Keenich Lusdich ean Kassel.
„Widd, widd", riff sè, wail se's als ailech hadd, on es konnder nid schweann genungk gieh.
„Kaffie, widd, widd!"
„Kùche, widd, widd!"
„Mai Schlabbe!"
„Dè Hofnorr!"
„Mussigk!"
„È Kuddsch!"
On als: „Widd, widd! Zagg, zagg!"
Werre on werre kladdschd sè ean ihr kläine Preansess-che-Hänn on jeegd ihr Loid die Schlossdräbbe noff on nobb on ewwern Hoop on dorch alle Schdowwe, die doa ean Doarmschdoadd „Gemächer" hisse.

Nie woarsch genungk, nie hadder gebassd, woas sè kreeg, die Noas deed sè rimpfe on memm Fuss offschdaddse on die Loid oobrinn on kräische, wann err werre mo woas nid schweann genungk gieh deed. „Widd, widd", krisch sè. On schmiss med Sache im sech. Wiedèwidd sääre sech die Loid, die eam Schloss geschaffd huh, on huh err gebroachd, woasse wolld, on sou schweann, wie's geang. Woas widde mache, sääre sè, wann sè enner sech woarn.

„Goar naut", sääd enner, der nonnid laangk doa woar, enn Kealle, der aussogg wie enn Hofnorr, nur uhne die Kabb medde Schenn. Heh deed med eansde Aache lache on zwingern, wannem woas eansd woar. On edds hadd's im sai Aache gezuggd. „Goar naut", särer nommo. „Mir mache äifach goar naut. Käis riehrd sech, wann sè riffd." „Doas gidd nid", riff è Frää. „Doas gidd naut wie Ärjer." „Ärjer huh merr souwieso", sääd der Kealle medde eansde Aache on hadd gelachd. „Dè gaanse Doag on die halb Noachd schoichdse ins die Dräbbe noff on nobb, dorchs Schloss on ewwer Laand, on als musses schweann gieh, on es easser woaschd, ob mir mied sai wie enn Hond, ob mir aach Winsche huh, ob mir kraangk sai oder gesond oder ob sech äis die Knoche brechd oder innern enn Waa kimmd bai däre Joachd."

All woarn schdell wie es Schdruh baim Wosse. Imso loirer woarn die Krisch, die dorchs Schloss hallde. „È Schdegg Maddekùche, widd, widd!" Die Kechin guggd dè Koch oo, dè Koch guggd dè Kondidder oo, dè Kondidder guggd dè Kechejung oo on dè Kechejung woar sou kläi med Hut on flaand: „Es eas kenner mieh doa. Ech huh's lessde Schdegg nid gäasse, nur die lessde Krimmel..."

Wu selldese edds sou schweann Maddekùche hierkrieje? Sou enn Kùche brouchd sai Zaid, aach wann alles eam

Haus woar. Oder eam Schloss. „Maddekùche! Widd, widd! Säiderr doub?" Die Bedinnsdèdè deere sech ogugge. „On wann ech zèm Bägger laaf?", frogd è Mädche, doas schweann laafe konnd. „Der hodd edds zu on bäggd aanid alle Doag Maddekùche", sääd dè Koch, der aach schuh droo gedoachd hadd. „On wann merrer Riwwlkùche breangge?", frogd è Aushilf, die's med dè Angsd kreeje hadd. „Riwwelkùche, wann sè Maddekùche will?", frogd die Kechin seregg. „Doa kriddsenn Dobsuchdsoofall!"

„Mad-dè-kú-che", hirrd merr die Preansessin kräische. „Weadd's baal? Faules Pagg!" All sai sè sèsomme gezoggd, all bes off den Kealle med dè eansde Aache on demm Grinse, doas nid ean sai Gesichd basse wolld. „Ruich plaiwe", säderr. „Ihr mächd èmo goar naut. Ech gieh hean." On heh deed sech enn Deller nomme on è Kùchegowwel on è Serwjedd on è Selwerdabledd on eas die Dräbb noff.

„Mad-dè-kú-che", krisch die Preansessin, vellich auser sech. Sou laangk hadd sè nonnie äis woadde leasse, ihr Läbdesdoag nonnid. „Maddekùche", sääd der Kealle, on dè Mund woar eansd, on im sai Aache deed's zugge wie Fesch eam Nedds, die ean die Fraihääd winn.

Die Preansessin Widdewidd guggd sech dè Deller on die Kùchegowwel oo, die Serwjedd on es Selwerdabledd on wossd fier enn Aacheblegg nid, woas sè saa solld. „Wu...", woar alles, woasser ewwer die Libbe koom. „Wu?", deed der Kealle werrehoon. „Woas meend Auer Majesdääd? Schdemmd woas nid? Dè Kùche eas sou fresch, wie err nur gèsai kann, wann's schweann gieh soll..." „Woas...", schdammeld die Preansessin. „Woas drean eas, wollder weasse", sääd dè Kealle on deed lächenn, awwer nid medde Aache. „Es eas alles drean, woas neangehoadd." „Wie..." „Wie dè Weand, schweann wie dè Weand", sääd dè Kealle, on sai Lächenn filld dè gaanse Soal. „On doas eas, woasses voo edds oo gedd, wann's schweann gieh muss." „Rewwoludsjon", krisch die Preansessin.

„Widd, widd", sääd dè Kealle med Aache, so eansd wie senn Mund. On wannsen gehoadd huh doa unne ean dè Kech on dois offem Laand, dann eas käis mieh gehebbd, wann äis kräische deed. Oder nid mieh sou schweann.

Die Abbrelsnoas

Es woar èmo è gaans kläi Doaf eam Vochelsberch, leasses Kamberch bai Owenglie gewäse sai, doa eas dè Kalenner schdieh gepleawwe, om lessde Doag eam Mädds. Iaschd hadd's käis medkreeje, wail die Loid noch käi Auer om Haandgelengk harre on die Mannsloid dè Wärgdoag aach käi oo dè Kedd ewwerm Heazz ean dè Kebb harre. Ihr missd wesse: Wann enn Kalenner schdieh pläibd, dann plaiwe aach die Auern schdieh. On die Nadur gläich med.

„Ai, eas dann goar käi Wosswerrer", deed sech enn Bauer wonnern, wail naut wosse deed. On die Kieh deere käi Melch gäwwe, on die Dogg logg off dè Säid on riehrd sech nid. Die Kaddse huh käi Mois gefangge on die Honn nid gegauzt, wann äis offen Hoop koom. Die Vechel huh käi Näsder gebaut, dè Giggel hodd dè Moijend nid gekreed, on die Bie wollde souwiesou nonnid naus aus ihrm Schdogg.

Die Mensche, die ean demm kläine Doaf gewuhnd huh, sai däisder geworrn. Woas, wann's naut mieh sè äasse on sè dreangge gobb? Wann sè vèhunggern on vèdoaschde missde? „Naut wie foadd voo hieh", säärese sech, awwer doas geang aanid. Es woar, wie wann è onsichdboar Mauer ims Doaf erim gebaut worrn wier. Awwer voo wemm? On wie koome sè doa naus?

È wääs aald Frää on ihrn Enggel, enn kläine Jung, der als nur Bosse eam Kobb hadd, huh Road gehaan. „Ech huh gehoadd, doas hodd's schuh mo wu gegäwwe", sääd die Omma zè dem Keand. „Wann dè Kalenner hängge pläibd, wail merrn nid schweann genungk gedrohd hadd, dann kimmd dè neggsde Monat nid. Es weadd hieh kenn Abbrel!" „On aach kenn Mai?", frogd doas Keand. „Aach kenn Mai, kenn Juni, kenn Juli, kenn Auchusd, kenn Sebbdember, kenn Oggdower, kenn Nowember, kenn Deddsember, kenn Jannewoar on aach keenn Febbewoar. Es pläibd Mäadds. Die Bauern säè, awwer käis weadd eannde. Wann ins naut eanfälld, gieh merr all ean."

Es Keand hodd med gruuse Aache zugehoadd. Edds woarem nid zèm Scheaddse zèmude. Awwer sai Omma woar nid imsossd fier ihr Wääshääd on ihrn Riwwlkùche bekaand. „Mach merr è Dass Kaffie, nomm derr è Schdegg Kùche", säädse. „Ech muss noochdengge." On sou huh sè doa gesesse, on sie hadd simmelierd, on mieh on mieh Loid koome rean. „Mir eas sou", säädse irjendwann, wie schuh käis mieh demed gerecheld hadd, „wie wann enner dem annern on äi dè anner helfe kennd. Ihr missd ouch bluus off dè Oarm nomme." „Huuch geheewe?", froogd äis. „Näi. Enn Bärn offbeann", sääd die Omma. „Enn Bärn? Woassen fiern Bär?", riffe è poar Keann. „Zèm Schbass huh", sääd die Omma, on baal, doas märgdse, hadd ihr Gedold è Enn. „Reanläije, drookrieje, hennersch Lichd fiehrn, bedubbsche, oolieje, awwer nur zèm Schbass, fobbe, blamiern bes off die Knoche, awwer nid bies gemeend." Allewail harreses vèschdanne. „On wuzu eas doas gudd?", frogd è Frää. „Wann dess om lessde Doag eam Mädds mächsd, häsd merr doas: ean Abbrel schegge", sääd die Omma, on doa woar aach dè vierlessde Grosche gefann.

Die Loid voo Kamberch huh sech gefroid on off dè Gass gedaansd. All wolldese è Abbrelsnoas werrn oder enn

Abbrelsnorr, wie annern saa. Awwer wail se als droo doochde, woarn sè aach off dè Hut, on wann sè Owachd gowwe on nid werglech ewweraschd woarn, dann zohld's nid. On sou huh sè Road gehaan. „Mir duh ins zè zwädd sesomme, on äis lägd dè anner oder die anner rean, on dann duh sech werre zwie sesomme on sou wäirer. On die lessde schigge die Keann ean Abbrel, desse nid vier ins doa ookomme on elläi sai."

On sou woadd's gemoachd. „Lang merr moo es Muusledderche", sääd è Frää zu enner jinggere Frää, wie sè baim Muuskoche woarn. „Die Elli hodd äis." On wie die jung Frää bai dè Elli ookoom, riff die: „Abbrel, Abbrel!" On foadd woar die jung Frää.

Dann hodd enn Kealle deheem dè Saalzdobb memm Zoggerdebbe vèdoischd. Sai Moadder hadd naut gemärgd, prowiern deed sè schuh laangk nid mieh, woasse koche oder bagge deed, sie wossd joa, wie's schmoachd. „Abbrel, Abbrel!", riff ihrn Sohn, wie heh die vèzoggerd Broaresoos schmoachd. On foadd woarsche.

Enn aale Mann sass vier saim Haus on flaand. „Woas hossdèdè?", froogd senn Noochberr. „Mai Kadds eas duud", flaand dè aale Mann on deed inner die Baangk doire. „Mai schie Mienzche!" On wie dè Noochberr inner die Baangk laangd, im die duud Kadds foaddseschaffe, doa hadd senn – „Abbrel, Abbrel!" – oddendlech gekraddsd. On foadd woarer.

È jung Mädche hadd enn Prieb offem Desch läije leasse, den ihrn Froind gefonne hadd. „Liewes Marieche, widde

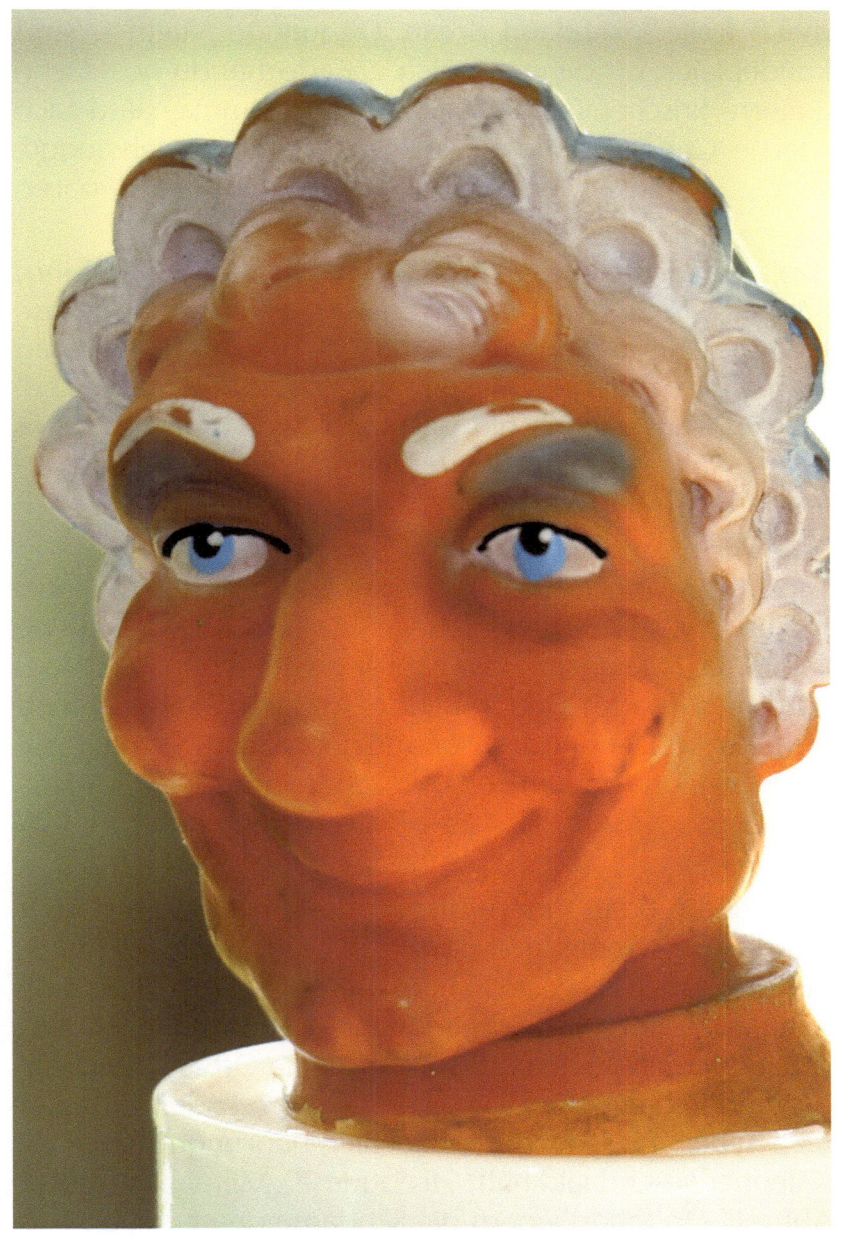

mech fraije?", schdann drean. Dè jungge Mann woadd kraideblaich on dann zonnich. „Marieche, du hossd enn annern", krischer. On die sääd nur: „Mai Omma hääsd aach Marrie. Gugg dommo off dè Postschdembel." Heh guggd, sogg's on sääd selwer: „Abbrel, Abbrel!" On foadd woarer.

„Dois woadd dain Kealle off dech, Marieche", sääd ihrn Babbe, wie heh reankoom. „Med woas fierm gruuse Plommeschdraus!" Doas konnd doch goar nid gesai, sääd sech die Dochder, sie harrenn joa ean Abbrel geschùchd! Awwer woas, wann's nid geklabbd hadd? On sou easse naus. „Abbrel, Abbrel", riffer ihrn Voadder nooch. On foadd woarsche.

„Hossdè's Marieche gesäih?", frogdn sai Frää, „die soll merr mo baim Wäschoffhänggè helfe." „Die eas foadd", sääd dè Mann. Sai Frää geang oos Fensder on guggd ènaus. „Woas häsd hieh: foadd? Doa schdiddse joa on mächd rim med ihrm Kealle. Der hodder Plomme gebroachd." „Woas?", riff dè Mann, on wie heh zèr Dier schdeaddsd, sääd sai Frää bluus drogge: „Abbrel, Abbrel!" On foadd woarer.

Zwie huh è poar annern offgeheddsd. „Der gaanse Ärjer med dem Kalenner, doa sai nur die Fremde droo schold!", huh sè ean dè Weaddschafd gesääd. On è poar huh geniggd. „Die Fremde dreangge ins es lessde Bier foadd", riffe die zwie. On doa gobb's enn kläine Offschdaand ean e Weaddschafd! Die zwie awwer woarn schdell. „Hodder hieh schuh Fremde gesäi, die Bier gedrungge oder dè Kalenner vèschdaald huh?", froogdèsè. „Mir aanid. Abbrel, Abbrel!" On foadd woarn die Schdammdeschbrirrer.

Sou geang doas è gaans Zaid. Ean dè Schul hodd dè Liehrer dè Keann vèzohld, es geeb zwu Woche Ferjè, wail es Alfabeed naue Bùchschdoawe krieje selld, die missder iaschd eanoaddne. On es Minisderium wolld die Primzoahn obschaffe, wail sè nur dorch äis on dorch sech selwer sè dään sai, on dessdewäche missd heh aach die Rechenbicher dorchgugge. Die Keann huh schuh nid mieh heangehoadd. Wann's Ferjè gobb, wolldese all dèbai sai, also sai sè nonner ean Schulhoop gelaafe. Dè Liehrer awwer moachd es Fensder off on riffen nooch: „Abbrel, Abbrel!" On foadd woarnse.

Dè Keann eam Keannergoadde hodd die Daande vèzohld, die Kuh memm foireche Schwaans deed baim Bagghaus off sè woadde, wann sè heemgeangge. Käis wolld oo demm Doag die Dier enaus, wail Keann domols dè Erwoassene bainoh alles gegläbd huh. „Mir huh Angsd vier dere Kuh memm foireche Schwaans", sääd äi Keand, on bevier sech's noch längger fiachde konnd, riff die Daande: „Abbrel, Abbrel!" On foadd woarnse.

Dè Porr awwer schdann vier dè Kearchedier on wolld käis reanleasse. „Woas eas dè luus", wollde è poar Loid weasse. „Es sai haut nur ooschdenniche Loid ean dè Kearch, die dorch on dorch gudd sai, nie lieje on kenn eenziche Fehler huh", sääd dè Penner. „Gidd heem, ihr oarme kläine Sinder!" „Doas winn merr dommo säih, wer doa ean dè Bängk sedsde dudd", riff enner, der sossd nie ean dè Kearch woar, on schdirmd vieroo. Dè Penner awwer mächd enn Schridd zèr Said on guggd ean Himmel on sääd: „Geluuche woarsch nid groad, awwer reangefann

sai sè doch." Dè Loid awwer riffer nooch: „Abbrel, Abbrel!"
On schuh woar die Kearch werre lier.

Es koom dè Doag, doa woar die wääs Omma die lessd, die
noch doa woar, doas haddse komme säih. Jeder brouchd
äis, doassen ean Abbrel schiggd, on äis mussd ewwerich
plaiwe, on bai ihr hadd sech käis gedraud. Also easse zèm
Kalenner, der oo dè Waand heang, on hadd ean gruuse
Bùchschdoawe zwä Woadde off die Said voom Mäadds
geschreawwe: „Abbrel, Abbrel!" On foadd woarsche.

Kamberch awwer eas vèfann, doas gedd's nid mieh. Es
Alfabeed hadd als noch 26 Bùchschdoawe, on die
Maddemaddig kimmd nid uhne Primzoahn aus, die
Kearch nid uhne Sinder on es Marieche nid uhne die Liewe.

On wail sè all dicht gehaan huh, im sech nid sè blamiern,
werrn die Abbrelsscheaddse nid om lessde Doag voom
Mäadds gereasse, sonnern enn Doag schbeerer. Dann
eases schuh Abbrel, on es kann Mai werrn.

Dè Hainzemann

Es woar èmo enn jungge Kealle ean Ihringshause, der hadd die Ärwed nid erfonne. Voo kläi off woarer è bess-che dabbech on è wingk faul noch dèbai. Wie err äller woar on oofangge solld zè ärwenn, wolldn käis ooschdenn. Ean die Fabbrigg wollder off kenn Fall. „Ech muss oo dè fresch Lofd sai on brouch mai Fraihääd", säärer, wie emm sai Moadder dodemed koom. On heh hadd nid bai emm Schnairer ean die Liehr gieh winn, wie emm sain Pedder è Schdell vèschaffe wolld. Awwer offem Feald ärwenn? Doas geang aanid, wailer käi Sonn vèdraa konnd. „Mai Gesondhääd gidd vier", säärer sech on all, die's nid hirrn wollde. Eam Schdall woarer zè naut zè gebrouche, wailer Angsd vier Viecher hadd, die krisser woarn wie è Hinggel.

Schuh baal woarer es Geschbedd voom gaanse Doaf, on sai Ellern gläich med. „Hainz", sääd sain Voadder, „die Loid schwaddse iwwer ins." „Leasse schwaddse", sääd die Moadder. „Main Hainzemann eas woas gaans Besonnesch. Der mächd schuh sain Wääg. On wann's enn Rondwääg eas." „Wann dè meensd", sääd dè Voadder on wier doch dè libbsd wuannersch heangezuuche, wu enn käis kaand. Woas soll nur aus demm Jung werrn, doochderr bai sech. Gesääd hadder naut mieh, wailer deehem nid viel sè saa hadd. On dè Hainz eas äller on äller worrn, awwer käi bess-che annerschd. Heh hadd auf dè faule Haut geläje, sech voo sainer Moadder vèweehn on Godd enn gurre Mann sai läasse.

Irjendwann hodd dann Birjermeesder è Machtwoadd geschbroche. „Hainz, du mussd woas ärwenn, sou gidd doas nid", säärer zu emm. „Es Doaf muss oom Enn fier dech offkomme, nur wail dè è bess-che dabbech säisd, nid drean on nid offem Feald schaffe kannsd, dai Fraihääd brouchsd on Angsd vier Viecher hossd, die krisser sai wie è Hinggel. Niddemo die Kieh, die Wuddsee, die Schoaf, die Gäise oder die Gäns kammer dech hiede läasse. Monn schdissde meddè Hinggel off on gissd meddenn ean' Waald. Awwer äis leass derr gesääd sai: Wann dè se nid all heembreangsd, brouchsde nid mieh werre sè komme. Dann kannsdè gläich nooch Fraangkfoadd gieh on offem Birro schaffe oder bai die Soldoare oder nooch Ewwersee." Dè Hainz hadd sech iaschd heannerm rechde on dann heannerm lengge Uhr gekraddsd on domm aus dè Wäsch geguggd. Awwer woas plibbemm ewwerich? Dè Birjermeesder hadd eam Doaf es lessde Woadd.

Kaum woarn dè annern Doag die Giggel sè hirrn gewääse, deed dè Hainz med zwellef gaggernde Hinggel voo Ihringshause luusmaschiern, gaans sinnich off dè Waald zu, om Baamschdegg vèbai zèm Mehlbacher Däich (Mehlbacher Teich). Om Ufer plibber schdieh on hadd iaschdemo die Hinggel gezohld, ob sè noch all doa woarn, hoddenn è poar Frichd heangezisseld, desse woas zè duh harre, on hadd gefriehschdeggd on sech imgeguggd. Heh konnd sech goar nid soad säih: Doa deed sech dè ploè Hemmel eam Wasser schbiejenn, on die Wolge deere schweamme leann. „Wann doas Ärwed eas, leassd sech's aushaan", sääd dè Hainz. „Doas hadd ech merr schdres-sicher viergeschaald."

Wäirer geang's enn Poad noff, iwwer die Beerpladd eans Feldadaal, nobb zèm „Hohle Grond". „Nid sou schweann", riff dè Hainz on plibb nommo schdieh. Werre hodd heh die Hinggel gezohld on die Aussicht genosse. Wie schie doas doa woar! Dè Weand hadd ean dene gruuse Beem geschbield, die doa schdanne, on merr hirrd è Bach rausche. „Sou waid härre merrsch schuh mo geschaffd", sääd dè Hainz zu dè Hinggel. „Awwer edds falld merr bluus nid ean dè Baggowehausdäich! Doas deed merr noch fehn!" Die Hinggel awwer huh Groas gefräasse on gescharrd on goar nid zugehoadd. Bainoh wier daadsächlich äis ean dem Gewelwekeller vèschwonne, der wie enn Baggowe aussogg on zu enner aale Siedlung gehoadd hadd, die merr Hole hiss. „Widde wohl hirrn", riff dè Hainz, holld's Hinggel naus on hadd geschembd. „Wächer dir krieh ech naut wie Ärjer!" Die annern ellef Hinggel woarn derwail nid waid komme. On Frichd harrer genungk dèbai, im sè all sesomme sè haan. Die harrem sai Moadder medgegäwwe.

Äis noochem annern hadder die Hinggel ewwer die Bach, die Felda, gedraa on eas dann merrenn dorch dè Waald schbaddsierd. „Guggdemo, wie schie", riffer ob on zu. „Sehder die Felsbrogge, wie die med Moos zugewoasse sai? On seeder die Bach doa ean dè Wesse? Eas doas enn schwoaddse Schdorch doa hinne?" Die Hinggel awwer deerem käi Aandwoadd gäwwe. On die Heerd Mufflons, die ean däre Gächend deheem woar, harrer zèm Glegg nid gesäih. Wer wääs, velläichd härresch medde Angsd kreeje. Aach voo dene aale Hichelgräwer oahndem naut.

Wie sè bai die Elsgroawedäich koome, hadd die wäis Els aus ihrer Hehl nausgeguggd on gegriesd. „Ai, wu widd du dann med dene Hinggel hean", froogdse dè Hainz. „Äimo dorch dè Waald on dann werre heem", sääd heh, koazz ogebonne. „Sou woas", sääd die wäis Els. „Doa kann ech derr nur Glegg winsche... Pläib dè besd nid als schdieh, säih liwwer zu, dessdè dè Meddoag werre deheem säisd. Sossd pläibsdè om Enn längger eam Waald, wie derr lieb eas." On sou hadd sech dè Hainz nid laangk medde Els offgehaan, sonnern eas schweann wäirer. Schuh baal deed sech dè Wääg gowwenn, on doa woar è Hedd, doa hädder è schie Pois-che mache kenn. Awwer heh hadd droo gedoochd, woas die wäis Els gesääd hadd on hadd die Hinggel med Frichd wäirer geloggd. „Budd, budd, budd, komm, Biebche, komm..."

On die zwellef Hinggel sai hennerm drean gelaafe, huh gefräasse on pliwwe schie sesomme. „Guggdèmo, doa drewwe läid Hainbach", riffenn dè Hainz zu, on dè Els ihrn Road woar schuh vègäasse. „Eas doas nid wonnerschie?" Die Hinggel awwer harre käi Aache fier Hainbach, aanid fier dè huè Vochelsberch, der ean dè Feanne sè säih woar, nid fiersch Gissener Laand on schuh goar nid fier dè Taunus doa gaans, gaans heanne. Ewwer Wesse geang's wäirer zèm Schlesselrai (Schlüsselrain), vèbai oo blieènde Hegge on Schdroicher. „Doas weadd nid laangwailech", sääd dè Hainz on plibb werre schdieh, im sech imsegugge. „Als woas annersch!" On nobb geang's ewwer die Schlesselwess eannen Wessgrond, ewwer Fealdwääje vèbai oo aale Huudbeem (Hutebäume) zu emm Felse, der woarem Hainz nid gehoier. Sogg der nid aus wie enn Kobb? Enn Kobb voo Lava, ausgeschbuggd voo emm Wulgaan? Hisses nid, dess doa ean dè Schdäizaid on dè Bronggsezaid wer-wääs-woas-fier Loid ihr Ridduan obgehaan harre?

Härrer è Auer gehadd, härrer gewossd, desses donne ean Ihringshause groad Zwellef schloo deed. Meddoag. On baim lessde Schloag haddn dè Fels vèschluggd, med Haut on Hoarn, nur ès Schnobbdùch nid. Die zwellef Hinggel sai noch è bess-che im dè Schdäi erimgelaafe on huh è bess-che hieh on doa gescharrd, awwer dann huh sè sech ean demm Felse vèschdeggeld on woarn aach foadd.

Die Ellern awwer huh imsossd droff gewoadd, dess dè Hainz werrekoom, on weremm sai Hinggel medgegäwwe hadd, geang lier aus. Dè Birjermeesder hadd noch noochenn siche läasse, awwer auser è poar Ferrern on em Hainz saim Schnobbdùch huh sè naut gefoanne. Inner die Roiwer konnder nid gefan sai, denn es gobb käi mieh eam Waald. Velläichd easser bai die Soldoare gegangge oder nooch Ammerigga, sääre sech die Loid on huh enn nooch on nooch vègäasse.

Emm Hainz sai Moadder awwer eas bes zu ihrm Duud eam huè Aaler jeeden Doag sain Wääg obgegangge, draizè Killomeder on mieh. Beinoh vicher Schdonn woarsche innerwägs, on wann sè bai dè Felse koom, woarersch Heazz sou schwier wie Grannid. „Menn oarmer Hainzemann", deed sè jammern. „Wierschde doch baim Schnairer ean die Liehr gegangge! Du kennsd haut noch inner ins gèsai."

Dè Felse hadderr nid geandwoadd, on doch woarsche gedreesd. Es woarer, wie wann dè Hainz noch doa wier. On wann äis off emm Rondwannerwääg bai Ihringshause innerwäägs eas on Aache fier die Nadur on è werglech gudd Heazz hadd, dann kann's ean dè Meddoagschdonn

gesai, dess doa woas fladdcherd on gaggerd on dess doa
è poar Hinggel aus ihrm Vèschdegg komme. On wer bes
zwellef zeehn kann, muss sech demed bèain, denn
schweann sai sè werre foadd, on sou schweann kommese
nid werre.

Dè Hainzemann awwer hadd sai Fraihääd, mussd nid eam
Schdall on nid offem Feald schaffe, nid ean dè Fabbrigg,
nid offem Birro on nid fiern Schnairer. Heh woar nid dois
on nid deann, mussd nid bai die Soldoare on aanid nooch
Ammerigga. On wann hautsedoag Wannerschloid ausem
Waald bai Ihringshause sereggkomme, vèzehn sè de-
heem, sie härre dè Hainzemann gesäih.

Dè Häggdigger

Es woar èmo enn Kealle, leassen voo Loisel gewäse sai, demm konnd's nid schweann genungk gieh. „Auf, auf", riffer schuh dè Moije. „Mir huh käi Zaid sè vèliern." „Wu aach", sääd sai Frää, noch halb eam Schloof. „Bai ins eas sou wingk Bladds, mir huh joa niddemo è geschoid Auer."

Awwer sie eas doch offgeschdanne on hodd dè Hiard ogemoachd on Kaffie gekochd fier alle Mann. Baim Friehschdegg deed heh drennse, es wier als schbeerer. „Wann merr noch längger hieh hogge, kemmer gläich es Meddoagäasse off dè Desch duh", sääd heh, on sai Frää deed nur med dè Aache ronn on die Kebbche eansammen.

Äimo saise off Fraangkfoadd, on heh woar schuh bai dè Dier, wie sè noch è poar Sache fier die Vèwaandschafd sesomme gesammeld hadd. Merr will joa nid med liere Hänn sè Besùch komme, sääd sè sech on deed erschregge, wail he ean senner Ongedold die Dier zugebaafd hadd. On sou hoddse ihr Dasch gegralld on eas heannerm hier. Wu heh hean wolld, wossdse joa.

Heh woar schuh è gaans Schdegg gelaafe, doa haddn è aald Frää ogehaan, die om Wääg off enner Baangk sass. „Gurre", säädse. „Widde dech nid è bess-che näwer mech gesedse? Ech huh haut noch med kemm è Schderwesweaddche geschwassd." On doas eas woas, doas kenn nid all ean Hesse guud vèdraa. Dè Häggdigger hadd è Gesichd gemoachd wie sewwe Doag Raawerrer on eas goar nid iaschd schdieh gepleawwe. „Käi Zaid, käi Zaid", deeder ruffe. „Es kimmd beschdemmd noch äis vèbai." On foadd woarer.

Wer awwer koom, doas woar sai Frää, on die Aald hadd werre ihr Schbrichelche robbgemoachd. „Gurre", säädse. „Widde dech nid è bess-che näwer mech geseddse? Ech huh haut iaschd med emm geschwassd, on der hadd käi Zaid fier mech." „Doas kann nur menn Mann gewäse sai", sääd die Frää voo Loisel oder wu sè sossd her woar. „Doas eassen Häggdigger, wie er eam Bùch schdidd. Mir winn bai die Vèwaandschafd, nooch Fraangkfoadd, awwer die laafe merr nid foadd. Enn Aacheblegg kann ech mech joa bai dech geseddse, on mir vèzehn ins woas."

Die Aald hodd sech gefroid on eas offgeschdanne, bevier sech die Jingger seddse konnd. „Nooch Fraangkfoadd widde? Doa will ech aach hean. Komm, ech nomm dech med ean menner Kuddsch, die schdidd doaheanne eam Schwoare. Innerhaan kemmer ins eannerwägs." On sou saise bai die Schees, on dè Kuddscher, der schdomm on doub woar, hadd schuh off sè gewoadd on die Goil off Drabb gebroachd. Schweann woarn sè ean Fraangkfoadd, viel ehender wie gedoachd. „Wie die Zaid vègidd, wann merr sech woas zè vèzehn hadd", sääd die Frää voo Loisel oder wu sè sossd her woar.

„Doas eas è woahr Woadd", sääd die aald Frää. „Doas hädd emm Geede sai Moadder aach saa kenn." „Die hädd ech geann kennegeleand", sääd die jingger Frää. „Doas woar äi, die hadd die Ruh weg", sääd die Aald. „Die liss sech voo annern nid kwerch mache. Awwer Gäisd haddse

70

aach. On ihrn Schbass om Läwe." On nid waid voo demm Haus, wu dem Geede sai Mamme, die Aja, gewuhnd hadd, eas die Frää aus dè Kuddsch geklerred on äimo ims Egg, on schuh woarsche bai ihre Vèwaande. Die huh gaans schie geguggd! „Ai, kimmsde elläi?", huh sè gefrogd. „Wu eas dann dain Geddergadde?" „Der hadd's oarch ailech gehadd", sääd sai Frää. „Drim easser nonnid hieh."

Wie heh ookoom, woar sè schuh bai dè zwädd Dass Kaffie. „Woas mächd du dann schuh hieh", hadder geruffe, on wie sem die gaans Geschichd vèzohld hadd, wolldersch iaschd nid gläwe, awwer dann plibbem goar naut annersch ewwerech. Es hädd joa sossd memm Doiwel zugegangge sai misse, on doas wolld käis gesääd huh. Friejer harre sè Loid läwennich vèbraand, wann sou enn Vèdacht offkoom. Doas woar schuh laangk hier, awwer wann's werglech memm Doiwel zugieh deed, kennde sou Zaire werrekomme. On doas wolld käis, der oder die sè all dè Raih nooch hadd. Voo sou Gedaangge obgelengd, hadd dè Häggdigger bainoh vègäasse, wie schbeed's woar. „Auf, auf", riffer. „Mir misse heem." On dessmo saise sesomme luus.

Offem Reggwäg hodd enn Hausierer die zwie oogehaan. „Kääfd merr doch woas ob", deerer berenn. „Menn Koarb eas sou schwier wie nur woas, menn Regge brechd merr ausenanner." Dè Mann hadd nur obgewunggge. „Mir kääfe naut, mir brouche naut, on mir kenn derr aanaut draa. Mir misse heem on huh's ailech!" Sai Frää awwer hadd gesääd: „Gieh nur vier. Ech glääb, mir kennde è poar Knebb on aach Hosegummi brouche. Ech kääf schweann woas on komm nooch." On sie hadd sech woas ausem

Soddimend ausgesùchd on emm Hausierer aach è Schdeggelche Bruud gegäwwe, desser werre sè Kräfde koom. Fier è gudd Wärg eas als Zaid, säädse sech. Heem komm ech noch frieh genungk.

On wie wann dè Hausierer ihr Gedaangge hädd lääse kenn, särer: „Du hossd è gudd Heazz, on ech daangk derr. Menn Koarb eas edds viel läichder, on dai Bruud koom groad richdich. Ech wääs derr woas: Hieh bai Gisse schdäisde ean die Aiseboh, on dann säisde baal dèheem." „Ech huh käi Geald med fier è Foahrkoadd", sääd die Frää. „Doas mächd naut", sääd dè Hausierer. „Menn Kusseng eas doa Schaffner. Schbrechemm, dess ech dech geschùchd huh, on heh leassd dech imsossd medfoahrn. Mir harresch aach schuh ogeborre, awwer doas nidsd mech naut, ech muss ewwer die Dearfer, wann ech mai Zoich vèkääfe will."

On sou eas die Frää zèm Bahnhoop on medde Boh bainoh bes heem. Wie ihrn Mann die Dier reankoom, logg sie schuh eam Näsd on schliff. Heh konnd's nid fasse on hodd sech die Geschichd vèzehn leasse, wie sè dè Moijend baim Kaffie sasse. „Doas hossde gedreemd", sääd heh. „Dann sai ech wohl eam Schloof gewanneld", sääd sie nur on hadd fier sech behaan, woas sè gedoochd hadd. Fier laangge Vierdräg hadd ihrn Mann souwiesou käi Zaid. On sie käi Gedold.

Die Zaire woarn schlächd on woadde als on als schlächder. Doa huh sech die zwie ennschlosse, nooch Ammerigga sè gieh. Baim Agende voo eam Bremer Reeder huh sè ean Schdonndoaf ihr Koadde fiersch Schiff gekaafd, ihr

Haus oo ihrn Noochberr vèschärweld on nur medgenomme, woasse draa konnde. On aach wann heh sou schweann foaddkomme wolld, wie's geang, wollder doch käi Koadde fier die Aisebooh kääfe. „Sè doijer", harrer gesääd. „Mir misse ins' Geald sesomme haan. Fier Ammerigga! Auf, mir winn foadd!"

On sou saise luus. Es deed nid laangk dauern, on enn Bauer deed sè oohaan. „Helfd merr mai Häh mache", riffer. „Es soll gewerrenn, on mai Frää eas ean Hannovèsch-Minne!" Woas doas äi med demm annern sè duh huh solld, deed dem Mann nid eanloichde, awwer heh sääd sech: Dessmo mach ech's wie mai Frää sossd on nomm merr die Zaid! Dann sai ech schweann ean Bremerhaafe, on wann sè nid heannerher kimmd, pläibd sè hieh, on ech krie es Geald fier die Foahrkoadd werre! Denn es haddn geärjerd, desser zwämo es Noochsäih gehadd hadd. On sou wollder sech è Reff gräife, immem Bauern sè hälfe, on kreeg enn Reche. Senner Frää hadd dè Häggdigger gesääd: „Gieh du nur wäirer, ech holl dech ean!"

„Wann dè meensd", sääd sie, wossd awwer: Sou ailech, wie heh's als hadd, sou viel Zaid lisser sech beim Ärwenn, wailer alles richdich mache wolld. Heh konnd voo Glegg saa, wann die Hälft voom Häh ean dè Schoier woar, wann es Gewerrer luusgeang. Gesääd haddse naut. Dè Bauer awwer riffer nooch, sie selld senner Frää enn schiene Gruus saa.

Ihrn Mann had geärweld on geärweld, awwer nid schweann genungk. „Du säisd schold, wann mai Häh nass

74

weadd", sääd dè Bauer. „Wie kimmsdè mir dann vier? Ech huh derr doch geholfe", riff dè Häggdigger. „Aach wann ech käi Zaid hadd."

„Enn gurre Road", sääd dè Bauer. „Nomm der nid mieh vier, wie dè pagge kannsd. On hälf Loid, uhne woas sè erwoadde. On hirr off dai Frää... Die eas schuh laangk ean Bremè on woadd off dech, wann dè Glegg hossd." „Ai, wie dè doas", riff dè Häggdigger. „Doas kann doch goar nid gèsai!" „Mai Schwiejerloid huh è Schiff, doas fiehrd die Weser nobb", sääd dè Bauer. „Mai Frää vèkääfd die Foahrkoadde ean Hannovèsch-Minne. On wann dai Frää sè voo merr gegriesd hadd, dann haddse äi Foahrd fier imsossd kreeje. Off dech konndese nid woadde."

Doa eas dè Häggdigger nooch Bremè, wie voo dè Darandell geschdoche, on heh hadd Glegg: Sai Frää hadd noch offen gewoadd. „Du säisd enn Häggdigger on enn Fennichfuggser", säädse. „On ech huh ewwerlägd, ob ech uhne dech besser droo wier. Awwer nooch Ammerigga gidd merr liwwer zè zwääd." On sou woarsch. Dè Häggdigger awwer eas enn Häggdigger gepleawwe, aach ean Ammerigga, on doa drewwe wossdes è poar sè schäddse. On wannersch als noch sou ailech hadd: Memm Schdärwe lisser sech Zaid. On sai Frää eas noch äller woarn, sääd merr.

Dè Duud hadd alsèmo oo ihr Dier geklobbd, on jeed Moo haddse enn annern Schbruch off Laacher: „Du derr langsam!" „Aile med Waile!" „Naut ewwerschdeaddse!" „Du sinnich!" „Monn eas aanoch enn Doag!" „Nomm derr Zaid onnid es Läwe!"

laschd, wie err die Schbrich ausgegangge sai, hoddse zu emm gesääd: „Eas gudd. Gieh schuh mo vier, ech komm nooch." On wann semm Duud nid nommo voo dè Schebb gehebbd eas, dann hoddsemm doch enn schiene Vier-schbrung geleasse.

Es Saalzfäss-che

Es woar èmo enn Sonndoagnoochmeddoag ean Owwer-
hesse, doa woarsch em Glegg on em Päch laangwailech.
„Leass ins wedde", sääd des Glegg. „Med dir wedd ech
nid", sääd es Päch. „Du wääsd, wurim." „Dessmo kannsde
aach gewenne", sääd es Glegg. „Mir breangge es Saalz-
fäss-che ean Imlaaf on wedde droff, wersch haut ean
emm Joahr noch hodd: Räiche oder oarme Loid?"

Doas Saalzfäss-che woar käi äifach Saalzfäss-che, näi, doas
harre emm Doiwel sai Ellern aus dè Hell medgenomme,
wie sè ausgezooche sai. Emm Doiwel sai Omma, es aale
Gewerreroos, haddn gewaisd, wu die Hell è Loch hodd.
„Mir vèschdieh ins sè gudd", haddse gesääd. „Wail merr
ins ähnenn, med Oasch on Kobb. Es eas merr, wie wann
ech ean enn Schbiejel gloddse deed... Naus med ouch!
Auern ongeroarene Sohn kennder hieh leasse, doas eas è
Soadd fier sech." On sou sai emm Doiwel sai Ellern aus dè
Drai-Generadsjone-Hell ausgezuuche on off dè Äad ge-
wanneld ean Menschegeschdald. Werenn begaand eas
on hodd's ewwerläbd, weadd's nie vègäasse.

Es Saalzfäss-che harrese irjendwu schdieh leasse, wie sè
werre mo Onhäl schdifde gegangge woarn. Doas woar,
wie err ouch dengge kennd, käi Saalzfäss-che wie annern
aach: Näi, doas hadd sech selwer werre offgefilld. On
Saalz woar doier domols. „Die Wedd geld", sääd es Päch.
„Räiche Loid! Die sai hobbschech on gäwwe's nid her!"
„Ech haal dègeeche", sääd es Glegg. „Irjendwer muss joa
aach bai die oarme Loid haan."

On sou huh sè es Saalzfäss-che ean die Kech voo enner oarme Familje geschdaald. Wie die Moadder doas Deangk dè Moijend gesäih hadd, woarersch nid gehoier. „Doas eas nid ins", säädse zu ihrm Sohn on deeren schenn. „Duh's doa hean, wu dess her hossd!" Du breangsd ins all eannem Doiwel sai Kech!" Wie räächd sè hadd, oahnderr goar nid.

Ihrn Sohn moachd alsèmo laangge Fingger, awwer heh hodd geschworn, heh hädd doas Debbche nirjends medgieh leasse. Wail sai Moadder käi Ruh gobb, harrersch doch genomme on eas ean die Schdoadd. Offem Moad hoddsem die Kechin voo emm räiche Mann obgekaafd. Wie sè koche deed, haddse schweann schbedds kreeje, dess es Saalz nid wingger woadd, on hodd's ihre Herrschafde gemeld. „Wonnerboar", riff dè räiche Mann. „Edds misse merr nid mieh om Saalz schboarn. Schdell's nur hieh offen Desch, dann kann ech merr als noochgesaalze." Denn manche Loid kriè dè Haals nid voll. On sou hadd dè räiche Mann sech sai Sobbe on Soose selwerd vèsaalze, nur wailersch konnd. On sain Kobb eas reerer on reerer woarn on heh als fedder. „Sai schboarsam memm Saalz", sääd sai Frää, dere doas Fäss-che, doas sech selwer offfinn deed, souwiesou nid gehoier woar. „Dengk oo dai Gesondhääd! Dè Dogder hodd aach..." „Babberlabbabb", deed ihrn Mann sè ennerbreche, on doas woar, wie merr hirrd, sai lessdes Woadd. Bùchschdäblech.

Noch om Doag voo dè Beerdiching hadd die räich Frää doas Saalzfäss-che ausem Haus schaffe leasse. Wail sè Buuse duh wolld, haddses enner oarme Familje geschengd, on noch zwie Lääb Bruud dèzu. Die oarm Fa-

milje hadd sech bedaangd, wossd awwer nid sou räächd, wie err geschäih woar. Dess Räiche woas zè vèschengge harre, hossde nid alle Doag erläbd. On sou huh sè doas Bruud gäasse, es Fäss-che memm Saalz awwer iaschdèmo nid oogerohrd. „Doas dään merr ins ean", sääd die Moadder. „Doas scheggd ins è gaans Joahr."

On sou woarsch. Die Moadder on die Dochder wachde ewwer doas Saalzfäss-che wie zwie Zerwerusse, wie merr die Hellhonn aach hääsd. Mieh wie äimo huh sè dè Mannsloid off die Poode geschloo, wie die oddendlech Saalz off ihr Ääg oder ean ihr Sobb mache wollde. Baim Koche huh sè als nur è Poodche Saalz genomme, kenn Läffel voll, wie's annern vèlläichd gemoachd härre.

On wail sè nur so wingk genomme huh, schmoachd ihr Äasse è bess-che läbsch, awwer es gobb joa aanoch Kroirer on Knowwelouch. On es eassen nid offgefann, dess doas bess-che, woas sè zèm Koche genomme harre, werre dèbai gekomme eas. „Mir kenn oarch gudd weaddschafde", säre sech die Waibsloid, on es Saalzfäss-che woar ihr Bewais. Doa huh enn die Mannsloid aach es Geald ewwerleasse.

Es Joahr awwer woar rim, on es Glegg hadd die Wedd gewonn. Es Päch woar sewwe Joahr nid mieh sè geniese on deedsem Glegg ewwel nomme, desses räächd gehadd hadd. „Du hossd's bai merr eam Saalz", sääd's, on med è bess-che Glegg hirrd käis voo ouch denn Schbruch, denn dann schmeggd ouch es Läwe nooch Rache on Vègeldung, aach wanner nonnie es Saalzfäss-che voom Doiwel sai Ellern ean auer Kech schdieh hadd.

Die Schnejelweaddschafd

Es woar èmo enn Weadd ean Owwerhesse, der hiss Kall, on wail sou viele Kealle Kall hisse, hiss merrn Weadds Kall. Doas woar sain Doafnoome on aach sain Beruf.

Weadde worrn wichdich friejer, als oo dè Kwelle, on sie woarn aach eam Bealde, woas off dè Weald bassierd eas, doas hääsd, eam ächene Doaf on noch drai Dearfer wäirer. Domols gobb's wie hautsèdoag è gruus Schnejelplaache. Alle Gäadde woarn voll voo Schnejel on lier voo Seload on Gemies. Die Schnejel huh sech jeed Noachd dè Rannse voll geschloo, on die Vechel konnden nid Herr werrn. Die Kaddse huh enn gruuse Booche drim gemoachd, on die Honn huh die Schwänns eangezuuche, wann sè ean Goadde geruffe woarn sai. Noachds sai die Loid med Ladderne naus, im Schnejel sè fangge, sie huh Fann med Bier on woas alles offgeschdaald, awwer doa sai noch mieh Schnejel komme on huh sech eangelodd gefiehld.

Dè Jammer woar gruus. „Woas mache merr bluus", sääde die Waibsloid. „Woas mache merr bluus", sääde die Mannsloid. Die Keann sääre naut, die woarn dè gaanse Doag baim Schnejelsiche on mussde nid ean die Schul. Dè Doag ewwer huh sech die Schnejel awwer selde säih leasse, on die Keann harre frai. Dè Schnejel sai Daangk!

Awwer kenn Seload, käi Gurge on aach käi Karodde? Doas konnd off die Dauer käis heannomme. On sou hadd enn Birjermeesder è Belohning ausgesassd. Äi Joahr käi Schdoiern zoahn on è Kuh noch dèbai! Weadds Kall woar enner voo dè iaschde, die's gehoadd harre. È Kuh hadder nonnie gehadd, awwer geann huh winn. On käi Schdoiern sè zoahn, è gaans Joahr laangk, doas woar doch woas!

On wail sech enn Weadd sou viele Geschwäddser oohirrn muss, konnd Weadds Kall mieh wie äi Pladd, Huuchdoidsch naddierlech aach, on è bess-che Englisch, wail die Ammis noochem Krigg bai emm des äine oder anner Bier gedrungge harre. Oder enn Äbbelwai. Saider* saa die dèzu, harrer mo gehoadd on sech aach doas behaan. Wer awwer sou viele Schbroache kann oder bainoh kann, der kann aach dè Schnejel ihr Schbroach leanne. On sou eas Weadds Kall naus, wann dè lessde Gast ooschraiwe liss on sech foadd moachd. È Bleedche med Bier harrer dèbai, denn Bier deere die Schnejel joa sè geann soufe. Doas eas doch schuh mo woas, sääd sech Weadds Kall on deed luurn.

Es deed nid laangk dauern, on die iaschde Schnejel koome ogeredschd. „Bier", sääd dè iaschde, doas hädd Weadds Kall ean jeere Schbroach vèschdanne. „Schuh werre", sääd dè zwädde, on doas woarem Weadds Kall onerklierlech. „On naut dèbai", sääd dè dreadde. On doas konnd sech Weadds Kall groad noch sou sesomme raime. „Mensche", sääd dè veadde, „huh käi Fandasie." Weadds Kall glääbd, heh hädd sech vèhoadd. Käi Fandasie? „Die dengge als nur oo sech", sääd dè finnefde Schnejel, on der jammeriche Ton koomem Weadds Kall bekaand vier. Den harre manche Gäst noochem finnefde Bier onnem dreadde Braandwai. „È woahr Woadd", sääd dè seggsde Schnejel, on dè sebbde schdemmdem zu: „Mensche sai schlimmer wie Ichel on Vechel!" Weadds Kall koom nid mieh med, awwer desses geeje sai Loid geang, on geeje ihn aach, doas hadder vèschdanne. „Soufd, woasser kennd", riff doa dè oachde Schnejel, „on dann krichd im auer Läwe!"

Die Schnejel schlabberde es Bier on huh sech, sou schweann sè konnde, dèvoo gemoachd. „Auf, beaild ouch", riff dè noinde Schnejel noch, on dè zehnde hadd sai Hois-che geraffd on eas hennerher. Domols, missder weasse, gobb's die Schbanisch Wäägschnegg ean Owwerhesse nonnid. Doa harre die meesde Schnegge voo kläi oo ihr Hois-che dèbai on woarn ewwerall deheem.

Weadds Kall awwer hadd sech eans Näsd gelägd on voo enner Weaddschafd gedreemd, die nur fier Schnejel woar. „Mensche huh käi Fandasie", hadder die Gäst noch saa hirrn, wie enn sai Frää wach mache deed. „Voo weeche", sääd Weadds Kall schloofdrongge. „Voo weeche woas", frogd sai Frää. „Voo weeche: Käi Fandasie", sääd Weadds Kall, haddes Friehschdegg ausgelesse on eas zèm Schrainer, emm Helmut.

Dè neggsde Doag hadder baim Birjermeesder geklobbd. „Schdissde noch zu demm Woadd?", hadder gefrogd. „Äi Joahr käi Schdoiern on è gudd Kuh fier den, der die Schnejel vèjeegd?" „È gudd Kuh huh ech nie gesääd", knoadd dè Birjermeesder. „Awwer wann die Schnejel foadd sai on foadd plaiwe, easses aach è gudd Kuh wierd." Dè Birjermeesder hadd sai Haand ausgeschdreggd on Weadds Kall hadd eangeschloo. Obgemoachd woarsch, inner Zoiche: emm Birjermeesder sai Frää on dè aale Auchusd. Weadds Kall awwer hadd enn gruuse Kasde baim Helmut obgeholld on ean sain Goadde geschdaald, wie è Bobbehaus, med Mewel on allem, nur dess die eangerichd woar wie sai Weaddschafd. Es Dach konnd merr obgehewe, on vorne woar è kläi Dier. Deann gobb's schbeerer Bier on Seload on zoarde Bliede voo Sommerbliejer, Lupine-Schdiel on Dahljeblärer, on è bess-che Mussigk noch dèbai. Off dè Biehn schdann è kläi Schbielauer, die konnd merr offziejè.

Emm Weadds Kall sai Frää hadd nur dè Kobb gescherreld, wie heh medde Kisd voom Schrainer koom. „Ins Keann sai schuh sè gruus dèfier", säädse. „On Enggel huh merr noch laangk käi!" „Doas eas nid fier Keann", sääd ihrn Mann. „Doas schdell ech ean' Goadde." „Bosse", riff sai Frää. „Der hadd Feadds eam Kobb!", säädem Weadds Kall sain Voadder. On die Keann sai im die Kist erim gehebbd on konnde sech nid soad droo säih. „Moije gidder werre ean die Schul", sääd Weadds Kall nur. „Die Schnejelferje sai rim."

Die Weaddschafd plibb oo demm Owend zu. Weadds Kall hodd eam Goadde gesäasse, wie's dusber gewoarn eas on hadd gewoadd. Laangk mussder nid off dè Lauer läije on Ausschau haan. Dè iaschde Schnejel sass schuh vierm Kasde on wolld rean. Doas geang awwer nid, wail's Hois-che nid dorch die kläi Dier gebassd hadd.

Wail doas hieh è Märche eas, on doa droff hadd Weadds Kall schbeggelierd, konnde die Schnejel ihr Hois-che obsedse. On wail die Mussigk sou schie woar, on wail's nid nur Bier gobb, sonnern aach woas zèm Schnabbeliern dèbai, eas enn Schnejel noochem annern dorch doas Loch, doas dè Schrainer gelässe hadd, ean die Schnejelweadd-schafd gekroche on hadd sech's gudd gieh leasse.

Wie sè awwer all drean woarn, aach die Noochziechler, die's ewwerall gedd, hadd Weadds Kall die kläi Klabb off dè Eangang fann leasse on hodd die Hois-chen eange-sammeld, die dois logge. Honnerdseggsenzwannsech harrer gezohld on ean enn Sagg geworfe. Die Schnejel awwer, die edds naggich woarn, hadder vicher Dearfer wäirer eam Schdäibruch ausgesassd. Doa sai sè aach gepliwwe, wail sè sou nid inner Loid gieh konnde. Niddemo inner ihr ächene.

Dè neggsde Owend es gläiche Schbiel. On wie dè Sagg bes owe voll med Hois-chen woar on sech kenn enne Schnejel mieh ean dè Weaddschafd säih leasse deed, aach wann doa die Mussigk schbien deed on Kobbseload on Nessjes on woas nid all offem Desch schdann, doa eas Weadds Kall zèm Birjermeesder on hoddem dè Sagg med dè Hois-chen gewaisd. Wail die all lier woarn wie die Kearch, wann dè Penner ausem Noochberrdoaf die Preering hill, doochd dè Birjermeesder, die Schnejel härre all die Fiehler fier all Zaid eangezuuche.

Die Schneejelploog woar vierewwer. Weadds Kall kreeg è gudd Kuh on mussd äi Joahr kenn Fennich Schdoiern zoahn, hadd awwer gudd sè duh, wail viele Loid ean die Weaddschafd koome, im sech sai Geschichd oosèhirrn.

Weadds Kall doochd awwer nid droo, die Woahrhääd sè saa. Wann's werre mo è Schnejeljoahr gobb, wolld heh dè Eenziche sai, der wossd, wie merr die kläine Viecher werre luusweadd on sain Seload behaan kann. Also hadder dè Loid schbannende Geschichde vèzohld, die all nid woahr woarn, sech awwer gudd oohirrn deere. Fandasie harrer joa.

Woas die Bobb sääd

Es woar èmo, vier goar nid allzè laangger Zaid, doa harre Keann noch kenn Schdall voll Schbielsache. Niddemo è Schdobb voll – wann's käi Bobbeschdobb woar. On doch sou viel mieh Zoich wie ihr Ellern oder Gruusellern.

Enn Doag woar è Bobb obhande gekomme on logg eam Somb bai dè Freesch. „Woas eas dè doas?", kwaagde enn Froosch on hadd om Regge voo dè Bobb oo emm Bännel gezooche. Die Bobb awwer konnd schwaddse on hadd gefrogd: „Hast du mich lieb?"

Die Freesch woarn gaans schie erschrogge. „Woas haddse gesääd?", wolld enner weasse, on enn annern, der schuh dè Schlausde gewääse woar, wie sè noch Kaulkwabbe eam Groawe gewäse woarn, deed ewwersedse: „Hossde mech geann?"
„Ai, wieso solld ech dann?", frogd dè iaschde Froosch on zobbeld nommo oo dem Bännel.
„Ich hab dich lieb", sääd die Bobb.
„Ech huh dech geann", ewwersassd dè Schlaufroosch.
„Du?", deed sech dè iaschde Froosch wonnern.
„Näi, die Bobb. Die hodd dech geann."
„Wersch gläbbd", sääd dè iaschde Froosch, on edds hadd enn annern oom Bännel gerobbd.
„Bitte kämme mein Haar", sääd die Bobb.
„Bidde duh merr mai Hoarn kämme", hiss doas.
„Wumed dann", lachde die Freesch. „Säih mir aus, als bräichde merr Kämm?"

„Gehen wir spazieren? Spiel mit mir", sääd die Bobb, wail werre on werre äis oo ihrm Bännel gezuuche hadd. „Gieh merr schbille? Schbiel med merr", solld doas hääse. „Schbille gieh? Schbien? Ai, woas dann?", froogde die Freesch. „Mir kenn dai Schbien nid, on du kannsd nid gehibbe on aanid geschweamme, wie's aussehd."

Die Bobb hadd sech nid geriehrd, awwer wail die Freesch ihr nid ihr Ruh lisse, säädse: „Ich bin müde." „Ech sai mied", ewwersassd dè Schlaufroosch. „Es eas besser, mir leasse fier haut ean Ruh!" „Ich möchte schlafen", sääd die Bobb. Ech will schloofe. On wie noch äis oo err zobbeld: „Gute Nacht, Mutti!" Doa woarn die Freesch geriehrd. „Genoachd, Mamme", hadd noch käis zu enn gesääd. On sou huh sè dè Bobb è Bedd voo Schilfgroas gemoachd on huh sè med Seerusebleerer zugedoochd. Dè annern Moije konndese's nid erwoadde, wie's wäirer geang. Kaum schdann die Bobb werre off ihre Bobbefiss, hadd äis oo ihrm Bännel gezobbeld.

„Guten Morgen, Mutti", sääd die Bobb. „Gemoije, Mamme", hiss doas, doa brouchdese käi Ewwerseddsung. „Ich habe Hunger." „Ech huh Hungger", ewwersassd dè Schlaufroosch werre. Awwer dann woar gurrer Road doier. Woas frass sou äi? Migge wolld sè nid, on aach fier annern faine Sache haddse dè Bobbemund nid offgemoachd.

Die Freesch huh's Firrern eangeschdaald on sech wäirer medde Bobb eannerhaan. Velläichd konnde sè joa rauskrieje, wu sè her woar. „Ich will artig sein", sääd die

Bobb. „Ech will broav sai", hiss doas. „Doas hoffe merr doch", sääre die Freesch. „Eam Somb easses fier sou äi wie dech gefiehrlech."

„Bekomme ich ein neues Kleid?", froogd die Bobb. „Bekomme ich ein Schwesterchen?" „Sie freegd, ob sè è nau Klääd kridd. Oder è Schwesderche", ewwersassd dè Schlaufroosch, on all deere sè lache. „Sai merr hieh bai Winschderr-woas oder baim..." Des Woadd Klabberschdorch koomen nid ewwer die Libbe. Wann doas, woas Freeschmoiler huh, Libbe gehääse werrn kann. „Gib mir einen Kuss", sääd die Bobb. Enn Kuss! „Käis kann wesse, wie mir Freesch kisse", sääd dè Schlaufroosch. „Ewwer Wasser duh merrsch nid, inner Wasser sehd merrsch nid." On all huh sech amisierd.

„Wann kommt Vati?", frogd die Bobb wäirer. „Ich möchte nach Hause." „Wann kimmd dè Babbe? Ech will heem", hiss doas. Die Freesch huh sech oogeguggd on wossde nid, woas sè saa sollde. Heem? Wu solld doas sai?

„Erzähl mir ein Märchen", sääd die Bobb mieh wie äimo, wail die Freesch nommo on nommo oo ihrm Bännel gezuuche harre. Wer wääs, sääre sè sech, velläichd, duddse ins doch vèroare, wu sè hier eas. Awwer doas wossd die Bobb nid. On sou huh die Freesch ihr è Märche vèzohld voo emm gruuse schwoadds-wäise Voochel, der die Keann ausem Himmelsboann hoon on zè Waibsloid breangge deed, die off è Keand woadde deere. Die hadd der Voochel iaschd ins Bäi gezwiggd, desse wossde, doa woar woas Kläines innerwägs.

On wie sè sou vèzohld harre, koom enn Schdorch ge-flooche on wolld sech enn Froosch zèm Meddoagäasse schnabbe. Die Freesch awwer woarn schweann eam Wasser on woarn ennergedougd. Doa hadd dè Schdorch die Bobb gepaggd on woar luusgeflooche. Wailersche awwer omm Bännel gezuuche hadd, deed sè oofangge sè schwaddse. „Au, du tust mir weh!" Vier loirer Schregge hadd dè Schdorch luusgeleasse. Nid nur dè Bännel, aach die Bobb. Die fill ean enn gruuse, liere Bobbewaa, der vier emm Haus ean dè Sonn schdann, deed ihr Schloofaache offschloo on sääd nur: „Das Märchen war schön."

On wann's nid sou gewääse eas, wiersch doch schie gewäse. On è Märche souwiesou.

Die Plommefee

Es woar èmo è Frää ean Owwerhesse oder sossdwu, die hadd enn Plommegoadde wie käi anner eam gaanse Laand. Die hadd, sääd merr, nid nur enn, sonnern zwie griene Damme. Drim huh die Loid sè „ins Plommefee" gehääse. On wossde nid sou räächd, ob sè schdolls off sè sai sollde oder Giafd on Gall schbugge.

Woas woarn die Plomme schie! Wann es Friehjoahr koom, schdeggde die Schniegleggche ihr wäise Kebb demm bess-che Sonn enngeeche, doas es dann eam Vochels-berch oder sossdwu gobb. Krogusse huh enn schuh baal Gesellschafd gelaisd, gääle Weanderlengge on bleddse-ploè Perlhijazinnde. Doas hodd geloichd, è Froid fier die Aache on fier die iaschde Bie, die ennerwäägs woarn. Wuannerschd deere sè sou frieh eam Joahr nonnaut feann.

Wann dann iaschd dè Sommer koom, woar der Goadde voll med Bliede, on es hadd gesommd on gebrommd. Die Eanseggde hille Kearmes. Rean ean die Bliede voom Leewemoilche, raus on wäirer zemm Lavennel, bai die Daggeedes on die Ringgelplomme, zèm Ridderschborn on Kladschmohn. Gruuse Dahljebisch schdanne vierm Zau, oom Schbalier deed Kabbudsinerkress wosse, on es Goaddeheddche woar ewwer on ewwer med Gliddsienje bedeggd, enn Schmerrerlengsflieder zuug all oo, die bonde Fliejel on laangge Fiehler harre: Dè Admiral droff sech doa memm kläine Fuggs onnem Zidronefalder, memm Doagfauèaag on annern Vèwaande.

„Woas eas doas schie", sääre die, die's gesäih huh. Mächd awwer aach viel Ärwed, doochde die, die nur die Mieh sogge, die woas mache deed. On laud säärese: „Awwer die hodd goar kenn Seload eam Goadde, käi Gemies on käi Kaddoffenn, niddemo Schdroich med Gehannsbiern! Woas will die sech fiern Weander eanmache, Plomme velläichd?" Die ass merr domols nonnid. Doa huh sè all ihr Kebb geschirreld: Sou enn Onvèschdaand! „Geald haddse aanit souviel, desse sech all doas kääfe kennd, woas mir eam Goadde huh", säärese. „Woas dudd die äässe: Elfeschbiejel?" „On woas dudd die dreangge: Gisswasser?", deere sè froddsenn.

È poar harre Schdäi, wu annern enn Goadde harre. Doa doafd käi Hälmche ausem Burre komme, schuh goar kenn Leewezahn on aach käi Gänsplimmche, naut wie Schodder on Plasder ims Haus. On doch huh sè sech alsèmo längger om Zau voo däre Frää offgehaan, wie neerich woar, im noochem Räächde sè gugge. Dè Zau woar sou nierech, desse noch kenn laangge Hals mache mussde, solaangk die Dahljebisch nonnid gruus woarn.

Die Frää med demm Plommegoadde awwer hadd sech selde säih on sech nid norrech mache leasse. Die wossd joa, woas die Loid voo err doachde, on hadd käi Lust, sech dene ihr domm Geschwäddser oosèhirrn oder Reed on Aandwoadd sè schdieh, wie wann merr vier Gerichd schdänn. Woas geang doas die Loid oo, woas sie äässe on dreangge deed on ob sè ewwerhaubd äässe on dreangge deed. Sie liss liwwer ihr Plomme fier sech schbreche on schwaddsd aach liwwer merren on med dè Käfer, dè Bie, dè Bernemoddse, dè Schwebflieje on dè Schmerrerlengge, dè Roupe, dè Hummenn on dè Dausendfissler on wer noch all ean ihrm Goadde wuhn deed oder droo vèbai geflooche oder droo vèbai gekrawweld eas. Nur die Rääjewirm lisse sech nid sou geann off è Schwädds-che ean, die woarn liwwer eanner ihresgläiche onne ean dè Äad.

Die Frää med demm Goadde awwer woar è Zauwerin ean Menschegeschdaald on hadd schuh è poar voo denne, die err es Läwe schwier mache wollde, ean Dahljebisch vèwanneld. Jeeren Sommer mussdèse om Zau woasse, bes käis mieh sou äifach dorch die Ladde ean Goadde gugge konnd, on dann huh sè gruuse Bliede oosedse misse, gääle, orangscheniche, wäise oder ruure, med viele Bliedebleerer offenanner, besse aussogge wie Ballongs oder Schdeann oder wie die Bommenn off dè Bommelmiddse. Wann's Hirbsd woadd, hadd die Zauwererin die Dahljebisch imgemoachd on die Knonn ausgegroawe. Die koome dann ewwern Weander ean Keller ean Eanmachgläser on huh offs Friehjoahr gewoadd. Doa geang alles voo voann luus.

Wann die Zauwerin gurre Laune hadd, deed sè Loid, die err nur è bess-che bleed gekomme woarn, ean äi- oder zwäiehreche Plaanse vèwannen: ean Elfeschbiejel oder Schdruhplomme oder ean dè lilla blie-ennde Basiliggum, den harre die Hummenn goar sè geann.

Woar dann dè Sommer rim on die Plomme obgebliehd, deere sech die werre ean Mensche vèwannen, schdanne vierm Zau voom Plommegoadde on wossde nid, wie enn geschäih woar. Es Somme voo dè Bie harre sè noch laangk eam Uhr, on wann's raan deed, deere sè onvèwaand lächenn, on wann Weand geang, sech hean on hier wieje, bainoh wie zèm Daans.

Doa droo konnd merrsche erkenne, wann merr Aache dèfier hadd. Sie selwer awwer woarn's nid gewoahr. Ihr Familje huh käi Froache geschdaald, wail sè nid wesse wollde, woas doa fier Mächde eam Schbiel gewäse woarn. Merr schaamd sech, dess merr sou äis ean dè Vèwaandschafd hadd, äis voo dene, die fier è halb oder annerdhalb Joahrn vèschwonne woarn on med liere Hänn on emm liere Gedächdnis heemkomme. „Off die Schdronns gieh on dann lieje", säare die Loid. „die huh merr sou geann wie Giersch eam Goadde. Den wirschde nid luus, der kimmd als werre."

„Dè Eannerschääd eas: Giersch doughd wingsdens zè Seload", sääd äi Frää, die enn Mann merrem biese Mundwärg hadd, der eam Friejoahr voo emm Doag offen annern vèschwonne woar. Giersch gobb's ean dè Zauwerin ihrm Goadde nid, awwer annern Plaanse, die kenn gurre Ruff harre, wail sè denne, die nur off Oddning aus woarn, zè wild woarn on sech nid richdich kuldiwiern lisse. Doas woarnerr die libbsde, die koome on geangge, wie sè wollde, on hille sech nur ean Gäadde off, die merr schbeerer èmo nadurbelesse hääse deed.

Huh Plomme bei err oom Zau geschdanne on gefrogd, ob sè reankomme deafde, hoddse dè Scheller offge-schowe, es Goaddedierche waid offgemoachd on sè willkomme gehääse: „Sichd ouch è schie Plädds-che eam Schwoare oder ean dè Sonn!"

Aach Kroirer gobb's ean Hill on Fill, nid nur Schneddlauch on Pedersillje, näi, aach Salwai on Päfferminz, Arnigga, Kamille on woas nit all. È poar dèvoo harre geheemnisvolle, schiene, awwer aach schlemme Geschichde sè vèzehn, voo Kraangkhääre, geeje die's käi anner oder goar käi Middel gobb on voo wääse Waibsloid, die sou viel ewwersch Hään medd Kroirern gewossd huh, dess merren viergeworfe hadd, memm Doiwel eam Bond sè sai, on voo Schbrich, die kenner mieh kaand.

Die Zauwerin awwer hadd sech ihr Gisskann genomme on eas dorch ihrn Goadde gegangge, hodd hieh on doa è bess-che gegosse on sech med all innerhaan, die woas zè vèzehn harre. Dann haddse gefriehschdeggd, Bruud med Biehuink oder biddere Orangschemarmeloare on enn Kroirertee dèbai, on hadd sech gaans kläi gemoachd on eam Gisskobb schloofe gelägd.

Ihrn Goadde konnd sech elläi beschäfdiche, doas wossdse, wann merr dè Naduur ihr Ruh lässd, mächdse die Ärwed selwer. Doas woar ihr Geheemnis, on doas haddse kemm voo denne, die oom Zau laangge Häls machde, off die Noas gebonne.

Dess die Dahlje sech beschwierd huh, wann werre äis heemlech è poar Bliede obgerobbd hadd, hadd nur die Plommefee ean ihrm Gisskobb gehoadd. „Schdelld ouch donnid oo wie die Au-riggelchen on die Mimose!", riffse. „Denggd droo: Nur die Hoadde komme ean Goadde."

Schuh woarsch werre schdell om Zau. On wann sè nonnid all vèbliehd sai, easses velläichd noch Sommer. Oder schuh werre.

Dè Schlächdschwäddser

Es woar èmo enn Kealle ean Owwerhesse, der woar enn Schlächdschwäddser. Fier die Frangkfoadder on annern inner ouch: Doas eas enner, der naut wie domm Zoich babbenn dudd.

Der hieh woar enn Doag voo dè Schul heemkomme, wie err noch kläi woar, on hadd gesääd: „Dè Schullliehrer beliehd ins!" Sai Moadder gläbd, sie hirrd nid engge. „Dè Liehrer beliehd ouch?" „Joa", sääd dè Schlächdschwäddser. „Heh hadd gesääd, mir wiern gurre Schiller. On hodd merr doch è Finnef gäwwe!"

Die Moadder konnd's nid fasse on hadd ihrn Sohn om lingge Uhrläbbche gepaggd on eas merrem zèm Schullliehrer. Der deed ean dè Schul wuhn on sass groad med senner Familje baim Äasse. „Menn Sohn sääd, Sie härre gesääd, sie wiern gurre Schiller, awwer dann gobb's doch è Finnef. Wie bassdè doas sesomme?", wolld die Moadder weasse, kaum woarsche die Dier drean on hadd „Gurre" on „Gurre Abbedidd" gesääd. Dè Liehrer, sai Frää on sai Keann guggde voo ihrm Deller Sobb off, on dè Liehrer hadd nur dè Kobb geschirreld. „Dè Schiller, nid die Schiller", sääd heh. „On wer den Innerscheed nid kenne dudd, hodd è Finnef vèdiend." „Du liewe Giede, Schiller on Geede", sääd die Moadder zu ihrm Sohn. „Woas säisd du fier enn Schlächdschwäddser. Auf, mir gieh heem!" On sou harrer denn Noome kreeje.

Laangge Zaid schbeerer harrer sech ean è jung Frää vèguggd. Die harrem awwer enn Koarb gegäwwe, on kenn äifache, näi, enner med Henggel! „On wann dè dè lessde Kealle ean Owwerhesse wierschd", säädse, „ech geang liwwer nooch Ammerigga wie dech sè fraije!" On wie dè jungge Kealle heemkoom, wollde sai Loid weasse, ob's è Hochzedd gobb. „Näi", sääd dè Schlächdschwäddser. „Ech wolld sè souwiesou nur aus Meddlääd nomme, desse nid auswannern muss. Awwer sie will naut liwwer wie nooch Ammerigga! Woas widdè doa mache? Sou sai die Waibsloid hautsedoag."

Drai Woche schbeerer hadd sai Schwesder die jung Frää baim Eankääfe gedroffe. „Woas mächsd du dann noch hieh?", wolldse weasse. „Ech dengk, du wollsd auswannern?" Die jung Frää hadd gelachd on gesääd: „Wann alle Kealle hieh sou wiern wie denn Brurrer, der Schlächdschwäddser, wier ech schuh draimo ean Ammerigga on käimo seregg!"

Dè Schlächdschwäddser eas leerich gepliwwe on wolld bai emm Kaufmann ean die Liehr gieh. Der konndem nid nur naut bezoahn, denn die Kass woar lier. Näi, heh wolld aanoch Geald defier huh, dessern ausbealde deed. „Liehrgeald huh ech eam Läwe schuh genungk bezoahld", sääd dè Schlächdschwäddser. „Wann dè mech nid imsossd ausbelde widd, mach ech haald woas annersch." On heh eas nooch Fraangkfoadd oo die Bers gegangge, schdaald sech äifach doa hean on deed sou, wie wann heh dèbai gehirrn deed. „Noa, wie schdieh Ihne Ihr Aggdsje?", wolld enner voo emm weasse. „Wann's noch besser liff, wiersch nid aussehaan", sääd heh nur.

Doa huh sech è poar noochem rimgedrohd. Woas woarn doas fier Aggdsje, die sou gudd schdanne, desses schuh baal wieh deed? Dè Schlächdschwäddser awwer hadd nur è wichdich Gesùchd gemoachd on naut mieh gesääd. On sou huh semm all noochenanner Geald fier enn gurre Road vèschbroche. Heh haddn loirer domm Zoich vèzohld, on sè huh oo senne Libbe gehangge wie es Mus om Debbe.

Woas enn richdiche Schlächdschwäddser eas, der feand als enner, därem gläbd, denn Loid gläwe, woasse gläwe weann, on dengge oft genungk schlächd voo dè Mensche. Wie schie wier doas, wann's è Märche wier.

Dè Hämel

Es woar èmo enn Hämel, der woar ean halb Owwerhesse bekaand. „Woasn Hämel", sääre die Loid. „Der wäschd sech nid", säre sè. „Der wääs goar nid, woas Sääf eas." „Der dudd drai Meder gächen Weand schdeangge!" „Bes koazz vier Fraangkfoadd richd merr den!" On die Loid huh ihr Noase gerimbd. Wann senn sogge, deere sè enn gruuse Booche imn mache. On ihre Keann deere sè därme: „Schbield nid memm Hämel!"

Dè Hämel awwer moachd sech naut draus. On die Keann koome zu emm, groad wail sè's nid sollde. On sasse bei emm on lisse sech Geschichde vèzehn, voo dene käis wossd, ob sè woahr oder gudd erfonne woarn.

Enn Doag hadd è Keand dè Hämel oogeguggd on gefrogd: „Hossde käi Boadwann?" Dè Hämel awwer guggd enn annern Wääg. „Fiachsdè dech vier Wasser?", frogd è Mädche. „Wasser eas zèm Wasche doa, sääd mai Moadder", riff enn Jung. „Aach zèm Ziehboddse kannsdes benoddse", sääd è anner Keand, doas deheem è Grammefoon hadd. Oder enn Pladdeschbieler. Oder woas sossd zu däre Zaid Mussigk obschien deed.

Dè Hämel hadd gesoifdsd on sech ean Bossidur gesassd. Schuh woarn die Keann muggsmois-cheschdell. „Es woar èmo è Keand ean Owwerhesse, doas woar sou broav wie käi zwäddes", sääd dè Hämel. „Wann sai Ellern es woas gehääse huh, dann hadd's doas gemoachd. Es konnd goar nid annerschder. On es wossd: Wann's als schie gehorche deed, woar alles gudd. Wann's alles gäasse hadd, woas off saim Deller woar, hadd die Sonn dè annern Doag geschien. On wann's goschdech woar, sai Enggl eam Himmel geschdorwe. Es woar awwer nid goschdech. Die Enggl mussde käi Ängsd ausschdieh.

Enn Doag hadd sain Voadder è eansd Gesichd gemoachd, sou eansd, desses Keand erschrogge eas. Sain Babbe koom bai, deed sech begge on guggdm diep ean die Aache. ‚Lieb Keand', säärer. ‚Ech muss foadd. Vègäass mech nid. On pläib, wie dè säisd.' Sou broav, harrer gemeend oder woas wääs dè Doiwel, awwer dann geanggem die Woadde aus, on die Dreene schdannem ean dè Aache. Sou hadd doas Keand sain Babbe nonnie erläbd. On bevier sech's imguggd, woarer foadd. Vèschwonne. Nid mieh sè säih.

Es Keand hadd oo emm gesùchd, haddn awwer nid gefonne on eas baal werre heem. Es sassd sech off die Dräbb on deed off sain Babbe woadde. Awwer der koom nid on koom nid heem. Es Keand wolld iaschd nid äasse on naut dreangge, awwer sai Moadder hadd's nid zugelässe. ‚Woas soll dain Babbe saa?', froogdse on deerem Keand Raider schnaire on semm Muffel fier Muffel firrern. On gobbem Melch sè dreangge on Wasser on gobbem gudd Woadd.

On doas Keand, doas broave Keand, ass on deed aach dreangge. Die Noachd haddsem gedreemd, sain Babbe wier werre doa on hädd's nid mieh gekaand. Hadder nid gesääd: Pläib, wie dè säisd?

On sou wolld doas Keand nid voom Flääsch fann on nid vèdoaschde, awwer aanit wosse. Doas awwer logg nid ean sainer Macht, es woadd krisser on krisser, wie wann's nommo sou schweann geang, wail's nid wosse wolld. Die Fissnääl on die Feanggernääl on aach die Hoarn liss sech doas Keand schnaire, demed sech naut vèännerd hadd, awwer die Bäi on die Ärm on dè gaanse Rest konnd merr nid kiazze, sou sehr sech doas Keand doas aach gewinschd hädd. On sou hadd's enn Schwur gedoh", sääd dè Hämel. „Es wolld sech sou laangk nid gewäsche, bes sain Babbe werre doa woar. Velläichd, meddem bess-che Glegg, deeresch dann noch kenn, äifach oom Gerùch. On die Moadder konnd gesaa, woasse wolld, aach schembe oder med Engglszung schwaddse: Doas Keand hadd sech nid mieh gewäsche on liss sech nid mieh wäsche. Es hadd gekrische wie om Schbies, wannses med Gewaald ean die Zeangkwann schdegge wollde, on med Ärm on Bäi geschdrambeld. ,Woadd nur, wann dain Babbe heem-kimmd, dann sedsd's woas', sääd die Moadder, wie sè sech nid mieh sè helfe wossd. On es Keand sääd sech: ,Ech woadd, bes dè Babbe heemkimmd. On pläib, wie ech sai.' Dreggschbadds huh's die Loid geruffe. Firgel on noch annern Noome on sech die Noas zugehaan, wann's ean ihr Näh koom. Es Keand awwer hadd off dè Dräbb vierm Haus gesesse on off sain Babbe gewoadd, Joahr fier Joahr. Wer nid koom, woar sain Babbe."

Dè Hämel sass doa on guggd ean die Ferne, wie wanner vègäasse hädd, desser nid elläi woar. „On dann?", frogd è Mädche. „Naut", sääd dè Hämel. „Goar naut. Wann's räänd, schdell ech mech naus, awwer bes haut huh ech mech nid mieh med Sääf gewäsche on käi Boadwann gesäih."

Sou è broav Keand harre die Enggl eam Himmel selde gekaand, drim deere sè ob on zu aus Meddlääd flenn. On

102

doas Wasser, doas dann voom Himmel fill, vèzehld voo sou manchem Voadder, der foadd eas voo deheem. Die äine, im sè schaffe, die annern, im ean die nau Weald sè gieh, noch annern mussde eans Gefängnis oder ean dè Krigg. Wiffel sai nid heemkomme. Wiffel Waibsloid on Keann huh imsossd gewoadd. Dengd nur oo dè Waidech.

„On dain Babbe hossdè nie werre gesäih?", frogd enn Jung med gruuse Aache. „Jeed Noachd eam Schloof", sääd dè Hämel. „Drim huh ech aach käi Keann."

Sai Gelibbde harrer gehaan on drim aach käi Frää gefonne on käi Dochder on kenn Sohn kreeje, die err hädd vèleasse kenn. On wanner nid geschdorwe eas, wäschder sech als nonnid on woadd off enn, der nid mieh kimmd.

Grommed

Es woar èmo è jung Frää ean Owwerhesse, leasse voo Liehrbach gewäse sai, die hadd enn Widdwer voo Humurch gefraid, der drai Dechder hadd. Sai Frää woar nooch dè Geboadd voo ihrm veadde Keand geschdorwe, om Keandbeddfiewer, wie sou viele Waibsloid ean aaler Zaid. Der kläine Jung, ihrn Sohn, woar baal droff aanid mieh offgewachd ean senner Wiech, wie sou viele kläine Keann domols, on sie harren bai sai Moadder eans Groab gelägd.

Dè Mann hadd enn Schdäi seddse leasse, sou gruus wie zwä Noachdschenggelchen, awwer schwoadds, wie sech's gehoadd. Inner dè goldene Bùchschdoawe fier ihrn Noome woar noch Pladds fier senn, on sai Schwiejermoadder hadd Vègeassmechnid offs Groab geplaansd, ploè fier ihr Dochder on wäise fier ihrn Enggel. Alle Doag easse hean, gisse. Ihr Enggeldechder harre als woas Bessesch zè duh oder goar naut, denn sie woarn all menanner oarch vèwehnd on faul wie die Noachd.

Dess ihr Moadder nid mieh doa woar, haddse geschdierd, besonnesch die Ällsd, wail äis off dè Gedaangge komme konnd, sie kennde ihrm Voadder dè Haushaald fiehrn. Doas woar naut fiersche, on sou woarn sè als oo emm, heh selld sech è nau Frää siche. Äi, die boddse, koche, bagge, wäsche, fligge on die Bedder mache konnd.

On wail semm käi Ruh lisse, hadder nommo Hochzedd gehaan, med däre jungge Frää voo Liehrbach, die noch kenn gefonne hadd, wail es Geald nid fier è Ausschdoier schigge deed. Ihr Moadder woar è Widdfrää, on die vèwaande wolldese ausem Haus huh, delibbsd alle zwu.

On sou hadd die jung Frää voo Liehrbach den Widdwer voo Humurch gefraid on eas med ihre Moadder zu emm gezuuche. Schuh off dè Hochzedd zugg enn kaale Weand dorch dè Soal, wie die Brautloid reankoome. „Mai Dochder kann die nid erseddse", sääd die iaschd Schwiejermoadder voom Broidigamm. „Wann mai Dochder Häh woar, eas die Grommed! Dè zwädde Schnedd eas nie sou gudd wie dè iaschde."

Die Braut voo Liehrbach awwer konnd dè Mensche bes offen Grund voo dè Aache gugge, doahean, wu bai dè enne die Seel on bai dè annern woas gaans annersch sedsd. On sie hadd die Angsd gesäih, die die goschdech aald Frää hadd, dess doa äi koom, die sè wohl nid esdemiern deed on velläichd segoar foaddschigge kennd.

Doa hadd die jung Frää oo die Preering voom Waidech gedoochd, die sè ean dè Owengliejer Kearch gehoadd hadd. Liewed auer Fainde, harrer gesääd, on der hadd werglech è poar, mächdiche noch dèbai. Wann der sai Fainde liewe konnd, wolldses aach vèsiche.

„Daangge, desser mech willkomme häse dudd", säädse, wie wann naut gewäse wier, on hadd „Ihr" zu dè iaschd Schwiejermoadder voo ihrm Mann gesääd, on doas hadd däre gefann, aach wannse nid wossd, wurim die Braut sech nid oo ihrm biese Mundwärg geschdierd hadd.

È Zaid laangk geang's gudd offem Hoop ean Humurch, awwer dann sai die drai Dechder als goschdecher gewornn zu ihrer Schdiefmoadder. Wann sè sè woas hääse wolld, gaans gläich, woas, hadd die Jingsd gefrogd: „Häh?" On die zwuud: „Nid Häh, Schdruh!" On die Ällsd: „Näi, Grommed!" On sè huh ihr Schdiefmoadder lengs läije leasse. „Du hossd ins goar naut sè saa", huh sè gesääd. „Du säisd nid ins' Moadder!"

Die jung Frää hadd sech dann bai ihrer Moadder be-schwierd, awwer die sääd nur: „Mach's annerschd!" On meend: Doa mächsde naut! On sääd: „Edds hossdè dech schuh eans gemoachde Näsd gesassd, dann fang aach oo sè briere! Dann hossdè äächene Keann on enn bessere Schdaand eam Haus." On sou koom's. Die jung Frää hadd enn kläine Jung off die Weald gebroachd, on ihrn Mann woar iwwergleggl ech. Doch noch enn Schdammhalder, enn Erwe! Wie doas sai Dechder hirrde, huh sè enn finsdere Plan geschmidd: Der Jung, ihrn kläine Brurrer, mussd foadd. On dè Schdiefmoadder wolldeses ean die Schuh geschiewe, bes heanne oo die Färschd.

Ihr Omma hadd doas Kläi foaddgeschaffd, noff ean dè huè Vochelsberch, nooch Herchehaa, wu sè Vèwaande hadd. Sie deed sou, wie wann sè offen Mäad wolld, on hadd doch doas kläi Keand ean ihrm Koarb, wie sè luusmarschierd. Die jung Moadder hadd ihrn Sohn iwwerall gesùchd. Ihrn Mann hadd sè geschonn. „Wie kammer sou è kläi Keand aus dè aache vèliern", hadder gebrilld. „Du säisd werglech domm wie Bunnschdruh!" „Näi", sääd sai Ällsd. „Wie Grommed!" On voo Schdonn oo huh sè sè all sou geruffe, aach die Noochbenn.

Grommed eas werre ean annern Imschdänn gekomme on hadd werre enn Jung kreeje, on aach der eas vèschwonne. Genau wie's dreadde Keand, è Mädche med goldene Hoarn on himmelploè Aache. Die huh ihr Schdief-schwesdern schuh deshalb vèschwinn leasse, wail sè sou schie woar. Edds awwer hadd's dem Mann geschiggd, on heh woar ean Humurch vier Gerichd gezuuche on hadd sai zwuud Frää beschullichd, ihr drai Keann duud gemoachd sè huh. Dè Gerichdssoal woar voll bes ean die lessd Egk, wail käis doas vèbasse wolld. Grommed woadd reangefiehrd wie die Waibsloid, die sè frieèr dè Heggserai bezichdichd harre. Nur, desses käi Folderknächde on käi Schairerhaufe mieh gobb.

„Grommed, du sollsd dai Keann offem Geweasse huh", sääd dè Richder on deed finsder gugge. „Bekennsde dech schuldich?" „Ech? Mai Keann?", frogd Grommed erschrog-ge. „Freegd mai Schdiefdechder, ob sè merr sou woas zudraue." Woar sè nid allzaid gudd zu enn gewäse? Awwer die Schdiefdechder huh's gehaan wie sossd aach. „Häh?", riff die äi. „Schdruh?", die zwuud. „Grommed", die dreadd.

Käis hadd è gudd Woadd ewwer sè gesääd, bes off ihr Moadder, awwer der wolld käis zuhirrn. On sou hadd dè Richder sè scholdech geschbroche, on die Loid huh err dè Duud gewinschd. Edds hadd dè Mann enn Knoore eam Haals, on sai Dechder sai off ihrer Baangk erim geridschd. Desses sou waid komme kennd, harre sè nid gedoochd, die ondaangkboare Bälcher. Ihr Omma awwer hadd sech heemlech foaddgemoachd. Schuh koom dè Richder zèm Ordääl: „Schderwe sollsde! Awwer nid baim iaschde, sonnern baim zwädde Schnedd!" Doas haddse vèdiend, sääre sech die Loid, aach wann's grausam woar on kenn koazze Proddsess.

Grommed hodd goar naut mieh gesääd, die sass doa wie aus Schdäi on liss sech inschberrn. Dè neggsde Doag, ean aller Frieh, hadd dè Hengger sè zèm Richdbladds gefiehrd. È gruus Menschemeng woar vèsammeld, med Keand on Keejel, on wolld säih, wie sè baim zwädde Schnedd schdirbd. Gaans heanne schdanne ihrn Mann on ihr drai Schdiefdechder. Liewed auer Fainde, doochd Grommed, doch es filler schwier.

Enner hadd nommo es Ordääl vèläase, draifache Keandsmoadd, è schlemm Vèbreche. Die Loid huh Gift on Gall geschboggd. Wie dè Hengger Grommed oo ihrn Bladds gefiehrd hadd, woadd's schdill. Sou schdill, dess dè è kläi Schdeammche hirrn konnsd: „Doas eas ins Mamme! Ins Mamme!"

Dè Hengger hill eanne, die Loid drohde die Häls, on doa schdann dem Mann sai iaschd Schwiejermoadder med zwie kläine Jungge on merrem Keandche offem Oarm, doas hadd goldene Hoarn on Aache, ploo wie Koannplomme. Grommed hadd sech offgerechd on wier bainoh ean Uhnmachd gefann. Dann awwer haddse ihr Keann ean Oarm genomme on geheazzd, on all huh sè Rodds on Wasser geflaand, aach die, die ewe noch Bluud harre säih winn. Groad die.

Woas aus dem Mann, saine drai Dechder on dè iaschde Schwiejermoadder gewoarn eas, wääs merr nid. Grommed awwer, ihr Moadder on ihr Keann sai nooch Herchehaa, bai die Loid, die sech im die Keann gekimmerd harre, die enn die aald Frää voo Humurch vier die Dier gelägd hadd. Doas woarn Vèwaande voo err im drai Egge, on sie hadd gewossd, desse käi Keann krieje konnde, awwer geann Keann gehadd härre. Die drai eam Waald aussedse, haddse nid ewwer sech gebroachd.

Die Froid woar gruus ean Herchehaa, wie die Keann werre doa woarn, on nur sè geann noome die Loid aach Grommed on ihr Moadder off. Grommed haddse käis mieh geruffe. On wannse iwwer die Berchmähwesse liff, geang ihr es Heazz iwwer, wail die Plomme sou schie woarn on die Bie on die Schmerrerlengge ean dè Lufd gedaansd huh.

Äimo eas dè Sensemann komme on wolldse honn, awwer es woarer noch sè frieh. „Erinn, wann's kenn Schnairer eas", riffse, wie's klobbe deed. „Ech huh doch iaschd mai Keann werre. Senn sè mech sou schweann schuh werre vèliern?"

On es koom, wie dè Richder gesääd hadd: Sie schdorb nid baim iaschde Schnedd, sonnern iaschd baim zwääde. On wannsè doas doa owe eas bai dè Wess, dann hadd's wohl noch Zaid demed.

Dè Onfload

Es woar èmo vier nid goar sè laangger Zaid enn Onfload ean Owwerhesse, der hadd sech sain Noome vèdiend. Schuh wie err noch aus dè Flasch gedrungge hadd, riffer: „Mieh!" On schbeerer ean dè Weaddschafd: „Mieh! Mieh!" Dè Koor, der näweoo prowe deed, doachd schuh, err kreeg Vèschdärgung: „Doooo! Reeee...", sang dè Dirichend vier, on voo dè Deek koom: „Mieh!"

Emm Weadd woarsch räächd, desser doa woar, awwer emm Onfload sainer Frää nid. Wie Waibsloid sou sai: Sie hadd è Problem demed, desser besoffe heemkoom on als mieh Geald fier Bier on Braandwai ausgobb on sie als wingger hadd, im woas sè äasse sè kääfe on Ooziehsache fier die Keann. Aach bai Desch kaand dè Onfload kenn Oschdaand. „Mieh", riffer, wann sai Frää emm nid dè Deller bes iwwern Raand voll moachd, on es woarem woaschd, ob die annern soad sè äasse harre. „Gebb derr è bess-che mieh Mieh, dann eas aach mieh offem Desch", säärer, denn aach med gurre Roadschläg fier annern hadder nid geschboard.

Eam Geschäfdsläwe hadder zugesäih, desser als sain Vierdääl hadd, on hadd gekaafd, woas annern vèkääfe mussde, on hadd mieh on mieh Geald demed gemoachd. Edds hadd sai Frää käi Sorje mieh, es Geald kennd nid schigge, awwer koazz gehaan harrer sè doch. On sou hadd sè off drai Kermesse eam selwe Klääd gedaansd on haddn es veadde Joahr elläi heangieh leasse, wail sè sech schaame deed.

„Sissde, gidd doch", sääd dè Onfload nur. „Mir woar souwieso nid nooch Daanse." Die Frää awwer hadd heemlich è Frää besichd, die voom foahrende Volk woar, wie die Loid domols sääre, on voo der sè gedoochd hadd, sie kennder die Zukunft vèraussaa. Die Sindezza, sou hisse die Waibsloid voom foahrende Volk werglech, hadd däre Frää iaschd nid aus dè Haand läse winn. Woas, wannse woas Schlächdes sogg? Sie wolld nid lieje, aanid hoichenn, wie sou viele voo denne, die es Loidgeschwädds ean ihrm Doaf mieh fiachde deere wie Duud on Doiwel.

Voo demm Onfload haddse schuh gehoadd, der hadd nonnie wemm woas gegäwwe, der bai emm oo die Dier geklobbd hadd. Die Frää awwer, doas wossd die Sindezza, woar dann als schweann die Heannerdier naus on hadd dè Hausierer on dè Beddler on annern oarme Loid woas zugeschdùchd. On dessdewäche wolldse err naut Schlächdes saa on sè aanid belieje. Die Frää hadd awwer nid kläibai gäwwe on sè ogeflehd: „Ech muss wesse, wie mai Läwe med dem Onfload wäirergidd! Vèlesse kann ech enn nid, wächer dè Keann! Ännerd der sech noch èmo? On zèm Gurre?"

Die Sindezza hadd dè Frää ihr Haand genomme on laangk off die Linje geguggd, die sech ewwer dè Haanddeller zuuche wie Schbring ewwer è aald Schessel. „Ech säih è Schessel", sääd sè. „È Schessel uhne Burre." „È Schessel uhne Burre?", riff emm Onfload sai Frää. „Doas eas menn Mann, wer sossd? Woas eas merrem?" „Heh kridd soulaangk dè Haals nid voll, bes die Aache krisser sai wie dè Moache. O dann easser fier alle Zaire kurierd." Mieh wolld die Sindezza nid saa, aach wann sè mieh wossd. Schiggsaal schbien hiss, sech vèsinndiche, on konnd schebb ausgieh. On wer woar dann werre schold?

Die Frää voom Onfload konnd froache, wie sè wolld, mieh hadd sè nid erfoahrn, on sou easse dè annern Doag nooch Owenglie, off Braurods Hoop, doa gobb's Schessenn, Debbe on anner Zoich sè kääfe. „Ech brouch è Schessel, die nid voll weadd", sääd die Frää. „Gaans musse sai on doch è Loch huh, awwer äis, doas merr nid sehd. Kenn Mensch deaf's säih!" „Sou woas huh merr nid", woar die Aandwoadd. „Awwer es gedd aale Schbrich, Schäfer wesse wou woas, die kenn onsechdboare Lecher mache on Onflääd hään. Doas eas doch, woas dè widd? Du säisd nid die laschd, die oo sou woas sichd."

Die Frää voom Onfload eas heem on dè annern Doag, dè dreadde Kermessedoag, bain Schäfer. Der wossd, wer sè woar, on harrer woas geflisderd, enn Schbruch aus gaans aale Zaire, der nonnie sai Wirgung vèfehld hadd. „Nomm Howwersobb", säärer noch. „On koch mieh wie genungk. Enn Schdall voll. Duh wingger Wasser rean wie sossd, on è poar Kroirer." Heh gobber è kläi Säggche med Gedreggeldem on wolld naut dèfier huh. „Ech sai es Geechedääl voo emm Onfload", säärer. „Ech brouch nid viel zèm Läwe, nur mai Fraihääd. On käi Onfleed, die sè merr eanschrängge winn. Enn Onfload wingger off däre Weald – imso besser gidd's ins all."

„Im Goddes Winn", riff die Frää on hädd bainoh des kläi Säggche med dè gedreggelde Kroirer fann läasse. „Doas eas doch käi Giafd? Heh weadd donnid schderwe?" „Doodèvoo nid", sääd dè Schäfer. „Irjendwann awwer schuh. Wie mir all. Velläichd läbderr segoar längger, wann heh kenn Onfload mieh eas…"

Wie ihrn Mann voo dè Kermes koom, drai Doag laang gefaierd hadd, woarem nooch woas sè äase. Awwer bluus naut Fäddes! Dè Moache hoddn è bess-che gedrùchd. „Ech huh merrsch gedoochd on derr è Howwersobb gekochd. Wann die all eas, giddersch besser!", sääd sai Frää.

Dè Onfload hadd sech oo'enn Desch gesassd, vier è Schessel voll Howwersobb, on hadd geläffeld on geläffeld on geschlabberd on geschloichd on konnd nid offhirrn. Die Schessel awwer woadd goar nid lier, die Frää deed als noch woas nean, on heh koom nid merrem Äasse nooch. Dè Orem geang schuh schwier, heh doochd, es kämem gläich bai dè Uhrn naus, awwer die Howwersobb woar on woar nid all. Doa harrer die Wut kreeje on die Schessel oogesassd on die Sobb gesoffe, sou schweann, desser bainoh eam Debbe ennergegangge wier wie enn Brogge eangewäächd Bruud. On doch noom's käi Enn.

Dè Onfload hadd's med dè Angsd kreeje on baim Äasse geschwiddsd on geflaand, awwer es halfem all naud, die Howwersobb woar Siejer. Irjendwann hadd's enn laure Knall gedoo, enn Donnerschloag, on dè Onfload woar gebladdsd. Wu err ewe noch gesäasse on gäasse hadd, sass enn annern Kealle, der soggemm gläich wie enn Zwillingsbrurrer on woar doch gaans annerschd. „Lieb Frää", sääd der Kealle. „Dangge fier die Sobb, die hodd merr oarch gudd geschmoachd, awwer edds scheggd's.

Dewwe offem Bedd läid è nau Klääd fier dech. Duh's oo, on mir gieh nooch Anggeroad, doa eas Daans haut Owend."

Die Frää hadd ihr Glegg nid fasse kenn on dè Sindezza onnemm Schäfer eam Schdelle gedaangd. Schweann haddse doas naue Klääd oo, on dann geang's ob nooch Anggeroad, on naut wie zèm Daanse. On wannse nid geschdorwe sai, dann daansese als noch, denn wann's ims Daanse geang, konnd sie nid genungk krieje. On doa gedd's kenn Schbruch degeeche. Nur dèfier.

Es Schadche on dè Schaude

Es woar èmo è Schadche ean Owwerhesse, doas hadd mieh Ehe geschdifd wie annern, wail's gaans schie rimkoom. Es hadd allerlai Zoich vèkaafd on eas ewwer Laand gekomme, voo Noadd- bes nooch Siedhesse, on hadd ean jiddische Familje Ausschau gehaan nooch jungge on nid mieh gaans jungge Loid, die nonnid gefraid harre. Loarehieder woarnem dè libbsd.

Wann käis mieh droo gläbd, dess der Deggel nochn Dobb feanne kennd, haddes Schadche die Uhrn geschbidsd. Äi Familje ean Grimmich hadd è Dochder, die woar sè geschoid fier die Mannsloid, die ihr Ausschdoier sè geann genomme härre. Wiffelmo harresese bai dè Vèwaandschafd viergefiehrd, bai Hochzedde, bai Beerdichingge, oo Yom Kippur on dè annern huè Fesde. Wie's domols More woar, haddse sech è laangk Klääd oogedoh, med laangge Ärmel on huuch geschlosse. On wannse dann heemkoome, easse dorch die Dier on hadd ihr Schwesdern off dè Kobb zu gesääd: „Doa huh ech merr menn Haals werre imsossd gewäsche! Ihr weadd säih."

On sou woarsch. Die Kealle harre's nid geann, wann è Frää es lessde Woadd hadd, on sie hadd nid kläi bai gegäwwe on sech nid dimmer geschdaald, wie sè woar. Es Schadche hadd sech die Geschichd oogehoadd on nur gelächeld. „Ihr gläbd nid, wiffel geschoire Waibsloid donnoch enn Mann fiersch Läwe gefonne huh", sääd's. „Gewossd, wie."

On es hadd die Aache offgehaan on sech die Mannsloid eenzenn viergeknebbd, die fraije wollde oder sollde. „Wie schlau säisde, voo äis bes zeh", frogd's, on die meesde sääre noi. Oder oachd. Bes off enn. Ean Gisse. „Zeh", säärer. „Med Zoahn huh ech's nid sou, awwer mai Mamme sääd alsèmo zu merr: Muss ech derr dann alles zehmo saa? On menn Babbe sääd: Ech duh bes zeh zehn!"

„Sou", säädes Schadche. „Dann hossde die Zoahl schuh sou oft gehoadd, dessde sè derr gemärgd hossd." „Joa", sääd der Kealle. „Ech märg merr gaans schie viel, dè liewe laangge Doag lang. Dè Moijend märg ech merr, wie ech hääs, denn menn Voadder erinnerd mech droo. Kasber, widde nid offschdieh, riffder. On dann dengk ech merr: Es eas sossd käis mieh eam Näsd, dann weadd ech wohl dè Kasber sai. On sou easses dann aach."

„Woas du derr all märge kannsd", säädes Schadche. „Wie woar doas dann ai dè Barmizwah? Hossdè doa schie viergeläse?" „Oo dè Barmitzwah woar ech nid ean dè Schuul", sääd dè Kasber. „Dè Rabbi hadd gesääd: Jeerer blamierd sech, sou gudd, wie er kann. Awwer käis sou gudd wie du. Pläib schie deheem on duh die Keazze eam Lichder zehn. Wann dè feaddech säisd demed, sai merr all werre doa, on es weadd gefaierd. On sou huh merrsch gemoachd."

Es Schadche hodd gelächeld. „Du hirrschd off dè Rabbi", sääd's. „Doas eas schie. On wiffel Keazze sai offem Loichder?" „Woas wääs ech", sääd dè Kasber. „Die woarn sou schweann werre doa, ech woar nonnid feaddech med Zehn."

„Wie gudd, dess du dech nid langwain dusd", säre's Schadche. „Doas kannsde saa", sääd dè Kasber. „Die Zaid vègidd sou schwinn, doa kann ech nid heannerhier. Mai Omma riffd alsèmo: Weadd's baal? On dann wääs ech, ech sai gemeend. Awwer nid, woasse meend."

„Merr kann nid alles weasse", sääd es Schadche. „Wäsde dann, ob dè enn gurre Kealle säisd?" „Freeg die Loid", sääd dè Kasber. „Die weasse doas besser wie merr selwer." „Wie woahr", säre's Schadche. „On woas saa die Loid?" „Schaude", sääd dè Kasber. „Doas saase awwer nur, wann sè dengge, ech hirrsch nid. Es eas geweas naut Bieses, denn ech kenn nur gurre Loid on kann sè all gelaire."

Es Schadche hadd genungk gehoadd. „Saa mo, widde dann fraije", frogd's dè Kasber. „Geann, wann's nid wieh dudd", sääd heh. „Sie schwaddse all dèvoo, awwer käis hadd merr vèrodd, woas demed gemeend eas."

Es Schadche hodd gelächeld. Der eas zè domm oder zè geschoid fier die Weald, sääd sech's. Mächd, woas merrem schbrichd, on glääbd oo's Gurre, segoar eam Loidge-schwädds. Käi Wonner, dessen Schaude häse. Gesääd hadd's: „Komm med merr off è Hochzedd ean Lich, dann sehsde, wie's gidd. On daanse kannsde doa aach."

„Daanse duh ech goar sè geann", sääd dè Kasber. „Aach wann ech merr die Schridd nid märge kann. Dè Daansliehrer hadd èmo zu merr gesääd: Du daansd wie enn Bär offem häse Owe. Dè Märrerchen hadd's awwer gefann, glääb ech. Die huh gelachd."

Es Schadche hadd sai Sache gepaggd on dè Kasber voo Gisse med nooch Lich genomme. Off dere Hochzedd, wossd's, woar die jung Frää voo Grimmich, die noch kenn gefonne hadd on noch voo kemm gefonne woarn woar.

Wie dè Kasber ofangge deed sè daanse, konnd sè sech vier Lache nid mieh haan. On es Schadche konnd säih, wie sè ihrn Haals gereggd hadd. Dessmo hossdn nid imsossd gewäsche, doochd es Schadche on schdaald sech näwersche. „Doas eas dè Kasber voo Gisse", sääd's. „Enn gurre Kealle, nid dè Hellsde. Der märgd nid, wie geschoid du säisd, on kennd käi Laangewail. Med demm hossde als woas sè lache, on wann's ewwer enn eas."

„Enn Schaude", sääd die jung Frää voo Grimmich, die Elfriede hiss. „Sou saa die Loid", sääd's Schadche. „Awwer die saa aach, du deedsd eam Läwe kenn mieh feann." Die Elfriede hadd sech dè Kasber ogegugd on è Dass Kaffie merrem gedrungge on sech merrem innerhaan. Doas häsd, sie hadd geschwassd on heh deerer diep ean die Aache gugge, sou diep, desser nid mieh nausgefeanne konnd. On bevier sè sech imguggd, haddse sech vèguggd. Woas saa ech: Haals ewwer Kobb vèliebd. Aach wann merr sou woas ean Owwerhesse nid saa deed.

Wie sè gefraid harre, sasse's Schadche om Desch on hadd sech è poar laangge Schdewwel vèdiend. Dè Broidigamm deed daanse, on all deere sech ewwer sai Krafaane amisiern. All bes off äi. „Ech deed joa aach geann lache", sääd die Braut. „Awwer **der** Schaude eas menn Schaude. On lache duh mir zwie nur sesomme."

Doa wossd es Schadche, es hadd è Mitzwah gedoh, woas Gurres. On wann's nid geschdorwe eas, dann feand's noch Debb fier Deggel on Deggel fier Debb. On daansd off Hochzääre.

Es Mussigkhanns-che

Es woarn èmo räiche Loid, die harre è Dochder, die sech eam Kiehschdall wohler fiehn deed wie ean dè gudd Schdobb. Ihr jinggere Schwesdern harrese zèm Schiss on hille sech die Noase zu, wann sè reankoom. „Säisde mo werre è bess-che sè noh om Schdroddsloch vèbai gegangge", särese, on wail sè Franzeesesch leanne doafde, riffese err nooch: „Eau de Campagne schdadds Eau dè Cologne!" Odè Kampannje schdadds Odè Kolonnje!

Die Ällsd hadd sech awwer naut draus gemoachd on eas wäirer ean' Kiehschdall, bai die Kieh on die Kälwer on die Bulle on die Osse. Äi Kälbche harrersch besonnesch ogedoh, è brauwäises med gruuse, droije Aache on enner laangge, rauè Zung. Es hadd geguggd, wie wann's alles vèschdieh deed, on woar zohm. „Muhhanns-che", sääd die Dochder voo dè räiche Loid. „Du säisd mai best Froindin off dere Weald." On woas woarsche ewwerraschd, wie es Kälbche andwoadde deed: „Ai, joa!"

Es Muhhanns-che konnd nid nur schwaddse, es konnd aach seangge on hodd als naue Lirrer geleannd. „Awwer vèrroad mech nid", säd's. „Sossd komm ech zèm Schloach-der wie doas Kälbche ean demm Lied."

On die Kuh, die Rosi, eas gewoasse, on es Mädche aach. Ihr Schwesdern huh gedrensd, sie selld fraije, on irjendwann koom sè nid mieh drim rim. Enn gruuse Bauer ean dè Werreraa hadd enn Sohn, der wolld nur äi huh, die seangge konnd. On die Dochder voo dè räiche Loid woar bekaand fier ihr schie Schdemm. Seangge deed sè awwer nur eam Kiehschdall. „Wann die Rosi nid dèbai eas, krie ech kenn Ton raus", sädse, wannse ean dè Kearch oder off Fesde seangge solld. „Niddemo Anton."

Wailse foadd wolld voo deheem on die Rosi nid zèm Schloachder wolld wie all die annern Kieh, wann ihrn Doag gekomme woar, hadd die jung Frää joa gesääd. „Ech gieh awwer nur, wann die Rosi bai die Ausschdoier gehoadd", säädse. „On die Dochder voo insè Nochbenn, die bai ins eam Schdall ärweld, soll medkomme on sech im die Rosi kimmern. On ech will käis voo ouch werresäih. Aanid off menner Hochzedd." Dè Ellern woarsch räächd, die wollde ihr Ruh on käi Gedees, on die Schwesdern woarn fruh, dess die Ällsd ausem Haus woar. Off Niemiehwerresäih.

Die Dochder voo dè oarme Nochbenn hadd aanaut dègeeche, voo deheem foaddsègieh. Oarm konnd sè aach ean dè Werreraa gèsai, on wer wääs, velläichd woar es Läwe doa doch è bess-che läichder.

Wie sè ausem Doaf naus woarn, eas die Dochder voo dè räiche Loid schdieh geplewwe on hadd die anner gehäse, sech schblerrerfoasernaggech sè mache. „Duh all dai Sache aus on läg sè hieh hean", säädse on deed off enn gruuse Schdäi doire. Die anner hadd nid geleannd, räiche Loid Werrewoadd sè gäwwe, on deed, wie gehäse.

Die Braut noom die Sache on geang heanner dè Schdäi. Wie sè werre nooch voanne koom, haddse sech die Klärer ogedoh, die die anner ogehadd hadd, enn bermse Rogg on è wäis, grobb Hemb on è Kobbdùch. „On edds du", sädse zu err on gobber ihr ächen Zoich, è laangk Klääd med Schbeddse om Kroache. Doas hadd die oarm jung Nochberrsche ogedoh, on schuh soggse nid mieh oarm aus. Wie sääd merr: Klärer mache Loid. Schichdenn, wie sè woar, hoddse off ihr Fiss geguggd.

„Hieh schbield die Mussigk", sääd doa die Dochder voo dè räiche Loid on hadder aach ihrn Schmugg gegäwwe. Den wolldse iaschd nid onomme, awwer doa woar naut sè mache. „Du säisd edds ech, on ech sai du", sääd die, die die Braut gewäse woar. „Seangge kannsde, doas huh ech ean dè Kearch gehoadd. On wie schie! Doas weaddem gefann, on du sedsd dech eans gemoachde Näsd."

„On du?", frogd die, die edds die Braut woar. „Ech huh mai Ruh on kann bai menner Kuh gèsai. Du mussd daim Mann nur gèsaa, desser die Rosi nid vèkääfe deaff, desse mir vèschbroche eas, wail ech derr allzaid gurre Dinnsde gedoh huh."

On sou huhse's gemoachd. Dè Broidigamm hodd sai Braut ean Empfang genomme on sech woas vierseangge leasse. Woasser gehoadd hadd, harrem gefann, on sie hadd aach schuh Kealle gesäih, die enn schlächdere Eandrugg off sè gemoachd harre. Heh woar froindlech, on Mussigk harrem mieh bedoid wie è gruus Ausschdoier. Wu gobb's doas schuh?

Wie die Kuh ean' Schdall solld, hadd dè Schwiejervoadder woas degeeche. „Wann doas nid ins' Kuh eas, kimmdse aanid ean insenn Schdall", krisch heh. „Wu hodd merr souwoas schuh gehoadd, dess è Magd è Kuh kridd! Nid bai ins! Ech beschdell dè Schloachder fier moije, on dann gedd's die Kuh bai dè Hochzedd sè äasse! Dè Kobb kannse huh, dai Froindin!"

Die Bauerschdochder, die ächd, woar erschrogge, on die falsch Braut aach, awwer sie hadd naut sè saa on aanid geleannd, baizaire Werrewoadd sè gäwwe. Dè meesd awwer hadd sech die Kuh gefiachd, sie hadd joa jeed Woadd vèschdanne on wossd, es geang im ihrn Kobb. On sou haddse, aach wann dè Hoop voll Loid woar, oogefangge sè seangge. Die Bauerschdochder awwer, die ächd, hodd ihr Libbe dèzu beweechd, on die falsch Braut hadd sech dèbai geschdaald on die zwuud Schdemm gesungge.

Doa schdannen all es Maul schberranggelswaid off, aach dene, die goar käi Rendviecher woarn! „Souwoas, näi", sääd dè Bauer, wie's werre schdell woar. „Med dere Nummer kennder eam Zirgus offdräre!" On geeche sain Wille mussder lache. „Wann du die Libbe nid beweeje deedsd, kennd merr gläwe, es wier die Kuh, die seangd. On wie schie!"

„Lessdse om Läwe", sääd die Bauerschdochder, die ächd, „on mir dräre off dè Hochzedd off." On all om Hoop huh gelachd on gekladdschd. „Doas weadd enn Schbass!"

Off dè Hochzedd sai die Bauerschdochder, die ächd, on die Kuh Rosi gruus oogekindichd worrn. Die hadd gesungge, on die Bauerschdochder, die ächd, hadd dessmo ihr Gusch gehaan. Bouchredner hiss merr doas eam Zirgus, awwer doa woarn doas Bobbe, on hieh deed è läwennich Kuh seangge. È Mussigkhanns-che!

„Voo dere Hochzedd schwaddsese noch ean honnerd Joahrn", sääd dè Braut ihr Schwiejermoadder on deed sech die Dreene dreggen, die err baim Lache gekomme woarn. „Sou woas, sou woas!"

Die Bauerschdochder, die ächd, hadd die Rosi gefirrred on hadder Wasser gegäwwe on sè geschdriejeld on eas foadd merrer. Voo Prämjemoadd zè Prämjemoadd sai sè gezuuche on beriehmd gewoarn laandoff, laandob. Aach eam „Astoria" ean Bremè sai sè offgedräre on ean annern gruuse Hoiser. Es Publiggum schdann Kobb.

On wann sè nid geschdorwe sai, dann seangd die Rosi haut noch. Geschwassd haddse nie drewwer. Nid vier annern Loid.

Die Schwesdern voo dè Bauerschdochder awwer huh nie gefraid. Kenner, der im sè fraid, woaren dè Noas nooch, on die, die sè geann gehadd härre, wolldese nid. Äimo wiern sè bainoh off è Konzeadd voom Mussigkhanns-che gegangge, awwer es gobb käi Koadde mieh. On sou huh sech die Schwesdern nie werre gesäih.

Die Bauerschdochder awwer hadd sech voo dem Geald, doasse memm Mussigkhanns-che gemoachd hadd, enn ächene Hoop gèkaafd on Kieh offgenomme, die ge-schloachd werrn sollde, wail sè nid mieh genungk Melch gowwe. È poar dèvoo harre schiene Schdeamme.

Wie die Läwensfroide foadd woar

Es woar èmo eannem kläine Schdäddche ean Owwerhesse, leasses Alsfeld oder Lauderbach gewäse sai, doa hodd äis dè Moijend ausem Fensder geguggd on gesääd: „Ech glääb's nit: Die Läwensfroide eas foadd!"

Annern koome bai on machde laangge Häls, konnde awwer aanaut säih.
„Du werrschd vèrigd", riffese.
„Gieh foadd!"
„Schisskajenno!"
„Aiaiaiaiaiaiai!"
„Ochochochochoch!"
„Kealle, Kealle!"
„Ech glääb, es buddseld!"
On so wäirer. Gesäih huh sè naut, bes off Schmidds Lina, die offen Friedhoop wolld, on è Keand, doas gaans elläi med Kligger geschbield hadd, dois off dè Gass. Es hadd käi Sonn geschien on hadd aanid geraand. Aichendlich sogg alles aus wie sossd aach, nur dess die Läwensfroide foadd woar.

„Ach", hodd äis gesoifdsd. „Schoad." „Schodd naut", sääd äi, die käi Läwensfroide kaand. Doa sehderr mo, wie miersch die gaans Zaid gidd!" Vèmeasse kammer haald nur, woas merr kennd. „Kennd's gesai, desse sech nur vèschdeggeld hadd", frogd enn aale Obba, der alsèmo woas vèzolbche deed. „Dann missd merrsche siche", sääd sai Dochder. „Awwer wu?", sääd sain Sohn. „On wer soll doas mache?", sääd sai Schwiejerdochder. „Huh mir nid all enn Schdall voll Ärwed? On die Keann misse gläich ean die Schul. Es weadd amo enn Doag uhne Läwensfroide gieh." „Joa", sääd die, die käi Läwensfroide kaand. „Doas gidd. Käi Problem."

„Alles gudd", sääd äis, im sech on die annern sè beruiche. „Es Läwe gidd wäirer. On mir huh all insenn Schaff. Doa kimmd käis off domme Gedaangge." „Wer brouchd schuh Läwensfroide", sääd enner, der sech doas Geschwädds nid längger med oohirrn, sonnern Kaffie dreangge wolld. „Eas baal èmo woas offem Desch? Ech huh käi Zaid sè vèliern, die Ärwed riffd!"

On sou huh sè offgehoadd, sech die Häls sè vèrengge, on huh all ihrn Schlich gemoachd. Es gobb joa als woas sè duh, on ean sou emm Wärgdoag woar aichendlich goar kenn Bladds fier Läwensfroide. Gaans eanne drean hadd sech's awwer donnid gudd oogefiehld, als nur ean eansde Gesichder sè gugge, käis lache on schuh goar käis seangge sè hirrn. Die Keann sai ean die Schul geschlurbchd on werre heem. Wann sè woas geschbield huh, dann meesd elläi oder nur Schbien med sou viele Reecheln, dess merr als woas vèkiehrd mache konnd, on dann huh sè sech gezengd wie die Kanneflegger.

È poar Erwoassene huh schuh nid mieh menanner ge-schwassd, sou bies woarnse offenanner. On die Melch eam Debbe woadd sauer. Ean dè Weaddschafd hadd es Bier nid sou geschmoachd wie sossd. Ean Bicher schdann naut mieh Schbannendes drean. Kenn Mensch hadd Mussigk gemoachd, gemoald oder Gedichde geschreawwe. On wann die Bärwel Bodder gemoachd hadd, dann haddse sè nid wie sossd med Heazze on Klieblärrer vèzierd. „Doas gidd aach sou", säädse on hadd aach käi Plomme mieh ean ihrm Goadde huh winn. „Wann's werre luusgidd, sedds ech doa Kaddoffenn. Doa huh merr mieh dèvoo."

Oo demm Doag, wu die Läwensfroide vèschwonne woar, sai sè all frieh eans Bedd, wail sè sou feaddich woarn, mied wie enn Hond, awwer wie enner, den dè geschloo hossd. Die Keann wollde käi Gurre-Noachd-Geschichde vierm Eanschloofe hirrn, die Pärche huh sech nid gekissd, geschwaiche denn, noch mieh gemoachd, die Obbas huh sech käi Päif geschdobbd, beviersch eans Näsd geang, on die Ommas sai nid nommo oos Fensder, im die Schdeann gliddsern sè säih.

Drai Doag huh sè's ausgehaan, gaans uhne Läwensfroide, awwer dann sai Dreene geflosse, iaschd bai dè Keann on dè aale Loid, dann bai dè Konfirmande on dene, die noch è bess-che äller woarn, dann bai dè ongglech Vèliebde, awwer doa hadd's kenn gewonnerd, dann bai dè Waibsloid on dè lessd bai dè Mannsloid, die goar nid wossde, wie enn woar.

Die Dreene drobbde nid, drebbelde nid, sonnern deere fliese wie die Bach, wann's als nur gedreddschd hadd. Ärwenn konnd käis mieh, wail käis mieh woas sogg, on die Keann konnde aanid ean die Schul.

„Mir misse woas innernomme", sääd enner, der als es iaschde Woadd hadd. Woasser nidd hadd, woarn gurre Eanfäll, awwer doas eas kemm offgefann. Heh konnd heannerhier saa, heh hädd die Oschdell gemoachd.

On sou sassese sesomme ean dè Weaddschafd on flaande on ewwerlägde, woasse duh kennde. „Mir misse sè siche", sääd dè Dieder, dè Foijerwiehrhauptmann.

„Awwer wie sehd sè dann aichendlich aus", frogd die Kodderie, die sè schuh laangk nid mieh gesäih hadd.

„Bond", sääd die Eva, die Foarwe geann hadd.

„Gruus wie enn Baam", sääd dè Fiaschder.

„Kläi wie è Bobbelche", sääd è Moadder.

„Rond wie è Road", riff dè Priebdräjer, der sech äis winsche deed.

„Eggech wie enn Wirfel", sääd enn Nautnodds, der baim Schbien mieh Glegg wie Vèschdaaand hadd.

„Laangk wie dè Wääg nooch Gisse", sääd dè Schäfer, der geann innerwägs woar.

„Koazz wie es Fädche, wann alles geschdobbd eas", sääd è Frää, die è gruus Familje hadd.

„Wäis wie è Hochzeddsklääd", sääd äi, die schuh oarch laangk vèlobd woar.

„Maais woar schwoadds", sääd è äller Frää. „Doas konnd ech dann aach off Beerdichingge ooduh on mussd nid nommo Geald ausgäwwe..."

Awwer die annern huh err schuh nid mieh zugehoadd, sonnern als dèzweschegeruffe, bes dè dai eechen Woadd nid mieh vèschdanne hasd.

„Enn ächenne Owe", sääd dè Eechon, der eam Krigg alles vèluurn hadd, aach sai Heemed.

„Enn Elfmeder", riff dè Hans. „Fier ins, nadierlech!"

„È Faschingskosdiem", sääd die Meline on mussd schuh nid mieh flenn.

„Hirrd off", sääd die Reechina. „Sou komme merr nid wäirer. Pagge merrsch oo, schdadd's sè jammern! Es scheggd nid, sè simmeliern! Mir misse oo dè Läwensfroide siche, menanner, awwer iaschdèmo jeerer on jeed fier sech. Denn woas die äi schie feand, muss annern noch laangk nid gefann."

„Du meensd, Läwensfroide eas Geschmaggssach?", frogd äis.

„Bes zè emm geweasse Pungd schuh", sääd die Reechina. „On aach den misse merr feanne."

On sou sai sè all iaschdèmo ean sech gegangge on huh sech ewwerlägd, wann sè die Läwensfroide dè lessd gesäih harre on wie sè ausgesäih on sech oogefiehld hadd. Je längger sè noochgedoochd harre, dessdè wingger Dreene sai geflosse, on hieh on doa hossde sègoar è kläi Lächenn oder Schmonzenn ewwer è Gesichd husche säih.

Woassennn doa all eangefann eas! Aach Eeniches, woas laangk schu vègäasse woar, on die Loid, die dèbai gewäse woarn. On sie huh aach oo Sache gedoochd, die woarn sou wenzech, dessen bai all demm Schaff goar nid mieh offgefann woarn. Oder sou gruus, dessese geschdeerd harre, wailsenn eam Wääg woarn ean ihrer Hegdigg.

On sie sasse doa, all menanner, on moachde Gesichder, wie wann sè dreemde, on käis wolld sou räächd offwache. Nid alles, woas sè gesäih harre, woar fier alle Loid beschdimmd. Die Läwensfroide konnsde nid med jeerem dään, on machmo woar woas nur fier äi oder enn oder nur fier zwie gedoochd on plibb besser ongesääd on geheem gehaan, è Läwe laangk.

Annern Sache on Momende awwer woarn schinner, wann dè sè med annern erläbd oder annern dèvoo vèzohld hossd. Es koomenn wie è Ewichkääd vier, die kiazzde aller Ewichkääre, äi, die nie enn solld, awwer doch schweann enn mussd, wailenn woar, wie wann sè sossd bladdse missde vier loirer Gedaangge on Erinneringge on Gefiehn.

Woas sè erleesd hadd, koom voo dois on woar è Keannerlache. Wie die Erwoassene ean dè Weaddschafd gesäasse on geflaand on gejammerd on simmelierd on geschwieche harre, woarn die Keann onbeowwachd dois gewäse on harre werre ogefangge, sesomme sè schbien. Doas woarn Schbien uhne Reechenn, wu dè naut falsch mache konnsd on wu enn die Fandasie als woas Naues eangegäwwe hadd.

Kenn Obba on käi Omma, käi Mamme on kenn Babbe, käi Daande on kenn Unggel, kenn Liehrer on käi Frää eam Keannergoadde deeren saa, woasse duh on woasse leasse selde. Die Sonn hadd geschien oder nid, es woar woarm oder kaald, enn Dinnsdoag oder Donnerschdoag, on bevier sè sech all vèguggde, woarsche werre doa, die Läwensfroide, on sie huh's all menanner gemärgd, uhne sè weasse, wie sè doas gepaggd harre. „Hieh sai ech", sääd die Läwensfroide, „wer mech vèzolbchd, vèzolbchd sech selwer."

On wann die, die, die dèbai woarn, sech als noch drewwer froie duh, desse sech werregefonne huh, dann easses doa, wu sè sai, schie on friedlech. Denn wu die Läwensfroide eas, doa eas kenn Bladds fier Angsd on Schregge on Ongerechdechkääd. On selbsd die Ärwed mächd mieh Schbass, doas leassd ouch gesääd sai. Ob aach die Schul, kimmd off die Liehrer oo.

Es Grabbageschbensd

Es koom èmo enn wiesde Krach voo Fraangkfoadd, Doarmschdoadd, Offebach. Gnoareluus laud woarsch ean Kassel, Gisse on Wissboare. Dè Baadsis, dè Schwoawe on dè Friese, sääd merr, woarschen Graus. Wann sè owwerhessische Räsende sogge, deerese kräische: „Erboarme, sè schbeed, die Hesse komme!" Die Minchner wollde kenn Äbbelwai off ihrm Ogdowerfesd on die Hamburjer kenn Haandkäs off ihrm Fischmoad. Berliner awwer, die hibb sai wollde, huh Ribbche med Kraut oder Boirelches prowierd, on eam Ruhrgebiet hodd merr werglech on woahrhafdech alsèmo Loid Hoaddekùche äasse oder demed koche säih.

È poar Mussigger voo Rodgau huh è Lied drewwer geschrewwe, doas woar baal ewwerall sè hirrn. Wiern sè voo Owwerhesse gewäse, hädd doas, woas sè doa robbgemoachd harre, schdellewääs sou geklungge: „Ai, woas mächsde dann med memm Bladdeschbieler?" „Kabudd." „Du Dreggsagg!"

Dè Ton woar sou schie rau wie die Zung voo emm Kalb, on dè Humor aach. Nid all ean Hesse huh Schbass vèschdanne, wann's off ihr ächen Kosde geang. Die meesde awwer deere sech doch liwwer selwer zèm Schiss huh, wie's annern sè ewwerleasse. Gewossd, wie! Aach dè Räbb, mieh geschwassd wie gesongge, koomen bekaand vier, denn eam Vochelsberch sääd sou manch aald Omma zèm Besùch, wann's naut mieh sè vèzehn gobb: „Ech will ouch èmo woas robbmache." Ihr Generadsjon hadd haald ean ihrer Juuchend noch kenn Fennseh, awwer schdrengge Liehrer on Penner gehadd on konnd allerhaand Gedichde on Psalme on Gesangbùchsverse oiswennich. Noch on necher! On dann mussde die Loid zuhirrn, wann sè wollde, dess die liewe Seel Ruh hadd. Doas Lied ewwer die Hesse awwer liff irjendwann nid mieh eam Radio on woar nid mieh ewwerall gesongge.

Viel Wasser woar die Schwalm on die Eder nobbgelaafe, viel woar ean Hesse gedrungge woarn on woadd als noch gedrungge. Alsèmo mieh, wie gedoachd. Enn Doag woarem Andrea offgefannn, doass ean senner Alsfeller Aisdiel dè Grabba ewwer Noachd wingger geworrn woar, on heh hodd sech gewonnerd. „Hossd du enn Grabba gehadd, oder zwie?", frogder die Sabrina, wie die dè Moije oo die Ärwed koom. „Io", froogd die off Idaljenisch seregg on deed gruuse Aache mache. „Mai!" Ech? Niemols!

Awwer aach dè neggsde Doag woar wingger ean dè Flasch wie dè Owend. „Ech vèschdieh doas nid", sääd dè Andrea. „Die Diern woarn all zu, die Fensder aach, on ech huh neechd dè Grabba eannen Schaangk eangeschlosse... Doas gidd nid med rechde Deangge zu!" Naut annersch hadd gefehld, die Schlesser woarn gaans, on käis hadd woas gesäih oder gehoadd. Noachdwächder gobb's joa nid mieh ean Alsfeld on annern Schdädde ean Owwerhesse, on die Bollidsai konnd nid ewwerall gesai. Doa mussde die Loid selwer offbasse.

„Haut Noachd lääg ech mech off die Lauer", sääd dè Andrea. Gaans gehoier woarschem nid, awwer woas widde mache, wann gurrer Road doier eas? Sou easser die

Noachd ean dè Aisdiel gewäse on hadd sech inner emm Desch vèschdeggeld. Im Meddernoachd woarem, wie wann doa enner wier, heh gläbd, heh deed Kimmel on Knowwelouch riche, deed awwer naut hirrn, on säih konnder aanaut. Irjendwann easser dann eangeschloofe on iaschd offgewachd, wie's nid mieh dusber woar. Die Sonn woar offgegangge, dois geangge die Keann vèbai off ihrm Wääg ean die Schul, on die Dier voo dè Aisdiel woar bai, die Heannerdier aach.

On dè Grabba? Woar noch wingger woarn. Schuh koome Loid ean die Aisdiel, im sech enn Grabba sè beschdenn. „Solaangk noch woas doa eas", sääre sè, on è poar deere froddsenn: „Eas' baal all all?" Nid nur Schedder sai Schbedder.

Emm Andrea awwer hadd's gescheggd. Die neggsd Noachd harrer dè Grabba ausem Schaangk on med innern Desch genomme. Wie die Glogg voo dè Walburgiskearch zwellefmo geschloo hadd, woarn werre Kimmel on Knowwelouch sè riche, noch doidlecher wie die anner Noachd. Die Schaangkdier deed klabbern wie die Zieh voo Mensche, die Angsd huh, on die Gläser klerrde wie die Gleggcher bai dè Pedersburcher Schlerrefoahrd. Med äimo woarschem aiskaald ean saim Vèschdegg, aach wann käi eenzich Fensder on käi Dier off woar, on dann woar woas sè hirrn, woas senne Uhrn främd woar.

„Woas hoddn doa dè Babba doa?"
„Der hodd è Flasch Grabba doa, dè Babba."
„Wu hodd dann dè Babba die Flasch?"
„Dè Babba hodd dè Grabba ean dè Dasch."

Doas konnd donnid gesai, säärer sech. Doas woar doch Räbb, on dann off Hessisch! Vèschdanne harrer alles, wail heh nid elläi Idaljener, sonnern aach Pällser woar, awwer enn Raim konnder sech donnid droff mache. Woarer endeggd woarn? Heh deed die Lofd oohaan on doochd, sai lessd Schdindche hädd geschloo. Im enn rim deed's rombenn on bombenn, kroiche on schloiche, on dann woarsch werre schdell. Aus dè Flasch awwer, die heh die gaans Zaid ean dè Dasch gehadd hadd, hadd äis Grabba gesoffe. Die woar bluus noch halb voll.

Schweann hadd sech doas rimgeschbroche, waid ewwer Alsfeld enaus. On es eas eanner gekomme, der sech med sou Fenomeene auskenn deed. „Ech will ouch helfe", säärer zèm Andrea on zu dè Sabrina. „Leassd mech haut Noachd elläi ean dè Aisdiel, on ech mach demm Schbuug è Enn!"

Der Kealle hadd è nau Flasch Grabba on enn aale Bladdeschbieler dèbai, den deerer offem Schaangkdesch offschdenn, on dann sassder sech denewer. Koazz beviersch Meddernoachd schloo deed, hadder enn Haandkees ausgepaggd, der woar med Kimmel, oddendlech Eel on Zwiwwn oogemachd, on harren off enn Deller gedoh. Baim lessde Schloag voo dè Glogg lisser doas Lied obschbien:

„On äis on zwä on Abbelbraai,
on drai on vicher, schmeggd besser wie Bicher.
On dè hibb on dè hobb on dè Schobbe ean dè Kobb,
on finnef on seggs, doa lachd die Gommiheggs!"

Doa hadd è onsichdboar Haand dè Schaangkdesch obgerammd, on alles fluug dorch die Gäjend on woar ean

Kochbrogge. Dè Geschbensderjeejer awwer plibb gaans gelässe. Heh riff nur laut: „Ai, woas mächsde dann med memm Bladdeschbieler?" On è Schdeamm sääd: „Kabudd." On geddseld. On heh konnd sech's Greanse nid vèknäife on riff: „Du Dreggsagg!"

Doa deed wer Läch, desses Haus waggenn deed. Die Schaangkdiern geangge off on werre zu, es gaanse Lied woar sè hirrn, aach wann dè Bladdeschbieler nid mieh geang. Die Bladd deed ean dè Lofd schwewe on drohd sech wie enn Dobbch im sech selwer. Doas woar nonnid alles: Dè Haandkeesdäller woar lier, die Grabbaflasch awwer als noch voll bes owe hean. Voo Schdonn ann plibb ewwer Noachd drean, woas dè Owend drean gewäse woar. Wer awwer ean dè neggsde Joahrn eam Dunggelè oo dè Aisdiel vèbaikoom, deed besser droo, zeh Teen sè päife: „Erboarme, sè schbeed, die Hesse komme!"

Woas die Toni sogg
on die Hillegadd feanne deed

Es woar èmo è draizèjährech Mädche ean Owwerhesse, doas deed sè geann Bosse mache, on die Kläi hadd è Fandasie, die woar sè gruus fier doas Läwe, desser beschdemmd woar.

Ihr Ellern woarn frieh geschdorwe, on sou easse bai ihrer Omma offgewoasse, enner Widdfrää, die nid mieh gudd gugge on nid mieh waid laafe konnd on sou schdreng woar wie nur woas. Wann die Toni èmo fraie solld, mussd sè enn gurre Ruf huh, wu doch schuh käi Geald eam Haus woar on es wohl noch zwannsech Joahr dauern konnd, bes die Ausschdoier sesomme woar.

On sou hadd die Omma ihrer Enggelean als ean dè Uhrn geläije, fläisich sè sai. „Uhne Fläis kenn Prais!", sääd sè on deed kleangge wie è Poesiealbum. „Sai wie es Vailche eam Moos, seddsam, beschaire on rai, nid wie die schdolls Ruus, die als bewonnerd will sai..."

Die Toni konnd's schuh ean- on oiswennich. Woas sè nid konnd, woar schdigge on heegenn. On wie es Schdregge offkoom, haddse sech ogeschdaald wie die Kuh baim Kräbbelbagge on die Nonn ogepaggd, wie wann sè demed äasse wolld. Irjendwu off dere gruuse Weald, säädse sech, weadd's schuh Loid gäwwe, die nid med Gowwenn on Läffenn äasse, sonnern sou!

Awwer ihr Omma wolld naut dèvoo hirrn. „Du leansd doas edds, on wann dè è Haandbrääd geschdrùchd hossd, gissde offen Agger on dusd Schdäi läse. Käi Werrewoadd oder es sedsd woas! Frieh iebd sech..." Joa, joa, doochd die Toni, on frieh krimmd sech, wer sai Läbdesdoag naut wie ärwenn muss. Sou waid kimmd's noch! Es muss doch aach Länner off dere Weald gäwwe, wu die Loid sech's gudd gieh leasse. On wu die Schdäi, die geläse werrn, voo Gold sai. Awwer wann die Omma sääd, woas sè duh woar, mussd sè gehorche. Wu häddse dann aach sossd heangewolld?

Dois deed schuh ihr Froindin, die Hillegadd, woadde. „Kimmsde med oo die Bach?, riffse. „Leass ins è poar Schiffche baue! Mir leassese foahrn bes oo die See! Oder mir fangge Freesch on läije sè dè Loid eans Bedd wie neechd!" Die Hillegadd hadd als sou Eanfäll, die dè besd Eanfäll pleawwe, denn doas gobb sossd Ärjer!

„Ech kann nid med", sääd die Toni, der Ärjer als noch liwwer gewäse wier wie Schdregge on Schdäiläse. „Ech muss è Haandbrääd schdregge oo demm Balldin hieh, on dann offs Feald, Schdäi läse." „Doas winn merr dommo säih", sääd die Hillegadd. „Wais merr mo, wie doas gidd med demm Schdregge." „Du widd schdregge?", frogd die Toni on woar bass vier Schdaune. „Eam Geejedääl", sääd die Hillegadd. „Merr muss nur schlau genungk sai, im enn Domme sè feanne."

Die Toni wossd nid, woas gemeend woar, hadd die Hillegadd awwer geleand, woasse voom Schdregge vèschdanne hadd. „Bass off med dè Woll", sääd sè noch.

„Dè wäise Foare kannsde zwämo im dè Fengger wiggenn, dè brau awwer nur äimo, on dè schwoaddse dè besd goar nid, der räisd sossd wie naut Gurres." „Doas muss voo schwoaddse Schoof sai", sääd die Hillegadd on lachd. „Sou wie mir. Mir räise enn Doag aus! Du weaschd schuh säih." Die Toni hadd ihr Froindin gemosderd, wie im sè säih, ob sè's sou gemeend oder Bosse gemoachd hadd. Awwer die Hillegadd hadd sech schuh die Nonn on die Woll geschnabbd on sech ean è Egg voom Hoop gesassd, die die Omma voo ihrm Fensder aus nid säih konnd.

Baal koome annern Keann vèbai on wollde wäirer oo die Bach on froide sech schuh off die Schbien, die sech die Toni on die Hillegadd eanfann lisse. Awwer scheassgepeaffe! „Haut gidd's nid on moije nid gläich", sääd die Hillegadd. „Ech schdell enn Wealdreggord eam Schdregge off. È Keannerschbiel eas Drägg degeeje. Leassd merr mai Ruh, ech muss mech droohaan, es muss ramme, sossd weadd doas naut!" Die Keann schdaunde nid schlächd: Enn Wealdreggord! Doa wolldesè dèbai sai. „Deaffe merr amo?", frogd äis.

„Ihr?" Die Hillegadd hadd voo ihre Nonn offgeguggd on ongläwech dè Kobb geschirreld. „Doa kennd joa jeerer komme. Näi, näi, doas eas naut fier Keann!" Edds geang's Drense luus. All wolldese schdregge on baim Reggord dèbai sai. Irjendwann hadd die Hillegadd ihr Nonn werre sengge leasse on gesoifdsd. „Wail ihr's said! Inner Froinde muss merr Ausnoahme mache. Awwer ihr missd bes off dè Sonndoag jeeren Doag werrekomme, desses woas weadd. Dè Toni ihr Omma deaf's nid gewoahr werrn, on aach sossd käis. On wann ihr medmache wolld, dann gidd doas aanid imsossd."

„Woas widde dann dèfier?", frogd enn Jung, der's nid erwoadde konnd, schdregge sè leann on baim Wealdreggord medsèmache. „Wer schdregge will, gidd iaschd èmo è Schdonn off dè Toni ihrer Omma ihrn Kaddoffelägger, Schdäi läse", sääd die Hillegadd on hadd sech selwer gewonnerd, desse all eanvèschdanne woarn.

On sou sai die Toni on ihr Froindin Hillegadd elläi oo die Bach on huh Owendoier erläbd, voo dene käis woas wossd on die kemm vèzehld woarn sai. On sè huh Schennklobbe gemoachd, sai off Keaschbeem geklerrerd on huh sech die Sisskearsche pärchewais iwwer die Uhrn gehängd on die Kerne dorchem Oddo sai Schloofschdowwefensder geschbuggd, doas offe schdann. Enn annnern Doag huh sè die Gommischdewwel, die näwer dè Schdallsdiern schdanne, vèdoischd on Diggwoaddsmännche geschndeddsd, è Keazz neangeschdaald on Loid enn Schregge eangejägd, die om Owend off dè Friedhoop wollde. Käis hodd rausgefonne, wer die on annern Schräich gemoachd hadd. „Eas dann alle Doag Walbern?", sääd enn aale Mann, der sai laangge Innerhose nid oo dè Wäschelain, sonnern eam Goadde werregefonne hadd. On ean jeerem Bäi schdùchd è Bunnschdang.

Dè Balldin awwer eas gewosse on gewosse wie dè Giersch eam Goadde, on off dè Toni ihrer Omma ihrm Kaddoffelagger woarn wingger Schdäi wie ean ihrm Obba senner Gall gewäse woarn. Es gaanse Doaf hadd iwwer die Toni geschwassd: Woas fier è fläisich Mädche doas woar! Nid wie die annern Keann, die dè liewe, laangge Doag nid sè säih woarn, on käis wossd, woasse gedoh harre. „Die schbien, on die ärweld", säre die Loid. On sou hadd die

Toni ihrn gurre Ruf kreeje, on die Omma, der doas alles nid gaans gehoier woar, hadd nid viel gefrogd. Hauptsach, die Loid woarn zèfriere!

Enn Doag eas enn räiche Kealle eans Doaf gekomme on wolld es fläisichsde Mädche ean Schdellung nomme, doas merr doa kaand. „Die Toni", riffe die Loid. „Schweann! Holld die Toni!" Awwer die woar nid mieh doa. On die Hillegadd aanid, niddemo emm Meller senn ällsde Gaul, der dè annern Doag zèm Obdegger solld. Off demm woarn die zwu ean Sonneoffgaangk geredde. Iaschdèmo zèm Horiddsonnd on dann è bess-che wäirer.

On wann sè nid geschdorwe sai, mache sè als noch Bosse. Oder huh Schdäi geläse on Gold gefonne.

Es lessde Woadd

Es woar èmo enn moadds wichdiche Kealle ean Owwer-
hesse, der wolld als on als es lessde Woadd huh on geang
alle annern demed off die Erbs. „Leassd mech nur mache",
sääd sai Dochder, „Ech gewehnsem ob."

On all woarn sè geschbannd wie'n Fliddsebooche, wie sè
doas ooschdenn wolld. Doas Mädchen hadd nid laangk
ean die Schul gieh deaffe, wie's domols ieblich woar,
awwer off dè Kobb gefann woarsche dessdeweeche noch
laangk nid.

„Babbe", sääd sè enn Owend. „Ech deed dech sè geann
moo begläre, wann dè werre off Fraangkfoadd mächsd."
Ihrn Voadder hadd voo dè Zairing offgeguggd. „Woas
widd du dè doa?", frogder on ronzeld die Schdirn. „Ai",
sääd sai Dochder, „ech huh gehoadd, dess die Loid doa
nid schwaddse, sonnern babbenn, on ech wissd sè geann,
woas doas eas on wie sech doas oohirrd."´ „Wie soll sech
doas schuh oohirrn", sääd ihrn Voadder. „Wie Gebabbel
haald. Die Fraangkfoadder babbenn, wie enn dè Schnoaw-
wel gewoasse eas." „Awwer wann ech nid wääs, woas doas
eas, dann nidsd mech doas naut", deed sai Dochder
prodesdiern. „Wann ech doas nid med ächene Uhrn
gehoadd huh, gläwech's nid."

„Dann gläbsdes haald nid", sääd ihrn Voadder onwillich.
„Du pläibsd hieh on gessd äi fier allemo Ruh! Es wier joa
noch schinner, wann ech derr noochgäwwe deed! Woas
widde doa als Näggsdes? Hirrn, wie die Loid ean Schina

schwaddse?" On hadd die Dier zugebaafd, desse bainoh aus dè Anggenn gehebbd wier.

Die Dochder awwer hadd naut mieh gesääd, on heh hadd es lessde Woadd. Dè näggsde Doag baim Kaffie huh sè sech all innerhaan, bes off die Dochder, die sossd als woas vèzohld hadd. Die deed schwaiche wie è Groab. „Edds easse belaidechd on dreggd enn Kobb", riff dè Voadder. „Merr schdidd's nid aus! Wann die Juuchend voo haut nid alles kridd, woasse will, dann moddsdse rim. Nid med mir! Doas leass derr gesääd sai!"

Awwer die Dochder hadd enn schwaddse leasse on es Maul gehaan. Aach dè annern Doag. On die anner Woch. Sie plibb schdomm on hadd niddemo „aua" gekrische, wann sè sech med enner Null geschdoche oder oom Biejelaise vèbraand hadd. Kenn Muggs koomerr ewwer die Libbe. Ihrm Voadder woadd's angsd on bang. Senner Dochder hadd's die Schbrooch vèschloo, on heh wossd, heh woar schold droo. Harrer nid gesääd, sie selld äi fier allemo Ruh gäwwe? On edds gobbse naut wie Ruh.

Sè geann härrer sech werre mo merrer gezengd, awwer doa woar naut sè mache. Sie haddn nur ogeguggd, wie wann sè è Beld bedroochde deed, doas ewwersch- deinnerschd oo dè Waand henggè deed, on dè Kobb gedrohd. „Edds dudd sè aanoch dè Vèschdaand vèliern", riff dè Voadder, demm's schuh laangk nid mieh gehoier woar. Aach wann heh nie zugegäwwe hädd, dessem lääd duh deed: Doas harrer nid gewolld.

Schraiwe konndem sai Dochder nid viel, wail sè nid laangk genungk ean die Schul gegangge woar. On ihr

Zächeschbroach hadd nur dè Hond vèschdanne. Der deed alsèmo hoin, wann sèm Zaiche gemoachd hadd, on è anner Moo memm Schwaans wedeln. Wurim, wossd käis. On dè Hond hadd's nid vèroare.

Enn Doag koom enn jungge Dogder aus Gisse dorchs Doaf, der solld oarch gudd sai, hadd's gehääse. Die Moadder hadden Voadder heangeschùchd, heh solldn freeje, ob heh aach Schdomme hään konnd. „Ech sai nid dè Hailaand on kann käi Wonner vollbreangge", sääd dè Dogder. „Awwer woas Mensche meechlech eas, will ech geann vèsiche. Wu eas dann auer Dochder?"

On dè Voadder haddn med heemgenomme. Dè Dogder awwer woar kenn Dogder, der Medizin schdudierd hadd, sonnern enn Fillolooche, enner, der sain Dogder ean Fillosofie on Schbroache gemoachd hadd, on auserdem dè heemleche Vèlobde voo dè Dochder. Die zwie harre sech woas ewwerlägd, wail sè wossde: Aach wann's ims Fraie geang, wolld ihrn Voadder es lessdè Woadd huh. On doa wollde sè's nid droff ookomme leasse. Woas woar schuh enn Dogder der Fillosofie geeje enn Bauer oder Haandwärger?

Wie dè Dogder eans Haus koom, sass die Dochder baim aiserne Owe on hodd sech naut omärge leasse. „Die schwaddsd nid mieh", sääd dè Voadder. On die Dochder sääd naut. „Goar naut mieh?", frogd dè Dogder, der nid nur Laddain, Aaldgriechisch, Hebbräisch, Franzeesisch, Idaljenisch, Englisch on Polnisch, sonnern aach Owwerhessisch konnd. „Wann ech ouch's doch schbrech", sääd dè Voadder. „Käi Schdärwensweaddche", sääd die Moadder.

„On wie laangk easse schuh sou?", frogd dè Dogder on deed è duudeansd Gesichd mache. „Laangk", sääd die Moadder. „Viel sè laangk", sääd dè Voadder. „Woas woar es lessde Woadd, desse gesääd hodd?", hodd sech dè Dogder erkundichd. „Ech wäse's nid", sääd dè Voadder, on es oahndem goar nid, wie rächd heh hadd. „Enn schwiere Fall", sääd dè Dogder. „Woas krie ech, wann ech sè kuriern duh?"

Doa hadd dè Voadder nonnid drewwer noochgedoochd. Wailer enn aale Gaizkroache woar, deerer lieje: „Geald huh ech nid sou viel wie Sorje." „Dann will ech ouch zwie Sorje obnomme", sääd dè Dogder. „Auer Dochder werre zèm Schwaddse breangge on sè fraie."

Dè Voadder, der sossd im kenn Kommendar vèleeche woar, wossd nid, woasser saa solld. Innerm Desch harrem sai Frää enn Dreadd vèbassd, desser „Eas gudd, eas gudd" riff. On sou hadd sech dè Dogder voo Gisse am Haus eankwadierd on sech bai die Dochder oo dè aiserne Owe gesassd, schdonnelaangk ihr Mieneschbiel schdudierd on ihr Geesde, die onvèwaande Beweechungge on die, die sè med Fläis gemoachd hadd.

Heh harrer Belder gewaisd voo allerhaand Sache, Viecher on Loid on die Buchschdoawe dèzu: A wie Aangk, B wie Boirel, D wie Dabbeede, E wie Eemer, F wie Firgel, G wie Giggel, H wie Hinggel, I wie Ihrn, J wie Joggodd, K wie Knäibche, N wie Noas, O wie Olwl, P wie Prieb, R wie Riwwn, S wie Sennefd, Sch wie Schougelgaul, Schd wie Schdallsdier, T wie Torm, U wie Unggel, V wie Vochel, W wie Wollge, Z wie Zwiwwl.

Die jung Frää hadd sech die Belder all ogeguggd on è poar Krafahne gemoachd. Irjendwann awwer haddse ogefangge sè flenn, gaans uhne enn Muggs voo sech zè gäwwe. „Aiaiaiaiaiaiaiai", moachd die Moadder, die med denne zwie inner enner Degg schdegge deed. „Dudd doch woas! Doas eas nid mieh med osègugge!" Dè Dogder awwer hadd dè Kobb geschirreld. „Ech wääs nid, ob ech werglech zèm Oisersde gieh soll. Wer wääs, woas bassierd, on ob's ouch räächd eas!" „Woarschd", riff dè Voadder on solld werre es lessde Woadd huh, wann aach nur noch doas aine Moo.

On sou hadd dè Dogder ausem kläine Fläschche enn kräfdiche Schlugg genomme. „Medizin", särer, aach wann's enn selwer Gebraande woar. Heh moachd doas Fläschche werre zu on holld sech è Kesse voom Schesslong on lägds off die Äad. Dann deerer sain degge Moddse aus, krembeld die Ärmel voo saim Hemb huuch on noom dè Zillinner ob. Ean dè gudd Schdobb woarsch sou schdell, merr hädd è Null fann hirrn kenn. Awwer es fill käi.

Dè Dogder deed nommo diep Lofd honn, on bevier sech die Ellern vèguggde, harrer sech off doas Kesse geknied. Voo doa onne harrer ihrer Dochder ean die Aache geguggd, wie wannersche hibbnodisiern wolld. On wie sè senn Bligg erwerrenn deed, koom heh naus medde Schbroach on frogd: „Liewe Amalie, saa: Widde mai Frää werrn?" Die Amalie deed lächenn, wie's nur die Amalie konnd. On dann, als wiersch gaans läichd, moachdse dè Mund off on sääd sou doidlech, desses aach die vèschdieh konnde, die dois om Fensder die Uhrn geschbedsd harre: „Joa, Friedrich, doas will ech. On dann foahrn merr nooch

147

Fraangkfoadd on hirrn ins oo, wie sè doa babbenn. Gelle, Babbe, 's eas derr rächd?"

On ihrn Voadder hadd nooch Lofd geschnabbd wie è Forell offem Droggenne, awwer kenn Ton gemoachd. Senn Seeje harrern joa schuh gegäwwe.

On wann die zwie nid ogefangge huh sè babbenn, dann schwaddsese noch haut. On merrem bess-che Glegg hadd jeerer mo es lessde Woadd – on läbd doch wäirer.

Die goldene Bibbel

Es woar èmo enn Kealle ean Saggsehause, der deed sè geann Äbbelwai soufe. „Mai Schdeffche", särer, denn heh woar voo Owwerhesse. Doas konnd merr hirrn, aach wann heh vier laangger Zaid zèm Ärwenn nooch Fraangkfoadd gezuuche woar on doa gefraid hadd. Wann annern dè Moijend Kaffie gedrungge huh, deed heh enn hääse Äbbelwai drengge, on dè Meddoag gobb's enn diefer geschbriddsde geeje dè Doaschd. Dè Owend koome dann noch è poar Gläser dèzu, wann nid sègoar è poar Bembel. „Dreangk net so viel Äbbelwoi", sääd sai Frää, die voo Fraangkfoadd woar, awwer owwerhessische Ellern hadd. Die schwassd drim è bess-che Fraangkfoadderesch on è bess-che Owwerhessisch – alsèmo aach, demed heh wossd, desser gemeend woar.

„Ech dreangk Äbbelwai on wann ech vèbladds", sääd ihrn Mann nur on schodd sech noch woas eans Geribbde. „Vèbladdse weaschde net groad, awwer bass uff, du krissd noch goldene Bibbel", hodd säi Frää gesääd on hadd äi Haand off die Biewel gelägd. „Doa weaschde säih, woas dè dèvoo hossd. Algehool eas Doiwelszoich!" „Ai, wann mai Bibbel golden sai wie menn Äbbelwai, woas schodd's mir?", hadd ihrn Mann geruffe on Läch gedoh.

Dè annern Doag sasser off enner Baangk offem Rossmarkt, wolld è Pois-che mache on deed sech ean dè Noas bibbenn. On siehe doa, woassem oom Fingger babbd, woar gääl wie Bernschdäi, woadd schweann drogge on hoadd on sogg aus wie enn gaans kläine Klombe Gold.

„Ai, gugge mo doa", sääd dè Fraangkfoadder Owwerhess.
„Mai Frää hadd doch rächd." Schuh baal harrer drai, vicher,
finnef kläine Goldklombe sesomme, on è Headd Loid
schdann immen rim. All wolldese gugge, woas heh doa
moachd, on es dauerd nid laangk, doa woarn die Schann-
doarme doa on huh enn medgenomme.

Dè Fraangkfoadder Owwerbirjermeesder liss den Keall
ean dè Reemer breangge on wolld die Goldklembche säih.
Wie heh hoadd, doass doas woahrhafdech goldene Bibbel
woarn, riffer: „Doas eas geeje alle Geseddse! Der Rääch-
dum schdidder nid zu!" Heh liss dè Richder komme, on dè
Owwerhess woar ean dè Eschersheimer Torm geschberrd,
bai Äbbelwai on Bruud. Insè Geldsorje sai merr luus,
doochd sech dè Owwerbirjermeesder, wann aach nid off
Owwerhessisch, on hadd Pläne gemoachd fier è nau
Opernhaus on woas nid all. Dè Oarme Owwerhess hädd
läwenslaangk ean demm Eschersheimer Torm gesäasse,
hädd sai Frää käi Medlääd merrem gehadd. Ogedoh wie
è schdäddisch Bedinnsdedde, haddsem Abbelsafd
schdadds Äbbelwai gebroachd. „Wann dè merr vèsch-
brichsd, dessdè kenn Allgehol mieh dreangge dussd, wann
dè hieh rauskimmsd, dann komm ech alle Doag werre",
säädse. On ihrm Mann woar sai Fraihääd dann doch liwwer
wie all dè Äbbel- on Braandwai off dere Weald.

Nooch drai Woche woarn sai Bibbel nid mieh golden,
sonnern sogge aus wie die voo alle annern Loid. Dè
Owwerbirjermeesder konnd käi nau Opernhaus mieh baue
leasse. Woas schoad woar. Dè Owwerhess awwer koom
frai, denn edds woarer joa naut mieh niddse, wann heh
eam Torm plibb, on deed nur noch Geald kosde. Heh

moachd sech heem bai sai Frää, sou schweann, wie heh konnd, on hadd sai Woadd gehaan. Wannem äis enn Äbbelwai oobiere deed, krischer: „Nid ims Vèbladdse!"

On ean dè Noas gebibbeld, hirrd merr, hadder aanid mieh. Merr wääs joa nie, särer sech, woas doadèbai rauskimmd.

Es Woaschdmännche on die Liewe

Es woar èmo è Woaschdmännche ean Noaddhesse, doas deed irjendwu zwesche Melsungge, Eschweeche on Humurch oo dè Efze hause on Mensche off die Prob schdenn.

Enn Doag eam Friehjoahr, wann genau, weasse nur die, die dèbai woarn, koom enn jungge Mann deheer. Der hadd enner jungge Frää schiene Aache gemoachd, on die emm aach. Awwer dè Gemänderoad hadd's nid zugeleasse, dess die zwie fraije deere. „Ihr said viel sè jung, Fiddi on Gidda", hodd's gehääse.

On demed sè nid off domme oder gaans annern Gedaange koome, hodd dè Birjermeesder zèm Fiddi gesääd: „Du gissd edds ean die Weald enaus on leassd naut voo derr hirrn on säih on kimmsd iaschd werre, wann dè woas Geschoires geleannd on Geald ean dè Kibb hossd, genungk, im è kläi Hois-che sè baue on è Familje sè innerhaan. Kimmsde friejer seregg, dann sollsde woas erläwe, awwer naut Schienes. On die Gidda pläibd hieh on leannd aach woas. Wer wääs, ob dè nommo off dè Beldfläch erschainsd. On wannse badduu kenn annern fraije will, musse sech joa aach selwer erniehrn kenn."

Sou è kläi bess-che foaddschriddlech woarn sè ean Noaddhesse domols aach schuh – awwer nid ewwerdraiwe! On sou gobb's enn Obscheed inner Dreene, on dè Fiddi eas foadd. Nid waid voo deheem hodder è Frää gedroffe, die flaand. „Ai, woas hossdede", wollder weasse.

„Menn Eemer hodd è Loch", sääd die Frää. „On wann ech Wasser voom Bonn hoon will, leefd's innerwäägs werre naus. Sou schweann kann ech goar nid laafe! Ech huh's schuh med Schdruh prowwierd, awwer imsossd! Doas häld nid voo dè Moije bes dè Meddoag!"

„Ai, ech wääs derr woas", sääd dè Fiddi. „Gebb merr mo denn Eemer. Ech sai schweann werre doa." On eas zèm Schmidd on hodd nooch demm gefrogd, der Fässer mache deed. On der hodd Tier off dè Eemer geschdriche, on doa woarer werre dichd! Die Frää hadd sech gefroid wie nur woas, desse edds werre Wasser eans Haus draa konnd, uhne die Hälft sè vèliern.

Dè Fiddi eas wäirer on koom oo è Haus eam Waald, doa hadder oogeklobbd. Enn aaale Mann haddn reangeleasse, hadd awwer aach gläich gesääd, es wier oarch kaald bai emm. On doa harrer nid ewwerdrewwe. Die Zieh deere klabbern, wann merr noch genungk zèm Klabbern hadd. Dè aale Mann woar vèfruurn on sass bai emm kaale Kombe Kaffie. „Wurim mächsde dann käi Foier oo, dess woarm weadd", frogdn dè Fiddi. „Ai, dè Owe ziggd nid mieh", sääd dè aale Mann. „Ech huh emm Schonn-schdäisfäjer schuh Beschäd gegäwwe, awwer der kimmd iaschd es anner Friehjoahr, hadder gesääd. Ech wuhn haald è bess-che ob voom Schuss."

Doa hodd sech dè Fiddi dè Owe mo ogeguggd on gläich gesäih, es logg nid om Schonnschdäi, es logg oom Holz, doas woar nid richdich obgelaacherd. On eanne eam Owe hadd aach è Klabb gewaggeld, wail der aale Mann sou viel ean dè Owe neangeschdobbd hadd. Doas woar

153

schweann gedoh. Dè Fiddi hadd aach gläich noch è bess-che Holz gehaggd fier den aale Mann on hoddem gesääd: „Edds kann dè Schonnschdäisfäjer es näggsde Friehjoahr komme – du sedsd eam Woarme." On dè aale Mann hadd sech gefroid on sech noch on necher bedaangd.

Dè Fiddi eas wäirer, on ean emm Doaf, doa sass è Keand off dè Gass on flaand. „Woas eas dir dann?", frogd dè Fiddi. „Ech will nid off dè Abee", flaand doas Keand. „Awwer mai Ellern huh merr vèborre, off die Mesd sè mache. Doas deed sech haut nid mieh gehirrn, wu merr enn Abee hodd!" „On wurim gissde nid off dè Abee?", frogd dè Fiddi. Doa hodd doas Keand enn heangefiehrd zu demm kläine Hois-che med demm Heazzche ean dè Dier, on deann woar è Brääd med em Loch dreann, doa solld merr sech droff geseddse on sääche oder schäise. „Doa huh ech merr enn Schewwer ean' Bobbes gezuuche", flaand doas Keand. „Hieh off dè Säid! Doas hadd wieh gedoo!"

„Doas glääb ech", sääd dè Fiddi on hadd med emm Woaschdkoaddel, doasser dèbai hadd, Maas genomme. „Ech sai baal werre doa." Doa easser off Lauderbach on hadd sech bai enner gaans aale Debberai vierschdellich gemoachd. „Ech brouch enn Dobb oder è Schessel uhne Burre, è Saih med nur emm Loch", säärer on hill es Koaddel huuch. „So brääd musses owe sai on unne schlangger wie enn Drichder, nur brärer." On doas harrer kreeje. Heh eas seregg on hadd es Debbe uhne Burre ewwers Loch ewwerm Schdroddsloch gesassd, on doas hadd gebassd wie Oarsch off Eemer. On all huh sè sech gefroid. „Edds huh merr è modern Abee", sääd die Moadder voom

154

keand, doas nu sai gruuses on sai kläines Geschäfd nid mieh off dè Misd gemoachd hadd.

Dè Fiddi eas wäirer on koom oo enn gruuse Hoop, der sogg è bess-che vèwonsche aus on woarsch aach. Die Dier geang voo elläi off, on drean om Desch sass è Woaschd-männche, doas schwaddse konnd. „Komm bai, Fiddi", sääd's. „Du säisd merr willkomme." „Kenne mir ins dann?", hodde Fiddi geschaund. „Ai, joa", sääd's Woaschdmännche. „Ech sai die Frää gewäsd on dè aale Mann on es Keand, dene dè geholfe hossd, desse Wasser eam Haus harre on nid eam Kaale sasse on sech nid vier ihrm Abee fiachde mussde. Edds will ech derr aach helfe. Ech huh dè Gidda, denner Braut, eam Schloof gesääd, dess du err Nooch-richde schigge weaschd."

„Woas dann fier Noochrichde?", sääd dè Fiddi. „Ech deaffer joa nid schraiwe." „Doas nid", sääd's Woaschdmännche. „Awwer du deafsder woas sè äasse schigge. On ech will derr drai Aale Weaschd schengge. Die iaschd sollsde edds huh. Die eas med Kimmel on hodd è grie Woaschdbaand. Doas häsd: Dengsde oo mech? On wann sè die Woaschd inner Dreene äasse dudd, dann wäsde, sie hodd dech nid vègäasse. On dann schiggsde dè Gidda die zwuud Woaschd, die med Knowwelouch, die memm ploè Woaschdbaand, doas häsd: Ech sai derr droi. On doa weaddse lächenn, wann sè die Woaschd äasse dudd."

Dè Fiddi konnd's schuh nid mieh aushaan: „On es dreadde Woaschdbändche?" „Es dreadde easses ruure Woaschd-baand. È Woaschd med allem, woas doa oo gurre Sache neangehoadd. Wann sè doas sehd, wääse schuh, woas doas häsd." On es Woaschdmännche eas voom Desch offge- schdanne on hodd dè Fiddi ean sai Schaddskammer gefiehrd. Doas woar è gruus Schdobb, med Lehm gebodsd, on doa heangge Aale Weaschd wie eam Waiberch die Rewe oo dè Schdegg oder ean dè Doiwelshehl ean Schdainau die Drobbschdäi voo dè Degg.

„Ech will dè Gidda die Weaschd breangge gieh", sääd's Woaschdmännche. „Draimo sai ech foadd, on du guggsd hieh noochem Räächde. Es muss kiehl sai hieh drean, on ob on zu mussde liffde on alle Noas laangk die Weaschd med kaalem Wasser obgewäsche. On nid dèvoo äasse. Kannsde derr doas märge?" „Naut läichder wie doas", sääd dè Fiddi. „Sou läichd aanit", sääd's Woaschdmännche. „Es weadd derr jeed Moo vierkomme wie è Joahr, aach wann ech nur enn Doag foadd sai." „Mächd naut", sääd dè Fiddi. „Ech dengk äifach oo die Gidda. Doa gidd die Zaid rim."

On sou woarsch. Die Weaschd deere è bess-che wäis oolaafe, awwer doas moachd naut. Geroche hadd's gudd, awwer dè Fiddi hadd naut dèvoo gäasse, denn doas harrem es Woaschdmännche joa gedärmd. „Ech huh mai Erder", särer sech, on heh wossd joa: Wann's Woaschd- männche seregg koom, gobb's woas sè äasse.

„Allewail hossde aach die lessd Prob beschdanne", sääd's Woaschdmännche, wie's es dreaddemo werre koom, on deerem genungk Geald ean die Kibb geschdobbd, im è kläi Hois-che sè baue on è kläi Familje sè erniehrn, denn è Familje sollde sè schweann werrn, die Gidda on dè Fiddi. „Wann dè Birjermeesder dech freegd, woassde fiern Beruf hossd, dann dussde saa: Ech sorch defier, dess die Loid es schie woarm huh on käi Wasser ausem Eemer drobbd on käis mieh off die Mesd mache muss. Doas sai drai Berufe ean emm, doas deafd schigge. On wann derr äis Ärjer mache will, mächsdes wie ech: Bevier ech mech offreech, easses merr liwwer Woaschd."

„Oder Läwwerwoaschd", sääd dè Fiddi on lachd. Gelachd hadd aach die Gidda, wie heh ihr all doas vèzohld hadd. Bai dè Hochzedd hodd es Woaschdmännche gläich näwerenn om Desch gesäasse, drim sai die Belder voo dè Faier all naut woarrn. „Bevier ech mech offreech", sääd doa dè Fiddi, „easses merr liwwer Woaschd." Imso läwennicher schdannem der Doag vier Aache, on es Woaschdmännche hadd eem on dè Gidda noch zwie Geschengge gemoachd. Sie harre allzääd genungk Aale Woaschd eam Haus, on die Belder voo dè Diamandene Hochzedd sai besonnesch schie gewoann.

Ean Melsungge on Eschweeche awwer faiern sè es Woaschdmännche noch haut. Baim Woaschdfesd gidd's naut wie im die Woaschd. Bes zèm lessde Zibbel.

Woas gurre Wärge wäije

Es woar èmo enn kläine Kaufmann ean Owwerhesse offem Laand, der woar ean senner Juuchend enn welle Kealle gewäse. Heh hadd sech med annern rimgedrewwe, hadd gesoffe, geläsderd on gefluuchd on Geald vèschbield on raijewais die Heazze gebroche. Irjendwann awwer hadder dann dè Loare voo senne Ellern ewwernomme on die Frää gefraid, diesemm ausgesùchd harre, on hadd è ruich Läwe gefiehrd.

Gaans secher woarer sech nid, dess doa nid noch è poar Rächlingge offe woarn. Es schlächde Geweasse hoddn gebeasse, on sou harrer dè Rabbi gefrogd: „Woas kann ech duh, dess mai Juuchendsinde nid mieh zeehn?" „Gurre Wärge", sääd dè Rabbi nur. „Gäbb annern, woas dè gäwwe kannsd, on gebb's geann." „Doas huh ech schuh vèsùchd", sääd dè Kaufmann. „Awwer die äine wolle naut geschengd huh, on die annern nomme, woas echn ean die Dasch duh, awwer sie nomme merrsch aach ewwel on gugge inner sech, wann merr sech ewwern Wääg leefd. Es mächdn woas aus, sie schaame sech dèfier, desse oarm sai on mai Hilfe ogenomme huh. Woas widde doa mache?"

„Enn iehrleche Bedriejer werrn", sääd dè Rabbi. „Leass derr Gewichde fier dai Woag mache, die è wingk schwierer sai, saa merr, im è Veaddel schwierer, on wann oarme Loid zu derr komme on du säisd elläi merren eam Loare, nimmsde die, sossd die annern." On sou haddersch gemoachd. Demm Mann, dersem beschaffe konnd, harrer vèzohld, heh welld sai Frää hennersch Lichd fiehrn: Die deerem ean dè Uhrn läije, desser obnomme solld. „Eas mir doch woarschd", sääd der Konne. „Schwierere Gewichde sai joa geeje käi Gesedds, nur gäje die Fissigk. On woas gidd mech dai Frää oo? Ech huh mai Last med mir!"

Ean dè Boh harrer oogefangge, sech aussèrechenn, woas doas edds ausmoachd. Deed äis è Pond Mähl kääfe, gobb's heemlech è Veaddel Pond mieh, doas woarn dann seggshonnerdonfinnefonzwannsech Gramm. Wer 800 Gramm Zogger beschdenn deed, kreeg è Kilo, on wer è Killo wolld, noch è halb Pond dèzu. Bai zwä Killo konnd doas läichd offfann, denn doas woarn joa dann finnef on käi vicher Pond. Awwer sou viel deere oarme Loid sowieso nid kääfe.

Wann äis woas sääd, konnder saa, heh missd sech iaschd oo die naue Gewichde gewiehn. On die Geecheprob med dè annern deed wääse, dess die Kunde nur Vierdääl dèvoo harre. È Veaddel mieh, doas woarn finnef Zwannsechsdel, on wer vichermo es selwe ean dè selwe Mengge gekaafd hadd, kreeg's es finnefde Moo imsossd.

Awwer doas wossd nur heh elläi, denn Geschengge härre die oarme Loid joa nid geann voo emm genomme. Baal brouchde manche nid mieh sou viel oschraiwe leasse. Doas deed käis uhne Nuud, on die meesde scheggde dann die Keann vier. Schdann werremo sou'n Draikeesehuuch, sou enn kläine Kroddse, ean saim Loare on konnd groad èmo ewwern Desch gugge, dann hadd dè Kaufmann besonnesch froindlech gefrogd: „Noa, woas deaf's sai?" On hadd demm Kläi noch è Guudsje gegäwwe.

Sai Frää woar fruh, dess ihrn Mann kenn Gaizhaals woar, frogd sech awwer, wurim dè Loare sou gudd liff on nid viel mieh ean dè Kass woar wie sossd. On sie hadd ihrn Geddergadde zèr Reed geschdaald. „Saa nur, die märge naut", säädse, wie errsch ihr vèzohld hadd. „Dann gidd's dene wie daim Sohn. Wie ech emm neechd è Bodder-bruud geschmiered huh, huh ech enn gefrogd, ob ech emm vicher oder oachd Raider schnaire soll. Wääsde, woasser gesääd hadd? Vicher, Mamme. Oachd schaff ech nid."

„Doch, doch, die märge's", sääd ihrn Mann. „Die äine schdoddse on mache sech dann schweann foadd. Annern freeje mech, ob ech alles off dè Rächling huh, on sai fruh, wann ech nommo noochwiech on zwannsech Derr-plamme enn Doag èmo sou viel kosde wie sossd sechzè." „Oder zeh Zwiwwn sou viel wie sossd oachd, wann sè gläich gruus sai", sääd sai Frää. „Oder 300 Gramm Rais sou viel wie sossd 240", sääd heh. „Oder è Pond Gries sou viel wie sossd 400 Gramm", sääd sie, on die zwie härre dè gaanse Owend sou wäirer mache kenn.

Dè Kaufmann eas eam Doaf nid mieh voo oarme Loid geschnerre woarn. Die griesdn edds froindlech, manche harre aach è kläi bess-che è schlächd Geweasse, wail sè doachde, heh kennd nid mieh rechenn on deed sech zè ihrm Vierdääl errn. Nur fier die, die Geald harre, hadd sech naut geännerd. Die kreeje joa aach käi onsechdboare Proddsende, proffidierde nid voom Kaufmann senne heemleche gurre Wärge.

Die Frää awwer hadd ihr äächen Rächling offgemoachd. „Dess dè oo annern dengge dussd, eas schie voo derr", säädse oo emm Owend, wie sè eam Näsd logge. „Awwer denggsde aach èmo oo mech?" „Voo dè Moijend bes dè Owend, menn Aacheschdeann", sääd heh. „On woas dengsde dann?", wolldse weasse. „Dess ech è gudd Frää huh on wonnerboare Keann on è gemiedlich Deheem", säärer, denn oo woas dengge on sech Gedaangge mache eas nid es selwe.

„Ech huh mo offgeschreawwe, wiffel Schdonn ech ongefiehr eam Joahr schaffe duh on wiffel du", sääd sai Frää, die sech im die Keann on die Schwiejerloid, dè koschere Haushaald, die Wäsch, dè Goadde, die Hinggel, die Gäise on die Kuh kimmern deed, dè Loare boddse, Kraangge on Aale Linsesobb on Maddse on Kùche breangge... „È bess-che woas fälld inner gurre Wärge", säädse, „awwer du schaffsd allerheggsdens zwie Dreaddel dèvoo!"

„Minnesdens seggs Noindel", säärer, on sie mussd lache, wann aach è bess-che bèdder. „Es eas ongerächd", säädse, wie sè werre eannsd woar. „On wann dè annern es Läwe läichder mache widd, weadd's Zaid, dess dè derr mo Gedaangge mächsd, wie schwier mai Läwe eas on woas merr ännern kennd. Ims obsekeazze: Mir schdenn äi ean, die ins hilfd eam Haushaald, medde Keann on aach med denne Ellern, wann die èmo kraangk sai, on du mächsd dè Goadde, guggsd nooch dè Gäise on aach nooch dè Keann ihr Hausoffgoawe. On äi Woch am Joahr mach ech goar naut on lääg dè hellichde Doag die Bäi huuch, wann merr denooch eas."

Ihrn Mann deed schlugge. Woas woarn doas fier naumooresche Teen! Bevierer awwer näi saa konnd, hirrder sè saa: „Wann dè nid aach deheem gurre Wärge duh widd on bai mir ofängsd, dann gieh ech seregg sè menne Ellern nooch Gudensberch." „Edds noch?", frogderr, sogg awwer oo ihrm Gesichd, desse nid zèm Scheaddse offgelägd woar. „Werglech? Du deedsd mech vèleasse, dè äächene Mann?", riffer on woadd blaich wie es Bedddùch. „Woas fiern Mann dè sossd", sääd sai Frää nur. „Nid sou laut, du weggsd joa es halwe Haus off. Wann dè wedde widd: Dai Schanggse, dess ech plaiwe deed, wann sech naut ännerd, schdieh zwä sè zeh." „Libbsde", riffer, awwer laiser. „Ech bidd dech: Kenndes nid aach foffzech sè honnerd sai?" „Doas hiss, es emm Zufall sè ewwerleasse", sääd sie, denn sie woar joa nid off dè Kobb gefann. „On wu dè schuh mo dèbai säisd, gurre Wärge sè duh..."

Om Enn hadd heh noochgegäwwe. Woas plibbm ewwerich? Sai Frää konnd nid nur rechenn, off die konnderr aach allzaid zeehn, on gobb's irjendäi off dere gruuse, waide Weald, näwer deerer liwwer eangeschloofe oder offgewachd wier? Die Schanggse schdieh null sè dausech, säärer sech, on hodd sech schweann oo dè Goadde gemoachd. „Edds huh ech merr enn kläine Dobb Schoaledd vèdiend", säärer denooch zè senner Frää. „Du mussd è bess-che obnomme, menn Liewer", sääd sie nur drogge on hodd gelächeld wie die Mona Lisa ean demm Muséum ean Paris. „Mieh wie seggs Seggsdel krissdè nid."

Wie dè Kaufmann werre zèm Rabbi koom, harrerm vèzohld: „Ech vèsich, enn bessere Ehemann sè sai, nommer mieh Zaid fier ins Keann on gebb dè Oarme, uhne desse sech bedaangge missde. Wieje mai gurre Wärge irjend- wann die schlächde off?" „Genau wääs merr doas iaschd om jingsde Doag", sääd dè Rabbi. „Awwer wann dè mech freegsd: Dè liewe Godd hodd sou viel sè duh, der schäddsd die wirglech gurre Wärge äifach pi mo Damme. On doas deaffd enn zimmlich brääre Damme sai..."

Die Melchwächdern

Es woar èmo è Kläi ean Owwerhesse, die geang nonnid ean die Schul on mussd dè Moijend ean dè Kech hälfe, wann die annern eam Schdall woarn. Die Moadder hadd è Debbe voll Melch off dè Hiard geschdaald, on die Kläi hadd offsèbasse, desse nid ewwerkoche deed on desses Foijer eam Hiard nid ausgeang. Läichd gesääd!

Alsèmo geang woas denäwer oder sègoar kabudd. On dann gobb's Krisch on Hibb, wail viele Loid doas domols noch fier Erziejung gehaan huh. Äi Generadsjon hodd die näggsd winnelwäich gepriejeld, sobaal sè aus dè Winnen raus woar. Gaans kläine Bobbelchen hodd merr nid geschloo, awwer die liss merr kräische, desse nid gläbde, es kennd als äis geschbrungge komme, wann sè Hungger oder Doaschd oder Angsd oder volle Winnen harre.

Off demm Hoop hadd aach die leerich Schwesder voom Bauer gewuhnd. Es woar ihr Ellernhaus, awwer zèm Dään sè kläi. Wail sè nid foaddgieh wolld, mussdse med ihrm Brurrer on senner Frää auskomme. Wie die ihr Keann behannen deere, gefiller goar nid. Awwer saa konndse aanid als woas. Doa hädd's gläich werre gehääse: Doas gidd dech goar naut oo! Krie du iaschdèmo selwer Keann, dann kannsde medgèschwaddse!

Enn Moijend hadd ihr Nichd baim Offbasse off die Melch schuh mo enn Schlugg nomme winn, woar offen Schduhl gekrabbeld on hadd nooch enner Dass gelangd, die oo emm Krabbe näwerm Hiard heang. Dè Doiwel wolld's, on die Dass easser aus dè Hänn geriddschd on schnur-

164

schdraggs ean dè Melchdobb gefann. Enn Schbrung haddse schuh gehadd, edds awwer woarsche kabudd on deed ean dè Melch schweamme wie woas, doas doa nid heangehoadd.

Die Daande woar groad ean dè Näh gewäse on koom ean die Kech gelaafe, im sè gugge, ob woas bassierd woar. È schie Beschiering! Dè Henggel voo dè Dass logg off dè Hiardbladd, den kreeg sè gläich sè fasse. Zwä gruuse Schirwe haddse schweann merrem Schäbbläffel aus dè Melch gefischd. On dann hadd sè heanner dè Holzkisd è poar Logge viergugge säih. Doa sass die Kläi on hoadd gezerred vier Angsd. Die Daande hadd sech off die Holzkisd gesassd on doas Keand off ihrn Geann genomme. „Noa, noa, noa", säädse on hadd's geschoggeld. „Wer weadd dann flenn! Im die aald, kabbuddn Dass woarsch werglech nid schoad. Leass derr naut oomärge, mai Schädds-che, ech mach doas schuh..."

Ean demm Aacheblegg hadd's eam Melchdebbe ogefangge sè rombenn, doas woar è Schebbern on Klebbern, wie wann als on als è Dass eannen Dobb fann deed. Schweann woar die Daande baim Hiard, hodd dè Dobb runner genomme on è fai Sai geholld. On doa woarn nid nur kläine Schbledder Boddselaan ean dè Melch, sonnern aach dè Burre voo dè Dass. Der hadd geklabberd! Vier Froid hadd die Daande ean die Hänn gekladdschd. „Keand", säädse, „doa hossde woas erfonne, woas werglech neddslech eas."

Die Kläi haddse gruus ogeguggd on woar schdarr vier Schregg, denn schuh koome ihr Ellern ausem Schdall, on ihr Moadder hadd gläich gemärgd, doass doa woas nid schdeamme deed: „Woas eas dann med däre?", frogdse on guggd ihr kläi Dochder bies oo.

„Schlächd gedreemd", sääd die Daande. „Woas dudd ihr dene Keann aach als fier bluudrinsdiche Märche vèzehn! Käi Wonner!" „Du haal dech doa raus", sääd ihrn Brurrer, der sai Ruh baim Desch huh wolld. „On wu eas die Dass med dene groè Schdräfe?", frogd sai Frää, der offgefann woar, doas doa woas fehn deed. „Die, die dè nie nemmsd on die enn gruuse Schbrung hodd?", frogd die Daande. „Die merrem Schbrung haan dè längsd", sääd ihr Schwäjern, „wu easse?" „Ai, die huh ech dè Edidd geliehnd", deed die Daande lieje, „die hadd neeechd mieh Besùch wie Dasse." „On die breangd die nid werre oder woas?", deed sech die Schwäjern beschwiern, „è schie Noochberrsche." „Ech harrer gesääd, es deed nid ain", sääd die Daande, „hieh hängd die Dass doch nur oo dè Waand." „Doas winn merr dommo säih", sääd die Schwäjern. „Ech gieh gläich èmo hean on langse!"

Wie sè awwer merrem Kaffiedreangge feaddich woarn, hadd sech die Daande schweann dorch die Heannerdier foaddgemoachd on woar dorch die Läng on bai die Noochberrn gelaafe. „Edidd, sai sou gudd on helf merr", säädse. „Ins Kläi eas è aald Dass nobbgefann, on dess käi Gedees gedd, huh ech geluuche on gesääd, ech hädderr doas Kibbche med dene groè Schdräfe geliehnd, wail dè neechd mieh Besùch wie Kibbchen haddsd." „Doas hässlech Deangk med demm gruuse Schbrung, doas als näwerm Owe heangge deed?", frogd die Edidd. „Leasse nur komme, dai Schwäjern, ech fiehrsche oo dè Noas rim, desser schweannelech weadd! Wann kimmd merr schuh noch dèzu, annern enn Schdräich sè schbien!"

On schuh geang die Hausdier off. Die woarn domols joa nur noachds zugeschlosse. Die Daande konnd groad noch dorchs Kechefensder naus, on foadd woarsche. „Ech will mai Dass honn", riff ihr Schwäjern, uhne sech med Griese offsèhaan. „Dai Dass?", moachd die Edidd. „Die aald med demm Schbrung? Es hadd doch gehääse, es deed nid ain." „Kenn Grond, sè nid sereggsèbreangge", hadd die anner gegiafd. „Saawer weaddse joa werre sai!" „Saawer woar die, wie ech sè dè Marrie medgegäwwe huh", sääd die Edidd. „Die wolld è poar Bunn fier ihrn Goadde, on ech hadd käi kläi Dudd mieh." „Onvèwäsche", deed ihr Noochberrsche kräische. „Edds vèliehndsde schuh mai Zoich! Oder hossdeserr velläichd aanoch geschengd?" „Wie käm ech dann dèzu", sääd die Edidd nur drogge. „Es läid merr off. Merr muss sech doch gächesäirich hälfe. Baal hossdese werre!" „Doas werrn merr joa säih", hadd sech ihr Nochberrn eschoffierd. „Haut Nochmeddoag gieh ech bai die Marrie." Doa sai ech ehender wie du, sääd sech die Edidd, wie sè werre elläi woar, on eas noff eans Doaf.

Wie die Moadder voo dere Kläi bai die Marrie koom, hadd die ewweraschd gedoh. „Weeche däre aale Dass med demm Schbrung mächsde derr sou è Mieh, wu dè doch enn Schdall voll Ärwed hossd!", säädse. „Ech huh mai Moadder demed luusgeschùchd, desse moo inner Loid gidd on woas sè duh hadd. Velläichd haddse irjendwu è Schwädds-che gehaan." Doa koom die aald Frää aach schuh dorch die Dier. „Ihr gläbd nid, woas mir bassierd eas", säädse on hodd doas Schbiel medgeschbield. „Wie ech bai die Sanne koom, doa woarnerre voo Wissborre, die wollde sech geann voo mir dorchs Doaf fiehrn leasse, wail ech sou viel wissd voo friejer. Schbeerer, huh ech gesääd, iaschd muss die Dass dou nobb. Doa hodd die Sanne's ihrm Enggel offgedraa..."

„Hadd edds baal es gaanse Doaf èmo mai Dass?", deed die Moadder voo dere Kläi kräische. „Woas wääs ech", sääd die aald Frää. „Der Jung mussd's goar nid mache, dè Ludd koom on sääd, heh missd souwieso dou nobb, emm Erwin sai Kuh deed haut kalwe." Wäirer koomse nid. Die anner woar foadd on hadd die Dier zugebaafd. Offem Heemwääg haddse dè Ludd gedroffe, der awwer wolld groad ean die Weaddschafd, es Kälbche begisse. „On mai Dass?", frogdsenn. „Die aald Dass med demm Schbrung?", frogd dè Ludd seregg. „Ai, die weadd ech ean dè Mälgkammer schdieh leasse huh. Wann dè Erwin sè feand, breangderr sè derr. Ech schbrechsemm. Ech säih enn joa gläich ean dè Weaddschafd..."

On doa haddses offgegäwwe. Ihr Schwäjern awwer woar ean Alsfeld gewäse, ean dè Näh voom Roadhaus, eannem Loare, wie's schuh domols nid viele gobb on haut nid mieh viele gedd. Woas dè aach fiern Haushaald siche deedsd: Die harre's. Dè Loare sogg voo dois kläi aus, wailer nid brääd woar, awwer wanndè deann woarschd, konnsde doa Schdonn vèbreangge on haddsd als woas gefonne, doas dè gudd brouche oder vèschengge konnsd. Woas die nid harre, woar nonnid erfonne, on woas wuannerschd aus dè Moore woar, konnsdè med Glegg doa noch enndegge, eam Reechal zwesche Knäibche, Däägschoawer, Wellhellser, Fermchen fier die Bläddserchen, Riehrläffel on Gommis fier die Eanmachgläser.

Die Daande eas die Dier rean on hodd sech imgeguggd. „Kann ech gèhelfe?", woaddse gefrogd. „Ai joa, ech dengk schuh", säädse. „Ech sich oo emm Melchwächder." „Enn Melchwächder?" Schuh liff es Personal sesomme on hill Road. „Wie sehd dann sou woas aus?" „Kammer schlächd beschraiwe", sääd die Daande. „Wann ihr souwoas nid hodd, dann kennd's gèsai, desses goar kenn Melchwächder gedd!" „Mir missde's weasse", sääre die Oogeschdaalde wie im Koor. „Wann's doassemo gedd, werrn merrsch aach huh."

Doas hadd die Daande hirrn wenn. Ean enner Boddsel-lanfabbrigg haddse voo ihrm Erschboarde fiersch laschde dausech kläine, wäise, ronde Schaiwe beschdaald, owe on unne merrem Rand, ean dè Medd diefer. Die Rächde oo däre Erfindung hadd sè sech gesicherd on schbeerer ihrer jingsde Nichd vèmoachd. „Ins Melchwächdern", hodd merrsche eam Doaf gehääse, iaschd die Daande, schbeerer dann die Nichd, wail doas woas Besonnesch woar.

Dè Loare ean Alsfeld hadd dè Melchwächder eans Soddimend genomme, on schuh baal gobb's sou woas ean bainoh jeerem Haushaald. Wann's klabbern deed, geangsde zèm Hiard on hossd die hääs Melch voom Foier genomme. Oder hossd die Nudenn ean Dobb gedoh – denn aach wann Wasser oofangge deed sè koche, hadd dè Melchwächder Beschääd geklobbd.

Die Daande hadd gudd Geald med däre Erfindung gemoachd, on wann ihrn Brurrer on ihr Schwäjern woas dèvoo huh wollde, mussdese schie broav gèsai. Ean demm Haus eas käi Keand mieh geschloo oder ogekrische worrn, on die Märche, die enn vèzehld wuurn, harre all è glegglech Enn. Wie doas voom Melchwächder. On wann dè haut Loid freegsd, ob sè sou woas kenn, dann scherrenn viele die Kebb. On wonnern sech, dessen schuh werre die Melch ewwergekochd eas.

Voo enner,
die annern off die Erbs geang

Es woar èmo è Gesellschafd ean Fraangkfoadd, die hadd die Addiggel geläse, die die Frieda Bücking voo Alsfeld ewwer die Schwalm geschreawwe hadd. Sè geann woll-dese moo Schreggsbach säih on Willingshause on Zella on die annern Dearfer, sou wie's eam Buch geschreawwe schdann (Frieda Bücking, Aufsätze, S. 37):

„Oben auf der Höhe am Waldrand über Willingshausen, weißt du, auf der Höhe, wo unter den alten Eichen die Mooshütte steht, da wird der erste Halt gemacht. Das mitgebrachte Frühstück wird vèzehrt, da fährt sich's nachher leichter. Es sitzt sich so schön hier oben. Gegenüber klebt das freundliche Willingshausen an der Hügellehne, schutzsuchend wie das Nest am Dache. Der Bach glitzert im Tal, er schickt blendende Funken bis hier herauf. Rotkäppige Kinder tanzen und singen auf der Wiese ihren Ringelreihen. Über die alte, holprige Brücke geht langsam ein alter Bauer im Kirchenstaat. Gerade läutet auch das erste Zeichen zum Nachmittagsgottes-dienst. Das heißt, sich zum Kirchgange zu bereiten. Hier ist natürlich schon seit elf Uhr Nachmittag."

On eannem annern Offsadds hadd die Frieda Bücking geschreawwe (Frieda Bücking, Aufsätze, S. 53): „Nun sind wir beim ersten Dorf. Gleich bei der Brücke empfängt uns das Wahrzeichen der Schwalm. Im Tümpel schwimmt's, in der Wiese watschelt's, weithin in den Feldern flattert's von Gänsen. Zu Tausenden tauchen sie die Schnäbel ins

Schwalmwasser. Ein jeder Ort hat seinen wohlbestallten Gänsehirten. Und hinter der Herde junger Gänslein im gelben Flaumkleide trottet Pfingsttag der Bub und das Dirnchen, das selber kaum laufen kann, mit dem Hasenschwänzchen an der Gerte hütend einher. Und wenn die Flaumen Federn und die kleinen Gänschen groß und fett geworden, so um Martini herum, da hat die Schwälmer Gans einen guten Namen, wo sie hinkommt. In der Koppel vor der Brücke tummeln sich die Fohlen, kräftige, feurige Tiere, glänzend von Fell, von sehnigem Bau. Die Pferdezucht der Gegend ist weit berühmt. Käufer für Schwälmer Pferde kommen von fern her zum Alsfelder Prämienmarkt. Ein Zug schöner, kräftiger Tiere wird zur Schwemme geritten. Auf jedem droben sitzt ein kleiner Knirps, kaum drei Käse hoch, wie angewachsen. Die werden alle auf dem Gaul groß. Nun geht's über die Brücke und herunter vom Rad. Das Pflaster hierzulande hat schon manche Speiche gekostet. Von der blanken Pfingstsonne warm beschienen, liegt das Nest lustig bunt im Grünen da. Von alters her haben sie ihre besondere Freude am Farbigen. Wundervoll liegt so ein Schwälmer Dorf in der Landschaft. Kein Künstler hätte es können mit feinerem, mit sicherem Gefühl so hinstellen. Wie die bucklige Gasse umbiegt, wie die Häuser in der Senkung am Wasser malerisch sich reihen, wie die große Hofseite, an drei Seiten geschlossen, ein Reich für sich und ein köstliches Bild zu gleich darstellt. Hohe, steile Treppenstufen mit einem hohen, steilen Regendächlein darüber führen zum Wohnhaus. Den Fachwerkbau hat der Dachdecker mit vorspringendem Ziegeldach gedeckt, schöne, braune Eichenbalken hat der Zimmermann durchgezogen, der Schreiner hat Herzen eingeschnitten in die Kellertür und Fensterläden und den

Verschlag hinter der Treppe zum Lüften. Und hat hölzerne Gänse ausgeschnitten, die tragen auf dem Rücken die Blumenbretter vor den Fenstern. Dann ist der Weißbinder gekommen und hat Himmelblau oder Grasgrün gestrichen, Haustüre, Stalltür, Scheuertor, Schaltern und Blumenbretter, hat weiße Striche gezogen und starre weiße Lilien, Tulipanen, Kränzlein aufgemalt, zuletzt unter den Dachbalken her Sprüche gezeichnet, ernste und heitere, und nicht vergessen, aufzuschreiben, wann und wo von wem das Haus gebaut ward, dass es mit Gottes Hilf geschah und der es vor Blitzen und Feuersbrunst bewahren möge. Und endlich ist der Bauer gekommen und hat einen Lindenbaum neben die Treppe gepflanzt. Und die Bäuerin hat die Bretter voll von Blumen gestellt, dass es blüht und rankt und leuchtet vor ihrem Fenster von Fuchsien und Balsaminen, von roten Nelken und gelben Pantöffelchen, von Geranien und Gelbveigelein. Mitten im Hof macht sich der hoch getürmte Misthaufen breit, und der Ziehbrunnen, von dem an schön geschmiedeter Kette der geschnitzte Eimer hängt, wird vom Lindenbaum beschattet."

Doas woar schie, on doas wolldese saih. On sou huh sè sesomme enn Zug genomme on medde Boh bes Gisse on voo doa wäirer bes Alsfeld. All woarnse gudd droff, nur äi, die wolld nid sou wie die annern. „Misse merr dann laafe", hoddse gejammerd. „Mai Fiss sai nid dèfier gemoachd." „Dai Schùch aanid", säd enner, „mir kenn aach Foahrreerer genomme." „Doas sai ech nid gewuhnd", säädse. „Dann nomm derr haald enn Waa." „Elläi", riff die, die sè heanner ihrm Regge nur „es Preansess-che" gehääse harre, „woas doas werre kosd!" „Geald", sääd äi nur drogge,

„on doas hossde joa." „Awwer nid mieh laangk, wann die Rääs sou doier weadd", riffen doas Preansess-che nooch on wolld iaschdemo ean enner Weaddschafd woas äasse. Geald haddse wie die Schwalm Gäns, on sie woar è bessche edèbèdeedè. „Easses aach saawer ean Ihne Ihrer Kech?", deed sè sech erkunniche, awwer off Huuchdoidsch, on doa hodd dè Weadd gedoh, wie wannersche nid vèschdanne hädd, on harrer enn Deller med Solwerflääsch heangeschaald. „Solwer", säärer on deed gläich kassiern, wie heh sogg, woas die fier è Gesichd zieh deed.

Ogewerredd easse dèvoo, hadd sech enn Waa gesùchd on eas dè annern heannerhier. Oder voanneweg, denn es Daggsi woar joa schweann doa, wu sè sech dreffe wollde. On sou hadd sè sech die besd Schlofschdob eam Weaddshaus ausgesùchd on ean dè Frieda ihre Prieb gelèse, bes die annern koome (Frieda Bücking, Aufsätze, Seite 36):

„Du weißt ja, kaum fünf Kilometer von hier schwalmabwärts beginnt mit der früheren kurhessischen, nun preußischen Reichsgrenze der eigentliche Schwalmgrund, kurzweg Schwalm genannt. Er zieht sich fast bis zur Mündung des Flüsschens, bis Treysa, hin. Auf unseren fröhlichen Radfahrten durch die Schwalm haben wir ja immer mit Interesse beobachtet, wie so haarscharf von der Grenze sich förmlich eine andere Welt auftut. Die Landschaft, so charakteristisch geprägt, lieblich und weit und grün gebreitet, mit anderem Feldbau und anderer Waldwirtschaft als bei uns, die großen Gänseweiden am Bachufer, wo nacktbeinige Schwälmer Kinder unter Hunderten von schnatternden, flügelschlagenden Gänsen sich tummeln, drollig, ehrsam und würdevoll schon als klimperkleine Bälge in der ehrsamen Tracht der Alten. Die malerisch unregelmäßig längs der Ufer im heckenreichen Land verstreuten Dörfer mit ihrer besonderen Bauart, bunt bemalten Häusern, Scheunen, Ställen, überdachten hohen Treppchen, geschnitzten Türen, Fensterläden und Blumenbrettern, die Sprache, die eine so ganz andere wird, der ganze Menschenschlag mit seinen seit Jahrhunderten festgewurzelten Sitten und Gebräuchen: Das alles gehört zum Urwüchsigsten, Kernigsten, Eigenartigsten, was sich in Deutschland in dieser Art erhalten hat."

On off äimo woarsch laud dois, on die annern woarn doa on froide sech off ihrn Äbbelwai, off è bess-che Mussigk on woas Gurres sè äasse. „Mir sai donnid zèm Schbass hieh", riff's Preannsess-che. „Mir wolldes doch haan, wie's die Frieda Bigging's gehaan hodd, on die Eangeboorne beowwachde on gugge, wu die Kinsdler gemoald huh, on die gaans Addmosfeer off ins wirgge leasse." „Leass wirge", sääd enner on sassd es Gloas merrem Äbbelwai oo. „Ech mach's aach." On sou easse elläi foadd on hodd sech wääse leasse, woasses sè säih gobb. Awwer sie hadd dè Loid nid zugehoadd, sonnern deed aus dè Frieda ihrm Bùch vierlääse, on om Enn woarn bluus noch Keann im sè rim on huh sè beschdaund, wie merr ean Willingshause oder Loshause oder Schreggsbach è Frää voo Fraangkfoadd beschaune deed (Frieda Bücking, Aufsätze, S. 25).

„Die Abendsonne liegt auf dem Gärtchen am Wirtshaus, der alte Siebert sonnt sich auf der Bank, die ihm seinen Enkel aus Tannenstützen und einem alten Fensterladen gezimmert hat, und sieht sich geruhig an, was auf der

Ziegenhainer Straße an ihm vorbei gegangen, gefahren und geritten kommt. Wie gut kennt er die Straße, bald über neunzig Jahre. Über seiner Bank hinterm weinbewachsenen Fenster im Himmelbett hat er zum ersten Male die Augen aufgeschlagen und hat die Straße vor Augen gehabt, und was sich drauf regt und bewegt, sein Leben lang. Ist als Buttermann mit dem Schubkarrn voll Butter und Eiern die Straße gezogen, wie es noch keine Eisenbahn gab. Uff Kassel, zum Markt. Früh um drei Uhr auf den Beinen, seine vierzehn Stunden bis in die sinkende Nacht. Dann ist er mit dem Hundewägelchen gefahren und dann mit der Eisenbahn, von Treysa aus. Und an manch ander Fuhrwerk hat er sich noch gewöhnen müssen, das nun am Wirtshaus vorbeifährt, wo er sitzt im Abendsonnenschein."

On sie hodd nur dè Kobb geschirreld, wail sech die Loid ean dè Schwalm nid voo err beliehrn lease wollde, on eas bai die Weaddschafd. Wie sè oofangge wolld, dè annern Vierdrääg sè haan, doa hodd äi geruffe: „Die daanse, die daanse!" On all sai sè naus on oo die Bach on huh sech's ogeguggd. Es Preansess-che awwer woar sech sè fai, im sè laafe, on sou easse gaans sinnich heanner dè annern hier on hodd sech die Schdell eam Bùch voo dè Frieda Bücking gesùchd, wu's ims Daanse ean dè Schwalm gieh deed (Frieda Bücking, Aufsätze, S. 41 ff.):

„Also Schöne und Hässliche, schlanke Männer und plumpe Jungfern, drehen sich im Tanz unter der Linde, die Musik fiedelt gemütlich eintönig von einem Leiterwagen herunter. Rund um die Tanzenden zieht sich ein dichter Kreis von dörflichen Zuschauern, alle im sonntäglichen Feierkleid. Die alten Frauen sitzen schwatzend, beobachtend auf Schemeln, haben die Enkel und Urenkel auf dem Schoß und genießen ihr Teil vom ‚Probetanz' (Beim Probetanz, der Vorfeier für die Kirmes im Oktober, soll ‚probiert' werden, obs mit dem Tanzen noch geht nach der Wintersruh und der Feldarbeit des Frühjahrs). Mitten in die gemütliche Tanzmusik tönt plötzlich Trompetengeschmetter – ein Getrappel und Gefahre ist zu hören, und um die Ecke zum Tanzplatz biegt eine lustige Kavalkade. Eine Schar Schwälmer Burschen im allerhöchsten Feiertagsstaat, dem jetzt allmählich schwindenden langen weißen Leinenrock mit der roten Weste drunter, in weißen Lederhosen und schwarzen Pelzmützen, kommt stolz dahergeritten auf kräftigen Schwälmergäulen. Hinterher ein laubgeschmückter Wagen mit Schwälmermädchen drauf, die sich halb hinter den grünen Zweigen verstecken. Bei näherer Betrachtung sehen sie alle ein wenig ungewöhnlich aus. Sie haben ja auch Schnurrbärte in den Gesichtern, die Bursche, da sogar einer einen Spitzbart; und eine Haut wie Milch und Blut; und die Mädchen genieren sich, vom Wagen herunterzusteigen. Da steckt was dahinter. Richtig –die Malerschule vom Professor Bantzer steckt dahinter, die in Willingshausen zu Besuch ist und zum Probetanz nach Röllshausen zu Besuch kommt. Fidel kommen sie an und freundlich werden sie aufgenommen und tanzen tun sie auch, aber – das will gelernt sein" Jetzt merkt man erst so recht, mit viel Würde und Anmut die Leute von der Schwalm zu tanzen verstehen."

Die Loid aus dè Schwalm huh gedaansd, wie sè wollde, on nid gaans sou, wie's eam Bùch schdann. On doas hodd däre aus Frankfoadd nid gebassd. „Sou gehoadd doas nid", säädse on wolld dè annern vèzehn, wie's sè sai hadd, awwer doa riff enner: „Ech huh gehoadd, monn fiehrd enn Postbus nooch Kassel zèm Zug nooch Fraangkfoadd, doa eas nur noch enn Bladds frai!" On doa eas die, die sè all luus gewäse wiern, luus on hodd sech den enne Bladds gesicherd. Wie sè sereggkoom, woarn sè all vèschwonne, on käis harrer vèroare, wuhin. Doa easse ean die schie Schdobb, die sè hadd, on hadd noch è bess-che woas geläse vierm Eanschloofe (Frieda Bücking, Aufsätze, S. 38ff.).

„Nun begleitet sie uns, ihren ‚Stadtbesuch' (ja, lach nur, wir sind hier in Willingshausen ‚Städter') auf unserem Gang durchs ‚Malerdorf'. Einen Blick müssen wir doch ins Wirtshaus des Herrn Haase werfen, in die Malerherberge, die seit vielen Jahrzehnten Künstlern aus allen Teilen Deutschlands Sommerfrische, Studiengelegenheit in ülle und ein gastlich Dach bietet. Wo auf der Tür der Wohnstube, so eine Art Fremdenbuch, sich alle verewigt haben in Bildern, die früher hier hausten Jahre und Jahre hindurch, Knaus und Thumann und andere Alte, einst ‚Berühmte'. Wo in dem großen Skizzenbuch, das man sich aus den Wandschränkchen holt, in Handzeichnungen, Karikaturen, Blättern von Kohle, Tusche und Tinte die Leute an uns vorüberziehen, die da kamen und noch kommen. Da wird's stufenweise fortlaufend immer lebendiger, immer moderner. Von des alten Knaus köstlichem ‚Dorfprinzen', dem stolzen Dreikäsehoch mit der Blume hinterm Ohr, der gerade eben auf der Düsseldorfer Ausstellung (...) so selbstbewusst auf seinen gespreizten Beinen dasteht, ein echter kleiner Schwälmerbursch, von desselben Meisters ‚Begräbnis an der Schwalm' und seinem ‚Kirmestanz' unter der Dorflinde, von Thumanns gar zu

‚lieblichem' Schwälmermädchen, das auf der Tür zum Wirtshaus sich schämig an den Pfosten lehnt – welch ein Schritt zu den Neuen, Jungen, die nun hier hausen! Ein ganzes Kapitel, ein laut redendes, von deutscher Kunstgeschichte."

On sie haddn Hungger wie enn Waschbär, wail sè es Solwerflääsch schdieh geleasse on dènooch naut annersch gäasse hadd. On edds woar die Kech kaald. Es Bedd woarer sè hoadd, on sie deed sech die gaans Noachd wälchern, wie wann die Schdruhsägg medd Howwer gefilld gewäse wiern. „Aiaiaiaiai", deedse lammendiern, awwer es koom käis, niddemo äis. Die annern schliffe diep on fesd on sai aanid gewoahr woarn, desse dè annern Moijend gaans frieh on heemlech ausem Haus eas, im dè Bus sè nomme.

Vier loirer Häggdigg haddse ihrn Gealdboirel lieje leasse, on sou plibb dè Weadd nid off dè Rechning seddse. „È Rond offs Haus", säare die, die noch doa woarn, „die dudd sè aanoch bezoahn, dè Rest voom Scheddsefesd breangge merrer med heem. Wer sech voom Agger mächd, uhne woas sè saa, muss med allem rechenn."

„On doas Preansess-che eas ins gaans schie off die Erbs gegangge", sääd enner. On voo doa oo woarsch è schie Rääs. On wann sè noch innerwäägs sai, dann huh sè è bess-che woas voo demm gesäih, woas die Frieda beschreawwe hadd. Die eas gaans schie rimkomme, nid nur ean dè Schwalm. On kemm off die Erbs gegangge.

Es logg oo dè Loggeschier

Es woar èmo è Loggeschier ean Owwerhesse, voo der wossd käis, wu sè her woar. Enn Doag haddse eam Friseersalong geläje, näwer dè Schiern, dè Beaschde on dè Kämm on hadd sou gedoh, wie wannse schuh allzaid dèbai gehoadd hädd.

Wie die iaschd Kundin reankoom on Logge wolld, soggse, dess doa è Loggeschier logg, on frogd: „Kemmer haut nid die genomme? Med dè Weggel dauerd's ewich on drai Doag!" Doa hadd die Frisees die Loggeschier genomme on sè hääs gemoachd. Die hadd hellserne Greaff, doa konndse sech die Floodsche nid vèbrenn. Viersechdech mussdse awwer doch sai on doafd die Proddseddur aanid zè viel werrehonn, sossd worrn die Hoarn als dinner on droggener. Med Bedoachd hadd sè sech è Schdräänche medde Loggeschier geschnabbd on zugedrùchd. Es deed è bess-che schdreng riche, nooch ogekokelde Hoarn, awwer edds woarns käi Schniddlouchlogge mieh, sonnern schiene Wenn lengs on rechds voo dè Schläfe on ewwer dè Schdeann. „Sou kann ech mech säih leasse", sääd die Kundin, drohd dè Kobb nooch alle Saire on woarsch zèfriere.

Woasser nid oahnd: Die Loggeschier hadd frièr mo emm Schawwernaggche gehoadd, on wer demed frisierd woadd, demm huh sech koazz droff aach die Oosichde vèdrohd. Sou è Frää konnd, bes die Logge werre hois woarn, nur noch es Geejedääl voo demm saa on duh, woasse dengge deed oder woas sè saa oder duh wolld. „Hossde's ailech?", frogd die Frisees, wail die Frää sou goar käi Ruh eam Oasch hadd. „Näi", sääd die Kundin on woar selwer baff. „Ech gieh noch è bess-che schbille, wann ech bezoahld huh. Ach, on hieh hossde è Dreangkgeald. Gonn derr amoo woas!"

Edds woarsch die Frisees, die Baukledds schdaun deed. È Dreangkgeald haddse voo dere nonnie kreeje. On dann gläich enn Schai. „Es hädd donnid neerich gedoh", säädse on doachd, die anner deed sech's beschdemmd ewwerläije. Awwer doa haddse sech gèerrd. „Doch, doch", riff die Kundin. „Doas eas fier dech. Gudd Ärwed muss sech doch luhn! Hieh hossde nochn Schai, dann kannsde mo ausgieh! Velläichd leansde baim Daanse mo enner kenn. Ech deed derrsch voo Heazze genn!"

Edds muss ech doch Obbedde duh, sääd sech die Frisees, doas härrech nid voo dere aald Bissgur gedoochd. „Ech feann kenner mieh", säädse on deed soifdse. „Med foffzech eas merr schuh zè aald fier sou Schdräich." „Ach, woas", sääd die Kundin, die sech sossd moadds woas droff eangebeld hadd, desse käi aald Jungfer woar, denn sou haddse Waibsloid bai sech gehääse, die die Draisech schuh ewwerschreadde harre, die Dierschwell voom Schdannesaamd awwer nonnid. „Hautsedoag kimmd's doch goar nid mieh droff oo, wann oder ob dè fraisd oder ob Waibsloid Mannsloid liewe oder Waibsloid oder woas-wääs-ech-fier Loid", säädse, wie wann's ihr Ewwerzoiching wier. „Hauptsach, du weaschd glegglech. On sou gudd, wie dè aussehsd..."

Die Frisees woar off dè Hut: Wolld die anner sè velläichd off dè Oarm nomme? Desse nid die Schinnsd woar, wossdse selwer. Sie hadd joa enn Schbiejel. Mieh wie enn. „Ech wääs nid, woas ech saa soll", säädse drim. „Ech kenn dech goar nid werre." „Ech saa nur, wie's eas", mussd die anner behaubde, on es woarer schuh längsd nid mieh gehoier. „Gissde die anner Woch wähn?", frogd die Frisees, im es Thema sè wessenn. „Ai, nadierlech", riff die Kundin. „Wer nid wähn dudd, päifd doch off sai Rächde. On ech wier sègoar dèfier, dess die, die nid wähn, aanid mieh medschwaddse deaffe." Dèbai haddse schuh laangk nid mieh ihr Schdeamm obgegäwwe on doch zè allem è Meening, wann's im Bollidigg geang. Doas wossd aach die Frisees. Kenn Zwaifel, doa deed woas nid schdemme. On sou haddse wäirer gefrogd: „Saa mo, eas derr gudd?"

„Mir woar schuh Joahrn nid mieh sou gudd wie haut", sääd die Kundin, dere die Sach als onheemlicher woadd. „On doadèbai huh ech es allerbesde Läwe: enn Mann, der nid soifd on nid näwe naus gidd, Keann, die sech alle Noas laangk menn, Enggel, die ihr Omma sou lieb huh, desse sech drim klobbe, wer sè besiche deaf, è Hois-che, off demm käi Scholde läije, Noochbenn, die merr helfe, wu sè kenn, on allzaid bai mech haan, enn Schdall voll Froindinne, noch aus dè Schbeannschdobb, è Gesondhääd, im die mech all benaire kennde, on enn goldene Seann fier Humor", sääd sè on lachd on lachd on lachd. „Woas sai ech sou daangkboar fier mai Läwe!"

Die Frisees hadd schuh nid mieh zugehoadd. Doas mussd enn Nirfesesommebrùch sai, säädse sech. Awwer woas kannsde doa mache? Enn Dogder honn, doas geang nid, dann härre sè's all medkreeje on sè wiern zèm Loidge-schwädds gewoarn. Es Eenziche, woas dè Frisees eanfill,

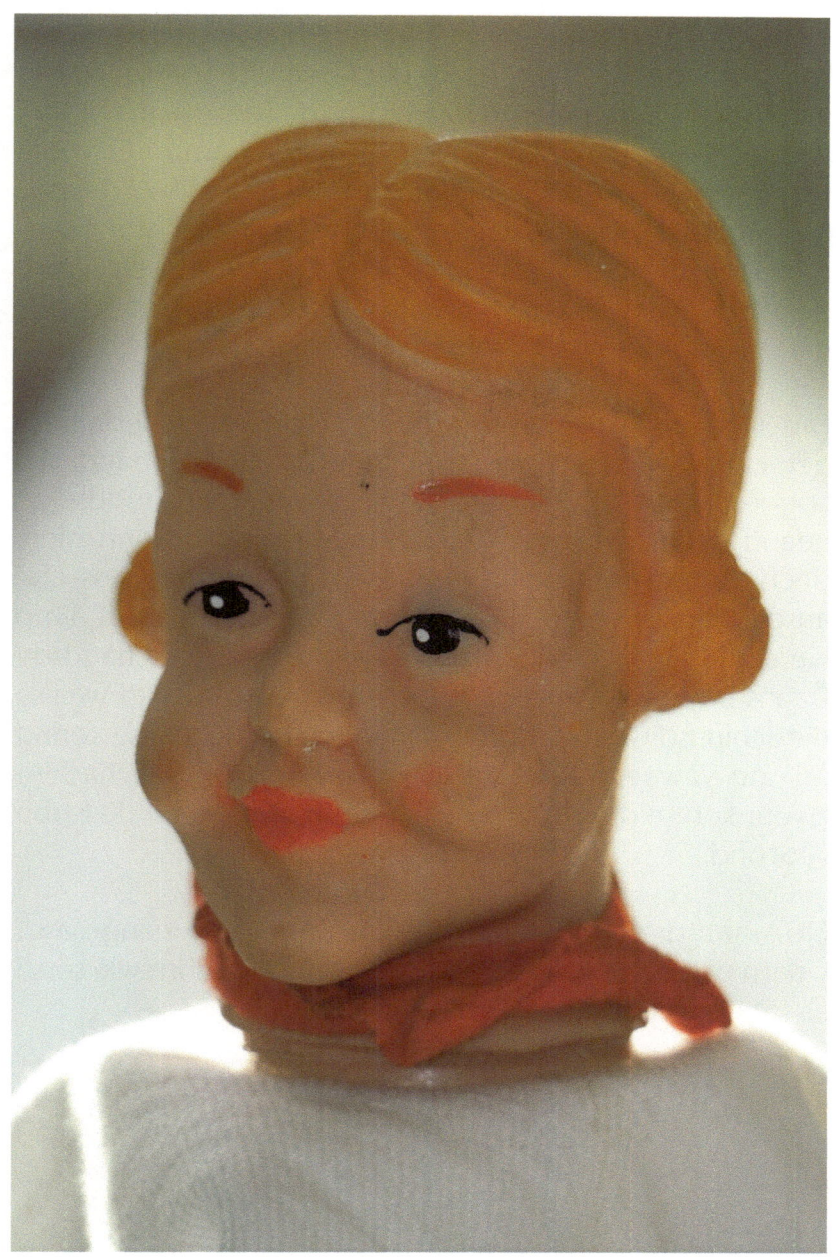

woar, die Kundin ean ihrm Salong sè behaan, besse werre bai sech woar. „Komm, sedds dech", säädse sou ruich, wie merr sossd med gaans kläine Keann, daisdere aale Loid on jungge Goil schwaddsd, „on dessmo nomm ech die Loggeweggel." „Gudd", riff die Frää, die delibbsd dèvoogelaafe wier. „Geann pläib ech!" Kaum woarn ihr Frandannschenn nass on die Logge dois, haddse sech werre gefiehld wie sossd on eas offgeschbrungge on foaddgelaafe, wie voo dè Daranndell geschdoche.

Die Frisees harrer noochgeguggd on sech Gedaange gemoachd. Es hädd nid viel gefehld, on sie hädd die Loggeschier foaddgeschmeasse, awwer dann hoddse sè heanne ean' Schaangk gepaggd. „Wer wääs, wann merr dech nommo brouchd", säädse on hadd è bess-che ausgesäih, wie voom Schawwernaggche gekissd. Off äimo haddse werre Gaisd on Froid om Läwe. Baim näggsde Daans hadd sech alles im die Frisees gedrohd. Nid wail sè die Schinnsd woar, sonnern wail sè sou gudd daanse konnd on sou vèweeche on sou lusdich woar. On sou haddse zwoar kemm die Hoarn, awwer doch so manche dè Kobb vèdrohd.

On wann die Loggeschier werglech nommo eangesassd woarn eas, dann geang's werre mo annerschdrim wie sossd als. On eas doas nid alsèmo besser sou?

184

Die Bicherfrää
on dè Lääseraddefängger

Es woar èmo enn Roman, der schdann eannem Bùchloare, on käis wolldn kääfe. „Den kemmer aussordiern", hirrder äis saa. „Doas weadd è Reddure." Dè Roman wolld awwer nid off emm Ramschdesch lann, on sou easser off on dèvoo.

Off semm Wääg hodder è kläi Bichelche gedroffe, doas wossd nid, wuhean. „Mich hadd äis läije leasse", sääd's. „On wail ech sou kläi on dinn sai, easses kemm offgefann." „Woas säisde dann fier è Bichelche?", wolld dè Roman weasse. „È Gedichdbändche", sääd es Bichelche. „Off Pladd. Deesde geann mo woas hirrn?" „Schbeerer", sääd dè Roman. „Es raand gläich. Säih merr liwwer zu, dess merr inner sai, wann's luus gidd."

On die zwie huh sech off enner Läb vèschdeggeld, wu sossd käis heankoom. Doa huh sè sech viergeschdaald, wie schie doas wier, werre ean emm Bùchloare sè sai, wu Loid heangieh, wail sè oo woas sè lääse siche. „Awwer es gedd joa als wingger Bùchloare", sääd dè Roman. Die zwie wossde aach, wurim: Dè Lääseraddefängger hodd laand-off, laandobb als on als es selwe Lied geschbield, dess merr doch Bicher aach gaans bekweem voom Kannabee aus kääfe kennd, uhne enn Fuss vier die Dier sè seddse. On wann die Loid bai emm gekaafd harre, dann schùchd heh sai Bode aus, kwer dorchs gaanse Laand, die huh enn Gaul noochem anern sè Schaand gerearre, on woarn innerwägs, wie wann dè Doiwel heannern hier wier. Emm Lääserad-defängger sai als mieh Läseradde noochgelaafe, on ehm woarsch woaschd, ob sè die Bicher, die sè voo emm harre, aach lääse deere oder nid. Wie viele sai ongelääse werre vèkaafd worrn!

Aach doa droo deed dè Lääseraddefängger woas vèdien, on sou easser als räicher on räicher geworrn, on die Loid sai nid mieh sou viel ean Bùchloare gegangge, on äi kläi Geschäfd noochem annern hodd offgäwwe misse, wail kenner voom Oblegg voo Bicher, die käis huh will, soad weadd. On die Bicher, die doa noch schdanne, sai Reddurn worrn, wann sè nid bai Zaire foaddgelaafe sai.

„On woas mache merr edds?", frogd es Bichelche on deed sai Gedichde dorchbleerern, loirer schiene Verse, awwer doa woar kenn Road zèm Ewwerläwe dèbai. „Wann ins hieh äis feand, schdobbderr ins noch eans Oweloch!" „Schwadds doch käi domm Zoich", deed sech dè Roman offreeche. „Mai Owendoiergeschichde gieh all gudd aus! Merr muss haald säih, dess merr nid elläi eas, on dann brouchd merr Mut on enn gurre Plan on dann noch è bess-che Hoffning, on es kann luusgieh!" „Gudd, gudd", sääd è Schdeamm, die koom aus enner Kisd. On wie sè dè Deggel huuchgehowe harre, soggese, es woar è aald, aald Bùch, doas merrenn geschwassd hadd. „Ech sai è laschdausgoawe", deed sech's vierschdenn on è wichdich Gesichd mache. „È Fillosofiebùch. Kant. Schuh mo gehoadd?" „Näi", sääd es Bichelche. „Awwer ech huh moo enn Dichder gekaand, der hiss..."

„Schbeerer", sääd dè Roman. „Edds, wu merr schuh mo drai sai, sai merr schuh bainoh sou woas wie die Mussgediere. On du, laschdausgoawe, säisd die Ällsd on kannsd die Oschdell mache. Ech sorch fier dè Mut, on es Gedichd-

bändche fier die Hoffning. Hossde enn Plan?" „Ai, geweass", sääd die Iaschdausgoawe. „Mir misse ins vier dè Kundschafder voom Lääseraddefängger ean Oachd nomme, die siche frai läwende Bicher, im sè sè vèkääfe oder ausem Vèkiehr sè zieje. Genau wääs merrsch nid. Iaschdausgoawe wie mech deaffe sè nid ean die Hänn krieje, on ihr wierd aach vèlon. Ouch deere sè zèm aale Babaier duh, on woas dodèmed bassierd, wollder liwwer nid weasse, dess ouch dè Mut on die Hoffning nid vèleasse duh. Ech awwer saa ouch: Desser selwer dengge kennd, hodder schuh bewiese. Edds hirrd merr gudd zu on hanneld!"

On dè Roman on es Gedichdbändche huh die Eselsuhrn geschbeddsd, die sè enzwesche kreeje harre. „Es schdidd geschreawwe, freegd mech nid wu, dess enn gruuse, gääle Vochel sai Näsd hadd, wu die Kaufloid voo Messe sè Messe gefoahrn sai, wu Wasser fliese dudd on ean enner Waaldkabell è Bicherfrää off die voo ins woadd, die emm Lääseraddefängger on senne Loid dorch die Labbe gegangge sai. Die Bicherfrää hodd gepreedichd, desses è gaans Doaf brouchd, im enn Bùchloare om Läwe sè haan, on dess die Keann voo kläi off Bicher im sech huh seann, Bicher zèm Opagge on Bleerern on Lääse on Schdaun. Bicher zèm Noochdengge on Lache, Bicher, die die Draureche dreesde, on Bicher, die die onvèschold Domme schlauer mache. Bicher, die dech wääse, wie merr dè Goadde mächd on wuhean merr foahrn kann, wann merr mo woas annersch säih will, Bicher ean viele Schbroache, med on uhne gleggleches Enn. Wann merr die Bicherfrää, Gerlinde hääsd merrsche, gefonne hadd, dann feand sè dè richdiche Mensch fier jeed Bùch. Aach fier Bicher, die noch goar nid geschreawwe sai."

Dè Roman on es Gedichdbändche woarn schuh bai dè Dier. Die Iaschdausgoawe awwer mussd sech iaschd noch è bess-che saawer mache on Obschied nomme voo demm aale Geraffel, med demm sè sou laangk off dè Lääb sèsomme gewuhnd hadd. Die drai sai nobb on naus on nooch Frangkfoadd. Voo doa aus, doas wossde sè, geang's off enner Schdroos, dè Koazze Hesse, nooch Osde, nooch Laibzich ean Saggse. On off demm Wääg mussd irjendwu dè gruuse gääle Vochel sè feanne sai, deren saa konnd, wu die Bicherfrää Gerlinde woar. Sie huh ean Bicher-schängk ewwernoochd, die oo dè Schdroos schdanne, on sech vierem Lääseraddefängger senne Loid vèschdeggeld. Baal koome sè nooch Lauderbach. „Es wier gudd, hieh mo sè freeje", sääd die Iaschdausgoawe. „Die Bicherfrää Gerlinde hodd hieh noch bes vier Koazzem ihrn Loare gehadd, huh ech irjendwu gelääse. Freegd mech nid, wu." On die Iaschdausgoawe hadd räächd, aach wann sè alsèmo nid wossd, wurim.

Eam Loare woarn loirer Loid, on die drai huh sech inner annern Bicher geschdaald. Dausech Bicher woarn doas, on awwer dausech! Im nid offsefann, eas die Iaschd-ausgoawe ean die heannerschd Egg gekroche. On sie huh die Loid belauschd. Koom die Reed off die Bicherfrää Gerlinde? Oder off dè gruuse gääle Vochel? Oder off die Waaldkabell? „Eas die Gerlinde nid doa?", frogd doa werre äis on kreeg sè hirrn: „Näi, die Gerlinde eas nid doa. Die eas deheem, baim Bibo." Oder sou woas ean dere Oad. Baim Bibo? Die drai huh annern Bicher gefrogd, ob sè wissde, woas doas wier. È Keannerbùch sääd: „Ai, enn gruuse gääle Vochel." On è rechionales Buch riff: „Näi, doas eas kenn Vochel. Hieh nid! Hieh eas doas ean gaans aale Noome."

Die Iaschdausgoawe hodd sech doas rechionale Bùch ogeguggd on sech voo emm vèzehn leasse, dess dè Bibo on es keldische Woadd fier kloares Wasser enn Oaddsnoome gowwe, voo emm kläine Doaf eam Vochelsberch, doas eam Grindche logg, doa, wu die Koazze Hesse off dè Knoarewääg droffe, im nid sè saa: zwesche Lauderbach on Linggelbach, wu die aald Waaldkabell woar. Bibonaha hadd der Oadd èmo gehääse, awwer doas woar schuh sou laangk hier, doas woar ean enner Zaid gewäse, wie's noch goar käi gedruggde Bicher gobb. On noch laangk käi elegdronische. „Woas du alles wäasd!", schdaund es Gedichdbändche on hodd sech enn Raim droff gemoachd: „Vochelsbercher Orchinaale helfe ins, Gerlinde feann. Bicher, ob nu naue, aale, all huh sè nur äis eam Seann: Loid sè siche, die sè lääse, wann sè mo woas weasse winn."

„Doas hossde schie gesääd", sääd dè Owendoierroman on hodd dene annern zwie Bäi gemoachd, die Bicher sossd nid huh. Sie sai schweann ins Grindche on nooch Biewe, on doa hodd die Bicherfrää Gerlinde schuh off sè gewoadd, wail sè aach ihr Loid hadd, dierer Noiechkääre vèroare deere. „Kommd rean, kommd rean", säädse on deed lächenn. „Ech huh ouch schuh è Blädds-che eam Reechal fraigemoachd. Doa kennder ouch iaschdemo ausruh. Ech gieh off Wannerschafd, doas huh ech merr viergenomme. On wann ech werre doa sai, dann mache merr è Lesung ean dè Waaldkabell: med Fillosofie on Owendoier on Gedichde, dess fier jeeren woas dèbai eas.

190

On all, die dèbai sai on zuhirrn, werrn ouch liewe. Sou wie ech Bicher schuh voo kläi off geliebd huh."

„On dè Lääseraddefängger?", frogd dè Roman on moachd senn Bùchregge groad, dessem käis die Angsd oomärgd. „Dè Lääseraddefängger kridd ouch nid. Der hadd Schiss vier demm Doag, wu die Loid die schlaue Bicher, die sè kääfe, aach werre lääse on aus Gedichdbändchen on Romane Mut on Hoffning zieh. On ihrn Kobb zèm Dengge nomme. Oo demm Doag werrn ean dè Bùchlääre on Bibbliodeege die Lichder oogieh on ean sou manchem Hirrnskäsdche aach. Die lessd Bùchmess eas nonnid gehaan."

Sou hadd die Bicherfrää Gerlinde gesääd on eas off Schusdesch Rabbe dorch die Weald. On wann sè näwerm Wannern on Lääse aanoch Zaid fiersch Schraiwe gefoanne hadd, dann hirrn merr noch voo err. Ihr Läwe eas käi Bùch med sewwe Siecheln. Doa weadd als dreann gebleererd. On es werrn naue Kabbiddel offgeschloo.

Anhang

*Ewwer die eenzenne Märchen on wu err sè
ouch oohirrn kennd*
Über die einzelnen Märchen und wo Ihr sie
Euch anhören könnt

Mittwoch ist seit dem Frühjahr 2023 Märchentag in meinem Blog, und so sind nach der Veröffentlichung des Mundartmärchenbandes *„Es woar èmo"* („Es war einmal") nach und nach genug Geschichten für einen Nachfolgeband zusammengekommen. Zu hören sind die Tonaufnahmen auf www.monikafelsing.de in meinem Blog *Owenglie*, ein gutes Dutzend war noch nicht online, als das Manuskript fertig war.

Braucht jemand Vokabeln, um die Mundartaudios besser zu verstehen? Einige der Worte und Redewendungen aus der Ober-Gleener Mundart, dem *Owengliejer Pladd*, habe ich in meinem Blog auf Hochdeutsch und Englisch erklärt. Auch in der hochdeutschen Ausgabe sind Vokabeln enthalten, und auch dieser Märchenband enthält die QR-Codes von bereits veröffentlichten Audios. Mit den mundartlichen Titeln oder mit Schlüsselbegriffen sind meine Aufnahmen der Mundartmärchen aber auch über die Suchfunktion im Blog zu finden. Oder über den Link, falls das Audio zu dem Zeitpunkt, als das Buch entstanden ist, schon online war. Und natürlich können alle auf der Suche nach Hörversionen ein wenig am Rädchen drehen und sich durch den Blog scrollen, *sgronn.*

1. *Zores eam Roiwerhaus*

Warum sollen Märchen enden? Manche Schlusssätze öffnen der Fantasie eine Hintertür. Die Fortsetzung der Geschichte der Bremer Stadtmusikanten handelt vom Streit in ihrer WG, der sich an Kleinigkeiten entzündet und zu einem Zerwürfnis wird. Irgendwann ist die Atmosphäre in der Räuberhütte so vergiftet, dass eine Versöhnung unmöglich erscheint. Die Gesangsaufnahme stammt von unserer deutsch-niederländischen Geschichtswerkstatt „Deutschland auf der Flucht. Exil in Amsterdam Zuid 1933-1945" 2022 in der Villa Ichon in Bremen. Veronika Bloemers (Frankfurt am Main/Ober-Gleen) und Burghard Bock (Bremen) haben uns alle zum Singen gebracht. Der Kanon auf Hebräisch, nach Psalm 133,1, wird traditionell am Sabbat, am Schabbes, gesungen: „Hineh mahtov umah naim schewet achim gam jachad. Was für ein Glück, ja, was für ein Glück: friedlich zusammenzuleben."

https://monikafelsing.de/WordPress_03/?p=1449

2. *Brurrer Joggob*

Dieser Kanon begleitet unser Projekt schon seit dem Auftritt beim Musikfest im französischen Institut in Bremen: Bruder Jakob gibt es in sehr vielen Sprachen dieser Welt, und seit einigen Jahren auch auf Oberhessisch. Die erste Fassung des Liedes stammt aus dem 18. Jahrhundert und war auf Französisch: Der Mönch, Frère Jacques, wird geweckt, damit er endlich zur Frühmette läutet. „Sonnez les matines!" Gustav Mahler zitiert das

Motiv, allerdings in Moll, im dritten Satz seiner ersten Sinfonie, und im Hintergrund von „Paperback Writer" von den Beatles wird Brother John aus dem Schlaf gerüttelt.

Und das ist im Audio zu hören: Die Brema von St. Petri (und ein Hund), der Kanon „Bruder Jakob", aufgenommen bei der Fête de la Musique 2018 im Institut Français in Bremen, danach eine Aufnahme von einem Mitsingkonzert in Ober-Gleen, dann die Brema, die neue, an Ostern 2023 eingeweihte Glocke von St. Petri an ihrem ersten Tag, danach das Geläut der Cappella della Musica am Bremer Osterdeich, der ehemaligen Domkapelle, die zum Abriss bestimmt ist – die Glocken hatten zwei von uns vor dem Klezmerkonzert von Yale Strom, Elizabeth Schwartz (San Diego), Sascha Yasinski und Petr Dvorsky (Prag) versehentlich geläutet, auf der Suche nach einem Licht-schalter... Danach die Nicolai-Kirche in Hagenburg, die Glocke der Heilig-Geist-Kirche von Fulda und der Kanon, aufgenommen mit dem Projektchor und dem Publikum am Ende unseres Menschenrechtskonzertes bei den Alsfelder Kulturtagen 2022, zweimal die Ober-Gleener Glocke von 2014 (und Kinder auf dem Spielplatz), und noch einmal das Alsfelder Benefizkonzert. Die Aufnahmen stammen allesamt von Justus Randt.

https://monikafelsing.de/WordPress_03/?p=1300

3. Dè Näiberr

Notorische Neinsager sind auch in Märchen nur bedingt beliebt. Und dass Dörfer ihre Armen im 19. Jahrhundert nach Nordamerika abgeschoben haben, ist eine weitere Tatsache. Wer mehr übers Auswandern aus Hessen hören möchte, findet die sechs Teile unseres Podcasts „Jetzt fahrn wir... Übersee!" in meinem Blog. Das dazugehörige Buch ist 2024 in Kleinstauflage bei der Reproanstalt Otto Landwehr GmbH in Bremen produziert worden und wird bei ausreichend großem Bedarf nachgedruckt.

Die Redewendung „Ab nach Kassel", die ich in diesem Märchen verwendet habe, wurde früher genutzt, wenn man sich leicht oder gerne von etwas oder jemandem getrennt hat. Nach unbelegten Vermutungen stammt sie aus der Zeit, als der Kurfürst von Hessen-Kassel viele seiner männlichen Untertanen als Soldaten vermietete. Allerdings wurden die Rekruten nach manchen Quellen nicht in Kassel, sondern beispielsweise in Ziegenhain gesammelt. Und manchmal waren dann wohl auch Männer aus dem benachbarten Großherzogtum dabei. Belegt ist: 1870 wurde Napoleon III. als Kriegsgefangener auf das Schloss Wilhelmshöhe gebracht. „Ab nach Cassel!" stand in einer Karikatur, die den französischen Kaiser, Bismarck und Moltke zeigte.

Der erwähnte Zinken wurde auch Gaunerzinken genannt, wenn er beispielsweise von Kundschaftern einer Bande vor einem Einbruch hinterlassen wurde oder sogar heute noch hinterlassen wird, wie die Polizei und Versicherungen online erläutern. Die Geheimzeichen sind seit dem 16. Jahrhundert im Gebrauch, als Markierung in der Nähe eines Hauses oder Gehöftes. Nicht nur Kriminelle haben sich damit verständigt, sondern auch Hausierer, Bettlerinnen und Bettler. Wenn herumziehende Arme einen

Zinken hinterließen, erfuhren die Nächsten, ob da jemand geizig oder großzügig war, ob jemand einen Hund auf Menschen hetzte oder ob man sich besonders fromm geben oder arbeiten musste für ein Stück Brot. Wer mehr darüber erfahren will, kann unter anderem Martin Puchners Buch „Die Sprache der Vagabunden. Eine Geschichte des Rotwelsch und das Geheimnis meiner Familie" lesen.

https://monikafelsing.de/WordPress_03/?p=1501

4. *Dè Wadds eas luus*

Dieses Märchen beruht im Kern auf einer wahren Begebenheit, die uns von einem Zeitzeugen in unserem Oral-History-Projekt überliefert worden ist. Ich erzähle sie in meinem Lied *„Dè Wadds eas luus"*: Ein Zuchteber war aus einem Transportwaggon entwischt, weil die Tür nicht richtig verriegelt gewesen war. Die Bahner liefen zurück und fanden das völlig erschöpfte Schwein auf einer Wiese.

Wenn hier kein Link steht, war das Audio bei der Veröffentlichung des Buches noch nicht online.

5. *Es bliddsgeschoire Haus*

Häuser können sich nicht aussuchen, wo sie stehen und neben wem. Aber was passiert, wenn ein Haus für sich selbst sprechen kann? Heute sagt man Smart Home dazu, das Haus in diesem Märchen jedoch ist ein gescheites Haus. Ein blitzgescheites Haus.

Karl Gemmer, *Koads Kall*, der den Liedtext gedichtet hat, und Helga Felsing, geborene Kröll, haben das Lied 2014 in Ober-Gleen gesungen, außerdem gibt es aus jenem Jahr auch eine Aufnahme mit meiner Mutter und mir. Gewidmet habe ich dieses Märchen meinem 2009 im Alter von 72 Jahren verstorbenen Vater, *Pauls Kall*, dem Malermeister, der regionale Geschichte auf seine Weise für die Zukunft bewahrt hat.

https://monikafelsing.de/WordPress_03/?p=1283

6. *Dè Wewerknächd*

Weben und weben lassen: In alter Zeit gab's auch in Ober-Gleen Weberfamilien – nachzulesen in unserem Band „*Naut wie Ärwed*‘ (Nichts als Arbeit). Das älteste Weberbuch, das wir in unserem *Owenglie*-Projekt zu sehen bekommen haben, stammte aus dem 17. Jahr-hundert, und die Muster sahen so kompliziert und grafisch anspruchs-voll aus, als ob ein Computer sie entworfen hätte. Gut leben konnten die Weberinnen und Weber von diesem Handwerk nicht, das heute unter anderem im Freilicht-museum Hessenpark in Neu-Anspach im Taunus und im Weber-Museum Kircher im Steinweg 2 in Wesertal/Gieselwerder präsentiert wird. Altes, handgewebtes Leinen ist heute eine Kostbarkeit. Die Stoffe, die Justus Randt für die hochdeutsche Ausgabe fotografiert hat, stammen aus Willingshausen in der Schwalm.

Nicht weit davon, in Trutzhain, gibt es nicht nur eine Gedenkstätte für das ehemalige Kriegsgefangenenlager

Stalag IX A Ziegenhain, sondern auch ein Stück moderner Weberei-Geschichte. Die aus dem Egerland vertriebene Weberfamilie Egelkraut wagte 1947/48 in einer der alten Baracke des Lagers mit fünf Handweb- und zwei Schaftwebstühlen einen Neuanfang. Gewebt wurde, was in der frühen Nachkriegszeit gefragt war: Geld-, Post-, Kartoffel- und Zwiebelsäcke aus Leinen, Schwälmer Schultertücher. Bald kamen zwei Jacquard-Webstühle hinzu, und in den folgenden Jahrzehnten belieferte die Firma Egelkraut Trachtenschneider, Karnevalsvereine und Kirchengemeinden, Theater und Opernhäuser in Europa und Filmfirmen, selbst hinter dem „Eisernen Vorhang". Als die Prager Barrandov-Studios und die Defa (DDR) 1973 „Drei Haselnüsse für Aschenbrödel" drehten, orderten sie den Brokat für das Brautkleid bei Egelkraut. Der Märchenfilm hat es zum Weihnachtsklassiker gebracht, und in jeder dritten Nuss steckt der Stoff aus der Schwalm. Seit mehr als einem Jahrzehnt führt der gelernte Möbelrestaurator und Weber Udo van der Kolk, ein langjähriger Mitarbeiter, den Betrieb. Und nicht nur dessen Geschichte liegt ihm am Herzen: Er produziert unter anderem auch Stoffe für Burschenwesten und Schürzen aus dem Schlitzer Land oder authentische Trachtenbänder. Auch die Wandbespannung der 2022 wiedereröffneten Löwenburg in Kassel stammt von der Udo van der Kolk e.K. Historische Weberei Egelkraut (siehe auch die nordhessische Website Homeberger). Im digitalen Musterkatalog (Firmenwebsite: Goldbrokat) werden Brokate und Damaste ausgebreitet wie auf einer Messe. Rund 500 historische Muster stehen zur Wahl, gewebt nach Vorbildern aus der Gotik, der Renaissance, dem Barock und dem Rokoko, dem Bauhaus und den Wirtschaftswunderjahren, Abstraktes wie Geometrisches. Mechanische, lochkartengesteuerte Schützen-webstühle machen es möglich – wie vor hundert Jahren.

Weberknechte, die im Volksmund ungewöhnlich viele Namen haben, gehören zu den Kieferklauenträgern. Weltweit sind Tausende von Arten bekannt, in Deutschland nur knapp fünf Dutzend. Etliche Arten sind in Mitteleuropa regional gefährdet, andere wandern aus wärmeren Regionen ein: 2024 ist ein Weberknecht, der zunächst schon in Sachsen bekannt war, erstmals in Rheinhessen gesichtet worden: der Schwarzbraune Plump-weberknecht, inoffiziell auch „Dickerchen" genannt. Eine weitere Sensation war 2024 die Entdeckung von Fossilien des Typs „Opa Langbein" in der Grube Messel, 48 Millionen Jahre alt. Das Spinnchen im Märchen muss anderer Natur gewesen sein, denn Weberknechte haben anders als Webspinnen keine Spinndrüsen. Wer mehr über sie wissen will, auch zum Beispiel über die Stinkdrüse dieser Spinnentierchen, ist unter anderem auf der Website des Frankfurter Senckenberg-Museums richtig.

https://monikafelsing.de/WordPress_03/?p=1406

7. Die Kaffiemehl

In der Kaffeemühle meiner Alsfelder Oma haben wir Sand gemahlen, als wir Kinder waren. Das war ein Spiel. Heute ist es wieder in Mode, Bohnen frisch zu mahlen. Wie gut wäre es, wenn das wie früher ohne Strom ginge – wie vieles andere auch.

Die Redewendung „So schnell schießen die Preußen nicht", die ich den Müllers in den Mund gelegt habe, geht vermutlich auf die Zeit Bismarcks zurück, der in der Außenpolitik auf Staatenbündnisse setzte, kann aber auch damit zu tun haben, dass die Preußen erst einmal Aufstellung nahmen. Nach dem Krieg, den die Hessen und ihr Verbündeter Österreich 1866 gegen Preußen verloren hatten, wurden unter anderem Kurhessen und Frankfurt preußisch. Das Großherzogtum Hessen-Darmstadt, und damit auch Oberhessen, hatte einen mächtigen Schutzherren und blieb weitgehend verschont: Zar Alexander II. (1818-1881) war seit 1841 mit Prinzessin Marie von Hessen und bei Rhein (1824-1880) verheiratet.

https://monikafelsing.de/WordPress_03/?p=1411

8. *Die zwellef Elfe on die Schwoaddswoaddsel*

Was macht man, wenn man einen Profimusiker wie Jonathan Jehle als Nachbarn hat, der eine Klarinette Schwarzwurzel nennt? Er stammt aus dem Südschwarzwald und hat sich schon als Kind in das Tenorsaxophon seiner Mutter verliebt, aber dann doch erst einmal mit der Blockflöte angefangen und ist mit acht Jahren zur Klarinette gewechselt, schreibt er auf seiner Website. Daraus lässt sich doch etwas machen: ein Märchen, in dem Blasmusikinstrumente und Talente vorkommen, aber auch Yoga, weil besagter Nachbar eben auch noch Yoga lehrt. Und fertig ist die Geschichte von den zwölf Elfen und der Schwarzwurzel – oder doch eigentlich erst, sobald Jonathan etwas Klarinettenmusik beigesteuert hat.

https://monikafelsing.de/WordPress_03/?p=1376

9. *Eam Sonnelaand*

„Zum sonnigen Landl" hieß nach meiner Erinnerung das Kurheim im Allgäu, in dem ich im Frühjahr 1974 sechs Wochen war. Andere Kinder aus Oberhessen waren zum Beispiel auf Borkum, und deutschlandweit haben Kurkinder die unterschiedlichsten Formen von körperlicher und psychischer Gewalt erlebt, darunter vieles, das System hatte, sodass sich viele Erfahrungen ähneln. Seit einiger Zeit werden die Traumata aus den Kinderkuren der Nachkriegszeit in Büchern, Fachkongressen und auf Websites über Verschickungsheime dokumentiert.

Mit goldenen und schwarzen Sternen sind Mehrbettzimmer im „Sonnigen Landl" jeden Morgen bewertet worden: War jemand herumgegeistert, hatte jemand zu sprechen gewagt, gekichert oder aus Heimweh geweint? Würde ein Zimmer das andere verpetzen? Mit meinen acht Jahren empfand ich den Appell als unheimlich und bedrohlich: Was würde passieren, wenn ein Zimmer zu viele dunkle Sterne hatte? Würden wir länger bleiben müssen? Würde sich die Erde auftun, uns verschlucken?

Wir gehörten zu den Jüngsten im Heim, hatten Respekt vor Autoritäten und waren leicht einzuschüchtern. Nachts gaben wir keinen Mucks mehr von uns. Das Kind im Nachbarbett schluchzte so leise es konnte, und ich hatte einen dicken Kloß im Hals. Wir versuchten, uns mit den Kindern aus den Nachbarzimmern gut zu stellen, damit sie uns nicht meldeten, falls sie doch einmal Geräusche gehört hatten. Am jüngsten Tag hatte unser Zimmer die meisten goldenen Sterne. Sechs bunt bedruckte Wassergläser waren der Lohn der Angst. Nie, nie, nie habe ich braves Kind Erwachsene mehr verachtet als bei dieser Siegerehrung.

Jeder noch so kleine Kurerfolg heiligte Mittel der schwarzen Pädagogik wie das Auffordern zur Denunziation, Briefzensur, Zwangsessen und Zwangsruhe, das Einziehen von Paketen oder Sprechverbote. Besuche von Eltern oder anderen Verwandten waren ohnehin nicht vorgesehen, auch die Möglichkeit zu telefonieren gab es zumindest bei uns noch nicht. Wir Kinder waren den „Tanten" ausgeliefert.

Das Lied dazu, *„Eam Sonnelaand'*, ist ein Original. Der Text: *„Eam Sonnelaand, doa woarn merr Keann. Eans Sonnelaand, doa mussde hean, zèm Mäsde, zèm Maggelechwerrn. Eam Sonnelaand sogg merr doas geann. Eam Sonnelaand woar ech elläi. Eam Sonnelaand, on noch sou kläi. Eam Sonnelaand gobb's schwoaddse Schdeann, eam Sonnelaand hadd dech käis geann. Es Sonnelaand woar sou wääd foadd, es Sonnelaand woar goar kenn Oadd. Es Sonnelaand, doas gedd's nit mieh. Eam Sonnelaand, doa woar's nit schie."*

Die Übersetzung: Im Sonnenland, da warn wir Kinder. Ins Sonnenland, da musstest du hin, zum Mästen, zum Schwabbeligwerden. Im Sonnenland sah man das gern. Im Sonnenland war ich allein. Im Sonnenland, und noch so klein. Im Sonnenland gab's schwarze Stern', im Sonnenland hatt' dich keiner gern. Das Sonnenland war so weit fort, das Sonnenland war gar kein Ort. Das Sonnenland, das gibt's nicht mehr. Im Sonnenland, da war's nicht schön.

https://monikafelsing.de/WordPress_03/?p=1372

10. *Es Preannsess-che Widdèwidd*

Zwei hessische Prinzessinnen sind 1918 in Russland während der Novemberrevolution umgebracht worden: Alix, die letzte Zarin, und ihre Schwester Elisabeth, die Großfürstin und Äbtissin war. Das könnt ihr in *„Himmel un Höll'* nachlesen. Auch, was das mit dem Schloss Romrod zu tun hat. Bei Hofe wurde früher gern Französisch gesprochen, wie 1807 in Kassel, wo Napoleon seinen jüngsten Bruder, Jérôme, zum König des neuen Königreiches Westfalen gemacht hatte. „Morgen wieder lustig", soll der nach Festen gesagt haben – viel mehr Deutsch konnte er nicht, Kasseler Dialekt erst recht nicht. Und schon hatte er einen Spitznamen: König Lustig. Was das alles mit dem Märchen hier zu tun hat? Nicht viel oder gar nichts. Hört's euch einfach an. Das Prinzesschen würde rufen: Vite! Vite!

https://monikafelsing.de/WordPress_03/?p=1399

11. *Die Abbrelsnoas*

Was, wenn nur noch Schabernack hilft? In diesem Märchen werden alle an eine Datumsgrenze gebracht, und darüber hinaus. Sich Aprilsscherze auszudenken, kann anspruchsvoll sein oder spontan und witzig, und sie dürfen sich möglichst nicht wiederholen. Auch neue Auszubildende schickt man schließlich nur einmal, einen „Siemens Lufthaken" holen, oder einen Schlachthelfer, um eine Ginterpress' zu besorgen. Das *Musledderche* ist unter anderem erwähnt von Doris Schmidt aus Heimertshausen, die Wurzeln auch in Ober-Gleen hat, in ihrem Buch „*Verzolbchd.* Erinnerungsgeschichten & gesammelte, vom

Aussterben bedrohte Wörter aus dem *Häimertshaiser Platt"*, 2022.

https://monikafelsing.de/WordPress_03/?p=1443

12. *Dè Hainzemann*

Die Heinzemanntour bei Ehringshausen ist ein unter anderem von der Gemeinde Gemünden (Felda), der Vogelsberg Touristik und den Naturfreunden empfohlener, rund 13,5 Kilometer langer, zertifizierter Premiumwanderweg von mittlerem Schwierigkeitsgrad. Um den Heinzemannstein, ein Naturdenkmal, ranken sich Geschichten. Auch die von zwölf Hühnern, die einem dort erscheinen können. In jüngster Zeit haben sie sich nicht sehen lassen.

https://monikafelsing.de/WordPress_03/?p=1486

13. *Dè Häggdegger*

Manchmal musst du dir gerade dann Zeit nehmen, wenn du eigentlich keine hast. Otto Kirchner, *Suse Oddo*, ist selbst in der Erntezeit nicht einfach weitergefahren, sondern hat manchmal den Trecker abgestellt, wenn ihm jemand im Dorf über den Weg gelaufen ist, und hat sich ein paar Minuten mit ihm oder ihr unterhalten. Daran hat sich Bernd Schneider, *Bilsegässesch* Bernd, erinnert, als wir in unserem Oral-History-Projekt in Ober-Gleen Aufnahmen gemacht haben. Ein schöner Zug, fand er.

In das Märchen habe ich eine Strophe aus dem Lied über den brennenden Heuwagen eingefügt, das Karl Kirchner,

Endesche Kall, gewidmet war, dem Schwager von *Suse Oddo*. Er hatte es einmal sehr eilig, mit der Ernte vorm Gewitter nach Hause zu kommen. Beinahe etwas zu eilig... Aber das ist eine andere Geschichte.

https://monikafelsing.de/WordPress_03/?p=1368

14. *Es Saalzfäss-che*

Salz war früher etwas ganz Kostbares, in der Hansezeit eine besondere Ware. Und ein Fässchen, das sich wieder auffüllt? Kein Wunder, dass das Glück mit dem Pech wetten will: Wer wird es nach einem Jahr noch haben, eine reiche oder eine arme Familie? Im Salzmuseum Bad Sooden-Allendorf wird über das „weiße Gold" informiert, dem die Stadt noch bis zur Kaiserzeit ihren Wohlstand zu verdanken hatte. Gut ein Jahrtausend Salzgeschichte erwartet Besucherinnen und Besucher des Museums im alten Södertor, dem einstigen Zugang zur Saline. Gäste erfahren etwas über die Solequellen, können sich in den Außenanlagen unter anderem den Solebohrturm, das Gradierwerk, das Solebadehäuschen, die Brunnenkammer und die Pfennigstube als ehemaliges Zoll- und Steueramt ansehen, im Museum außerdem die Salzwaage und eine Kopie der „Salzbibel": des "New Saltzbuchs" des Pfarrers und Salzgrafen Johannes Rehnanus. Der Gelehrte war im späten 16. Jahrhundert im Auftrag von Landgraf Philipp I. nach Allendorf gekommen, um die Produktion in der Saline zu überwachen und zu steigern.

https://monikafelsing.de/WordPress_03/?p=1424

15. *Die Schnejelweaddschafd*

Zwei Dutzend gestreifte Weinbergschnecken haben sich im Sommer 2024 auf meinem Balkon durchgefuttert. Als ich sie nachts, beim Schein einer Taschenlampe, vom Basilikum, dem Sommerrittersporn und dem Klatschmohn pflücken wollte, haben mich zwei von ihnen laut angezischt. Es war keine Sinnestäuschung: Die Tiere stoßen bei Gefahr ruckartig Luft aus, der Schleim wird zu Schaum. Fressfeinde sollen abgeschreckt werden. Die Gärten in der Nachbarschaft waren voll von Schnecken, meist Nacktschnecken. Nichts Grünes war vor ihnen sicher, vermutlich abgesehen vom Giersch und dem Kirschlorbeer. Die Plage hat mich darauf gebracht, ein Märchen über Schnecken zu schreiben. Und bei der Gelegenheit kommt auch mal Wirts Karl zu Ehren, ein Ober-Gleener Gastronom früherer Zeiten. Der Mann war echt, die Geschichte aber ist frei erfunden.

https://monikafelsing.de/WordPress_03/?p=1418

16. *Woas die Bobb sääd*

Spielsachen sind auch Zeitzeugen: Meine Lieblingspuppe hieß Heidi, und das war kein Zufall. Das Buch der Schweizer Schriftstellerin Johanna Spyri (1827-1901) steht heute noch in meinem Regal. Die Geschichte eines kleinen Mädchens, das aus den Schweizer Bergen nach Frankfurt am Main kommt, um ihrer kranken Freundin Klara die Zeit zu vertreiben, und vor Heimweh beinahe eingeht, aber eben auch Lesen lernt, hat mich als Kind berührt. Und meine Puppe konnte sprechen! Sie kann es immer noch. Ganz ohne Batterien.

Der im Märchen erwähnte Himmelsborn im Ober-Gleener Wald ist einer der Orte aus traditionellen Erzählungen übers Kinderkriegen. Ein hölzerner Storch weist den Weg zum Wasser. Und die Himmelsborneiche ist sowieso nicht zu übersehen.

https://monikafelsing.de/WordPress_03/?p=1427

17. *Die Plommefee*

Wo die einen immer noch Steine haben, haben die anderen zum Glück schon lange Blumen oder Benjeshecken. In Grimms Märchen gibt es magische Gärten. Dieses Märchen hier habe ich zum Geburtstag unserer Bremer Nachbarin Barbara Schellhorn geschrieben. Sie liebt Blumen, ungefähr so sehr wie Sabine Kirchner (*Endesche* Sabine) und noch so einige von uns in Hessen und Bremen. Ich habe die vier Jahreszeiten, aber auch viele Blümchen und Insekten in diesem Märchen versteckt, zum Suchen und Finden.

Das Lied ist ein Coversong von „Es war eine Mutter", einem deutschen Volkslied über die vier Jahreszeiten: Es war eine Mutter, die hatte vier Kinder, den Frühling, den Sommer, den Herbst und den Winter... Auf Oberhessisch reimt sich der Text nicht: *Es woar è Moadder, die hadd vicher Keann, es Friehjoahr, dè Sommer, dè Hirbsd on dè Wender.*

https://monikafelsing.de/WordPress_03/?p=1437

18. Dè Schlächdschwäddser

Schwadds doch käi domm Zoich! Red doch kein dummes Zeug! Der Spruch war früher häufiger zu hören, wenn jemand etwas Unbedachtes gesagt hatte. *Schwäddser* waren nicht gern gesehen, auch wenn viele gerne ein Schwätzchen gehalten haben. Und wie würden Niederdeutsche sagen? *Snack doch keen dumm Tüch!*

Wenn hier kein Link steht, war das Audio bei der Veröffentlichung des Buches noch nicht online.

19. Dè Hämel

Wir sind wieder in der Zeit der Deutschen Sozialrevolution, im ersten Drittel des 19. Jahrhunderts: Friedrich Ludwig Weidig (1791-1837), der Herausgeber des verbotenen Flugblattes „Der Hessische Landbote" mit Texten von Georg Büchner, stammte aus Oberkleen bei Butzbach, war Schulrektor und ab 1834 bis zu seinem gewaltsamen Tod Pfarrer von Ober-Gleen im damaligen Kreis Alsfeld. Er wurde 1835 verhaftet, verbrachte fast zwei Jahre in Einzelhaft und verblutete im Darmstädter Gefängnis. Unser *Owenglie*-Projekt ist unter anderem auch seinem Andenken und dem seiner Familie gewidmet, und in mehr als einem Märchen kommen sie vor.

Wenn ein Vater weggeht und nicht wiederkommt, was macht das mit den Kindern? Weidigs Sohn Wilhelm hat auf seinen Papa gewartet, den die Obrigkeit zum Staatsfeind erklärt und ohne Gerichtsprozess eingesperrt hatte. Er kam nicht wieder. Wie vielen anderen Kindern ist es auch so gegangen, wie vielen Frauen wie Amalie Weidig? Und wie viele Kinder haben wie Amalie Friedegard ihren Vater nie gesehen? Friedrich Ludwig Weidig ist 1837 im Gefängnis in Darmstadt gestorben, seine Frau bald darauf, und die beiden Kinder sind bei Verwandten in Homberg (Ohm) aufgewachsen und haben keine eigenen Familien gegründet (mehr dazu in *„Himmel un Höll"*). Dieses Märchen und das Originallied (*„Elläi"*) sind ihnen gewidmet.

https://monikafelsing.de/WordPress_03/?p=1468

20. *Grommed*

Quizfrage: In wie vielen Märchen der Brüder Grimm kommen Frauen, die einen Witwer mit Kindern geheiratet haben, schlecht weg? In 200 Kinder- und Hausmärchen begegnen wir mehr als einem Dutzend Stiefmüttern. Auch die Max-Planck-Gesellschaft hat sich mit der These der Evolutionspsychologie befasst, Stiefkinder hätten ein höheres Sterblichkeitsrisiko, Daten aus Ostfriesland und Kanada aus früheren Jahrhunderten ausgewertet und auch einen Podcast dazu veröffentlicht. Fest steht: Als Hassfiguren kamen Stiefmütter beim Publikum an. Aus mancher leiblichen Mutter, die ihre Kinder schlecht behandelte, sollen die Märchensammler nachträglich eine Stiefmutter gemacht haben, auch aus der von Schneewittchen. Hänsel und Gretel sind in frühen Fassungen ebenfalls noch von ihrer leiblichen Mutter im Wald ausgesetzt worden. Wie in meinem Märchen von der *Maggreed* und dem *Häns-che* (*„Es woar èmo*/Es war einmal"), doch da wollte der Stiefvater die Kinder unbedingt loswerden. Ich habe mich gefragt: Wie schwierig wird es für manche Frau im 19. Jahrhundert gewesen sein, in einer halb verwaisten Familie ihren Platz zu finden? Wie läuft es in Patchworkfamilien heute? In diesem Märchen sind es die Stiefkinder, die der zweiten Frau ihres Vaters übel mitspielen.

Nach dem ersten Heu kommt das zweite und das dritte und das vierte und das fünfte und manchmal auch das sechste. Was besser schmeckt? Da müsste man die Kühe fragen. Das Wort Grummet ist mehr als 700 Jahre alt und bedeutet Grünmahd. Im Mittelalter hieß es noch grüenmat oder gummat. Grummet enthält mehr Nährstoffe als das erste Heu. Pferde sollte man besser nicht damit füttern – sie könnten Koliken bekommen. Ein Grummet kann auch ein Einzelstück sein: ein Ring aus endlos gedrehtem Tauwerk oder Stahldraht. Das Viehfutter Grummet kann online pro Kilo mehr als drei Euro kosten („die Halme sind weicher und kürzer als aus dem ersten Schnitt, dafür vielfältiger in der Pflanzenkombination"). Der erste Schnitt wird ebenfalls empfohlen: „Der erste Graswuchs eines Jahres enthält die Kraft der Natur in besonderer Weise: Der Rohfasergehalt ist durch die benötigte Kraft, aus dem winterlichen Boden hervor zu wachsen, deutlich höher als bei Pflänzchen, die erst im späteren Jahr durch die schon weich gewordene Erde austreiben. Daher enthält es hochwertige Proteine und Fette..."

Was Bergmähwiesen sind, ist unter anderem auf einer Website des Biosphärenreservates Rhön nachzulesen. Aufnahmen einer Live-Kamera auf der Internetseite der Bergmähwiesen vermitteln einen Eindruck, ersetzen aber natürlich keine dreistündige Wanderung auf dem neun Kilometer langen Bergmähwiesenpfad, der von Freiwilligen des „Vogelsberger Höhenclubs" (VHC) gepflegt wird. Es gibt viel zu entdecken dort oben bei Herchenhain, auch auf einem kinderfreundlichen, deutlich kürzeren Familienpfad. Dass die artenreichen Bergmähwiesen zu den kostbarsten Naturräumen Mitteleuropas zählen, hat sich noch nicht überall herumgesprochen, aber 2024 waren sie immerhin Drittplatzierte bei der Naturwunderwahl der Heinz-Sielmann-Stiftung. Ihr Geheimnis: Die Flächen in dieser besonderen Lage werden von Landwirten und Landwirtinnen wenig bis gar nicht gedüngt und seltener und später gemäht als andere Wiesen, nur ein- bis zweimal und erst ab Mitte Juli.

Mein *Grommed*-Lied ist eine Variation des „Blackwater Blues": *„Ech saa Häh, nid Schdruh, saa mo, mähsde schuh... werre, gedd's Grommed, nomm enn Räche med. Wu dè Wessbaam schdidd, merr Loid ärwenn sehd. All gowwen sè's off, off dè Hähwaa droff. On die Kuh fressd's all, deann ean ihrm Schdall. On easses Häh all, kimmd sè ausem Schdall. Dann weadd's Sommer hieh, on es Groas wässd schieh. Noochem iaschde Häh mir ins werresäih. Ech saa Häh..."* Die Übersetzung: „Ich sag Heu, nicht Stroh. Sag mal, mähst du schon... wieder, gibt's Grummet, nimm den Rechen mit. Wo der Wiesbaum steht, man Leut' schuften sieht. All gabeln sie's auf, auf den (Heu)wagen drauf. Und die Kuh frisst's all, drin in ihrm Stall. Und ist das Heu all, kommt sie aus dem Stall. Dann wird's Sommer hier, und das Gras wächst schön. Nach dem ersten Heu wir uns wieder sehn. Ich sag Heu..."

https://monikafelsing.de/WordPress_O3/?p=1459

21. *Dè Onfload*

Der oberhessische *Onfload* ist auch in Nordhessen kein Fremder. Als Unflat hat er es ins niederhessische Wörterbuch geschafft, das online steht: „Unflat m. 1. „wie gemein-hochdeutsch" (gemeint ist etwa ‚widerlicher Dreck'), 2. ‚unkeuscher, ungezogener, widerwärtiger Mensch', Scheltwort, auch halb scherzhaft gebraucht (Vil. 1868); *Unflat*, jem. ohne Benehmen', Kassel 20. Jh.; *Unflot* (o offen) ‚widerwärtiger Schmutz; widerwärtiger, ungeschliffener, unersättlicher Mensch', Oberellenbach (Hm. 1926). Vgl. mhd. u*nvlât* m., n., (md. auch f.) ‚Schmutz, Unsauberkeit'; mnd. *unvlât* m., f. ‚Unreinigkeit, Schmutz; gemeiner, roher Mensch'." *Onfload* – oder auch *Offload* – ist eine Beleidigung, die vor allem Männern gilt. Frauen wurde ohnehin Bescheidenheit anerzogen. Mütter nahmen sich meist erst dann etwas zu essen, wenn alle etwas auf dem Teller hatten oder schon fast fertig waren.

Wenn hier kein Link steht, war das Audio bei der Veröffentlichung des Buches noch nicht online.

22. *Es Schadche on dè Schaude*

Bevor es Dating-Apps gab, haben auch nicht alle die Partnerwahl dem Zufall überlassen. Manche Kaufleute, die ein großes Netzwerk hatten, betätigten sich als Heiratsvermittler, die in der jüdischen Kultur Schadchen oder Schadchan genannt wurden. Einige sind auch heute noch hauptberufliche Vermittler – und berufen sich als Juden auf Abrahams Knecht Eleaser aus der Bibel, der nach Mesopotamien geschickt wurde, um für Isaak, Abrahams

Sohn, eine Frau zu finden. Er fand Rebekka, und in Abrahams Haus wurde Hochzeit gefeiert. Natürlich kam damals keine Schickse, keine nichtjüdische Frau, infrage. Eine Ehe zu stiften, war aber auch in christlichen Kreisen beliebt und wurde mit materiellen Geschenken belohnt. Mein Urgroßvater Peter Felsing hat von einem Kirtorfer Uhrmacher eine Wanduhr bekommen, weil er ihn erfolgreich verkuppelt hatte. Frieda Bücking erzählt in ihren Berichten aus der Schwalm vom Heiratswerben im großbäuerlichen Milieu.

Herbert Sondheim aus Ober-Gleen hat in den Siebzigern einem seiner Schwiegersöhne deutsche Sprichwörter und Redewendungen erklärt, darunter „Da hab ich mir meinen Hals umsonst gewaschen" (alle Mühe vergebens) und die Bemerkung eines Schwiegervaters, dessen Tochter mit einem Trottel verheiratet ist: „Ich würd ja auch gern lachen, aber der *Schaude* ist mein." *Schaude*, ein jiddisches Wort, ist im oberhessischen Dialekt der Begriff für einen Dummkopf oder Trottel, ein männliches Wesen.

Wenn hier kein Link steht, war das Audio bei der Veröffentlichung des Buches noch nicht online.

23. *Es Mussigkhanns-che*

Musik ist gut für Kühe. Das ist wissenschaftlich erwiesen und wird in der modernen Milchwirtschaft berücksichtigt. Klassische Musik scheint vielen Wiederkäuerinnen besser zu gefallen als Rockmusik, und sie mögen langsame, beruhigende Musik, unter 100 Schlägen pro Minute – ab etwa 120 beats per minute nimmt die Milchleistung ab. Das ist seit Jahrzehnten bekannt: Schon 2001 haben

Psychologen der Universität von Leicester für eine Studie rund 1000 Kühe täglich zwölf Stunden lang mit Musik unterschiedlicher Stilrichtungen beschallt. Klar ist, dass Stress beim Melken vermieden werden muss, denn sonst wird weniger Oxytocin ausgeschüttet. Das Hormon stimuliert die Milchdrüse. Besonders gut kommt Ludwig van Beethovens „Pastorale" bei Kühen an, aber auch „Perfect Day" von Lou Reed und „Everybody Hurts" von REM. Weniger beliebt sind am Melkstand „Back In The USSR" von den Beatles und „Size Of A Cow" von Wonderstuff. Manche Kühe stehen aber eindeutig auf den „Einsamen Hirten" von Zamfir, auf „Hey Jude" von den Beatles oder auf „Mornings at Seven" von James Last, einem der berühmtesten Bremer Musiker.

Die „Gänsemagd", ein Märchen, das Dorothea Viehmann aus Niederzwehren bei Kassel den Brüdern Grimm erzählt hatte, handelt von einer Königstochter, die auf dem Weg zu ihrer Hochzeit von ihrer Zofe übertölpelt wird. Das sprechende Pferd der Prinzessin, der einzige Zeuge, kommt zum Abdecker. Tag für Tag klagt die vermeintliche Magd nun dem Pferdeschädel ihr Leid: „O, du Falada, da du hangest!" Und Falada antwortet: „O, Jungfer Königin, da du gangest. Wenn das deine Mutter wüsste, das Herz tät ihr zerspringen." Im *Mussigkhanns-che* singt eine Kuh, in der Aufnahme ein hessischer Dialektchor: Das Lied dazu ist „Dos Kelbl" (Donna, Donna) von Sholom Secunda aus dem Jahr 1940, aufgenommen 2022 bei unserem Benefizchorkonzert an den Alsfelder Kulturtagen.

https://monikafelsing.de/WordPress_03/?p=1511

24. *Wie die Läwensfroide foadd woar*

Unsere Bremer Nachbarin Regina Dietzold sollte 2024 auch ein Märchen zum Geburtstag bekommen und hat sich als Stichworte dreierlei gewünscht: Lebensfreude, miteinander, anpacken (statt zu jammern). Und dazu ist mir eine Geschichte eingefallen, in der auch andere vorkommen: Dieter, der Feuerwehrhauptmann, Meline, Blumenfee Bärbel und Egon, der in dem Jahr, in dem dieses Märchen geschrieben worden ist, 100 Jahre alt geworden wäre.

Das Lied „Geh aus mein Herz und suche Freud", das ich zur Begleitung des Märchens ausgewählt habe, wird mittags vom Glockenspiel der Walpurgiskirche angestimmt, das der Gemeinde 2006 von dem gebürtigen Alsfelder Karlernst Kalkbrenner (dem früheren Chef des Schreibmaschinenwerkes Olympia in Wilhelmshaven) gestiftet und von der Glocken- und Kunstgießerei Rincker in Sinn (Hessen) hergestellt worden ist. Zu hören sind Melodien um 9 Uhr, 11 Uhr, 12.15, 15 und 19.15 Uhr. Wir haben außerdem unsere Nachbarin Regina gebeten, das geistliche Sommerlied von Paul Gerhardt aus dem 17. Jahrhundert zu singen.

https://monikafelsing.de/WordPress_03/?p=1489

25. *Es Grabbageschbensd*

Auch die Siebziger haben ihre Klassiker. In Hessen ist es sicher die Hymne „Erbarme, zu spät, die Hesse komme". Als im Herbst 2024 in der ältesten der vier Eisdielen in der Alsfelder Altstadt jemand Grappa bestellt, und plötzlich die Frage aufkommt, *woas dè Babba doa hodd*, stellen wir fest: Der Text ist nicht mehr wirklich allen bekannt. Und ich habe Andrea und Sabrina versprochen, una favola darüber zu schreiben. Ecco, *hieh eas doas Märche*.

https://monikafelsing.de/WordPress_03/?p=1513

26. *Woas die Toni sogg on die Hillegadd feanne deed*

Der Titel soll ein bisschen nach Tom Sawyer und Huckleberry Finn klingen. Die Alsfelderin Henny Koch (1854-1925) hat 1890 Huck Finns Geschichten ins Deutsche übersetzt und ansonsten vor allem Jugendliteratur geschrieben. Eine Website informiert über das Werk der oberhessischen Schriftstellerin, die nach Seeheim-Jugenheim gezogen war und auch dort gestorben ist.

Kühe backen keine *Kräppel* (oder *Kräbbel*). Manche Menschen sprechen die hessische Variante der Berliner, frittiert in siedendem Fett, auch *Kreppel* aus. Gegessen werden die *Kräbbel* besonders gern an Fasching. Einige hessische Regionalzeitungen haben dann früher eigens eine *Kreppel*zeitung mit Scherznachrichten als Beilage herausgebracht. Nicht zu verwechseln mit *Kribbel*, Krüppel, einem früher oft gebrauchten Schimpfwort, das sich nicht auf körperliche oder geistige Handicaps, sondern auf den Charakter bezog. Der Mundartdichter, Schriftsteller und Verleger Friedrich Stoltze (1816-1891), dem in gewidmet ist, hat von 1852 bis 1879 mehr als 40 Krebbelzeitungen mit Glossen herausgegeben. Auch online wird die Tradition fortgesetzt: Die Alsfelder Redaktion von Oberhessen Live hat beispielsweise am 5. März 2019 Sensationsnachrichten verbreitet, die als Krebbelzeitung ausgezeichnet waren: „Alsfelder Marktplatz bekommt ein unterirdisches Parkhaus".

Wenn hier kein Link steht, war das Audio bei der Veröffentlichung des Buches noch nicht online.

27. *Es lessde Woadd*

Dieses Märchen dreht sich ums Reden, ums Schweigen, ums Zuhören und um die Macht, die von Worten ausgehen kann. Aber auch das Schweigen ist machtvoll. Und kann, mit etwas List eingesetzt, mehr bewirken als ein Streit. Und nicht immer ist es von Vorteil, das letzte Wort zu haben.

Wenn hier kein Link steht, war das Audio bei der Veröffentlichung des Buches noch nicht online.

28. *Die goldene Bibbel*

Die goldene Farbe von Apfelsaft und Apfelwein kann magische Kräfte entfalten. Im *„Struwwelpeter"*, den der Frankfurter Arzt und Psychiater Heinrich Hoffmann 1844 geschrieben hat, sind es Kinder, die dazu gebracht werden sollen, ihre Suppe zu essen, keine Tiere zu quälen, nicht mit Feuer zu spielen, auf den Weg zu achten, sich vor

Sturm zu hüten, andere Menschen nicht wegen ihrer Hautfarbe zu verspotten, nicht mit dem Stuhl hin und her zu kippen, nicht an den Daumen zu lutschen, sich die Haare und die Nägel schneiden zu lassen, also auch kein *Hämel* zu sein (siehe das Märchen dazu). Das *Struwwelpeter*-Museum in der Neuen Frankfurter Altstadt ist diesem Bestseller aus dem 19. Jahrhundert gewidmet. Mein Märchen erzählt von einem Mann, der eindringlich von seiner Frau davor gewarnt wird, zu viel Apfelwein zu trinken. Und er hätte wohl nicht auch noch in der Nase popeln sollen.

Ein Bembel ist eine Kanne aus Westerwälder Steinzeug (aus dem Kannenbäckerland) für Apfelwein, mit blauen Schnörkeln auf grauer Salzglasur und *Bembelschnuud*, dem Ausgießer. Bei Lia Wöhr und Heinz Schenk im „Blauen Bock" lernte der Rest der deutschen Fernsehnation das Wort, das von *bambeln* (*bambenn*) für baumeln oder von Pampel stammen soll, wie Studenten im 17. Jahrhundert ihre Weingefäße nannten. Heinz Schenk habe ich einmal interviewt – siehe „Unser Astoria". Mehr über Lia Wöhr im Agenda-2030-Buch „08/18". Darin kommt auch mein Lieblingsbembel vor, eine feine Fechenheimer Drahtware, der ich vor Jahren ein Schlüsselanhängerlied zur Melodie von „Bruder Jakob" gewidmet habe: *„Sou enn Bembel, sou enn Bembel hodd è Schnuud, hodd è Schnuud. Schlissel sech on Krembel, Schlissel sech on Krembel schnabbe dudd, schnabbe dudd.* So ein Bembel, so ein Bembel, hat eine Schnute, hat eine Schnute. Schlüssel sich und Krempel, Schlüssel sich und Krempel schnappen tut, schnappen tut." Ob nun mit Apfelsaft oder Apfelwein: Prosten wir dem Frankfurter Walter Günther (siehe Fotobuch: „Die mechanische Bratwurst") zu, der als Fachkraft für Berufsförderung in den Praunheimer Werkstätten für behinderte Menschen und Erfinder schon längst einen goldenen Bembel verdient hätte.

Auch in Oberhessen gab es bis ins späte 20. Jahrhundert Keltereien, und jedes Dorf hatte spätestens ab dem Zweiten Weltkrieg eine Apfelplantage. Bekannt für ihren Apfelwein, auch durch die Willingshäuser Malerkolonie, war Seng in Arnshain. Siehe auch *„Dè Abbelkroddse"* in *„Es woar èmo"* und „Es war einmal". Ein Deutsches Apfelweinmuseum in Frankfurt am Main – die Idee wird seit 2012 propagiert, seit 2019 ist der Ratskeller dafür im Gespräch. Das offizielle Magazin der Apfel- und Obstwiesenroute, der „Apfelbote", kommt im Frühjahr und Herbst heraus.

https://monikafelsing.de/WordPress_03/?p=1519

29. *Es Woaschdmännche on die Liewe*

Gitta, Fiddi, Ahle Wurscht. Die drei Stichworte hat mir ein Nordhesse in Bremen gegeben, der einen Onkel in Eschwege hat, und ich habe mir ein Märchen dazu einfallen lassen. Hilfreich war zu wissen, dass Fiddi einen Sanitätsbetrieb führt, und dank der Berichterstattung über die Diamantene Hochzeit wusste ich auch, dass die Fotos von der Hochzeit nichts geworden waren und Gitta und Fiddi jung geheiratet haben.

Stichwort *Ahle Wurscht*: Meist ist die *Ahle Worscht* oder *Ahle Wurscht* eine *Schdragge*, Stracke, also gerade Wurst, es gibt sie aber auch in runder Form, luftgetrocknet oder angeräuchert, fest, mittel oder weich. Belegt sein soll sie seit dem späten 15. Jahrhundert, also aus der Zeit kurz vor der Reformation: als Feldkieker in der Gegend von Fritzlar. 2004 haben zwölf Betriebe und drei Ehrenamtliche aus der Slow-Food-Bewegung den „Förderverein Nordhessische Ahle Wurscht" gegründet, der auch eine eigene Website betreibt. Kindern hat man früher in Oberhessen Angst mit Geschichten von einem Wurstmännchen gemacht, aber dieses Märchen ist nicht zum Fürchten. Und es greift einen romantischen Brauch auf: Um sich heimlich Botschaften zu übermitteln, haben Liebende in den Fünfzigern und Sechzigern Briefe und Karten mit strategisch platzierten Briefmarken verschickt. Auch meine Eltern. Meine Mutter erzählt als Zeitzeugin in einem der Ober-Gleen-Bände davon. In diesem Märchen ersetzen Wurstbänder in unterschiedlichen Farben die Marken.

30. *Woas è gudd Geweasse wäije dudd*

Ein Märchen über Gewichte, aber auch über Prozentrechnen und andere Spiele mit Zahlen. Wer Freude am Rechnen hat oder sie finden will, ist in der Liebigstraße in Gießen richtig: im Mathematikum in der Nähe des Bahnhofs, drei Minuten vom Gleis entfernt. Oder auch 180 Sekunden, ein Zwanzigstel einer Stunde. Und da eine Stunde der vierundzwanzigste Teil eines Tages ist, sind wir beim Zwanzigstel eines Vierundzwanzigstels eines Tages. Ein Katzensprung. Unter den Knobelfragen, die sich der Mathematikum-Gründer, Professor Albrecht Beutelspacher, während der Pandemie ausgedacht hat und die auf der Website der Institution stehen, ist eine über grasende Kühe, eine über das Teilen von Schokoladentafeln, eine über brennende Zündschnüre, eine über einen zerstreuten Professor, eine über das Werfen von Münzen und sogar eine über Gewichte: „Wie viele Gewichtssteine braucht man, um jedes Gewicht von 1 Gramm bis 200 Gramm auf einer Balkenwaage wiegen zu können?" Es sollen so wenig wie möglich sein.

Wenn hier kein Link steht, war das Audio bei der Veröffentlichung des Buches noch nicht online.

31. *Die Melchwächdern*

Es klappert die Scheibe in der kochenden Milch, klipp klapp. Und wer auf dieses Geräusch reagiert, muss die Herdplatte nicht wischen. Ein so nützlicher Haushaltshelfer hat es nicht verdient, in der Kiste mit den Flohmarktsachen zu verschwinden. Meinen Milchwächter habe ich in dem Laden in Alsfeld gefunden, in dem schon mehrere Generationen von Oberhessinnen und Oberhessen ihre Rührlöffel und flotten Lotten gekauft haben. Und auf der Vorderseite gelesen, für welches auf Nostalgie spezialisierte Kaufhaus Milchwächter heute hergestellt werden.

Wenn hier kein Link steht, war das Audio bei der Veröffentlichung des Buches noch nicht online.

32. *Voo enner, die annern off die Erbs geang*

Es sagt eigentlich schon alles, dass diese außergewöhnliche Frau in Alsfeld schon unmittelbar nach ihrem Tod keinen

Nachruf bekommen hat und dann lange Zeit in ihrer Heimatstadt in Vergessenheit geraten konnte. Posthum wurden Reiseberichte, aber auch andere Beiträge der Schriftstellerin veröffentlicht, unter anderem 1926 in einem Privatdruck in München, der 1994 vom Alsfelder Geschichts- und Museumsverein nachgedruckt worden ist. Aus diesem Band, „Aufsätze und Briefe", zitiere ich in diesem Märchen sehr ausführlich, damit wir die Schwalm mit ihren Augen sehen.

Frieda Bücking (1853–1925) aus Alsfeld, die eheliche Tochter der Alsfelder Tabakfabrikantentochter Nanny Martha Hyppolithe und des aus Friedberg stammenden protestantischen Theologen und angesehenen Vogelkundlers Karl Müller, hatte den Forschungsreisenden und Zoogründer Alfred Brehm als Gast in ihrem Elternhaus erlebt. Verheiratet war sie mit dem Alsfelder Textilfabrikanten Rudolf Bücking, den sie um etwa elf Jahre überlebt hat. Unterwegs war sie schon zu seinen Lebzeiten ungewöhnlich oft für eine Frau ihrer Generation. Und sie war literarisch tätig. Ihre Beiträge über ihre häufigen Reisen in die Schwalm, aber unter anderem auch nach Italien, sind ab 1902 in der Frankfurter Zeitung erschienen, nach ihrem Tod auch in Buchform. Sie fuhr nach Paris und London, zu Ausstellungen nach Berlin, Dresden und Leipzig, zu Ausgrabungen nach Griechenland und Ägypten, und sie sprach mehrere Sprachen. Ihr Alsfelder Zuhause war das große Fachwerkhaus links an der Ecke von Marktplatz und Obergasse.

Wer sich für Schwälmer Tracht interessiert, kann sich unter anderem in den Museen von Willingshausen, Holzburg oder Ziegenhain, auf der Website der Hessischen Vereinigung für Tanz- und Trachtenpflege (Trachtenland Hessen) oder in der umfangreichen Fachliteratur umtun. Historische Bilder von Schwälmerinnen und Schwälmern sind auf der Seite des Landesgeschichtlichen Informationssystems (Lagis) Hessen zu sehen. Heidrun Merk, die erste Vorsitzende des Museumsvereins Holzburg, hat beispielsweise das Buch „Leinen, Samt und Seide. Luxusstoffe für die Schwälmer Tracht" herausgegeben und darin auch die Geschichte der jüdischen Garn- und Tuchhändler beleuchtet.

https://monikafelsing.de/WordPress_03/?p=1309

33. Es logg oo dè Loggeschier

Wann's nid oo dè Loggeschier logg, wu logg's dann droo? In dem Märchen über die Lockenschere reicht ein wenig Magie, um Wahrheiten an den Tag zu bringen, aber auch um über Haare zu reden. Einen Coversong dazu habe ich vor Jahren geschrieben, zur Melodie von Kaiaphas' Solo in „Jesus Christ Superstar": *„Gugg dech doch nur mo oo, wie dè werre aussehsd... Dai laangge Hoarn sai è Schaaaaaand fiersch Voadderlaand..."* Abgedruckt ist es in einem der Liederbücher. Die Lockenschere aber ist die meiner *Omma* Lina, meiner Ober-Gleener Großmutter Lina Felsing, geborene Scheld. Mit der Lupe sind auf Fotos aus ihrer Jugend vielleicht ein paar kleine Löckchen zu sehen, die mit heißer Schere gebrannt worden sind. Wir hatten in den Siebzigern und Achtzigern Lockenstäbe und Schwebehauben...

Wenn hier kein Link steht, war das Audio bei der Veröffentlichung des Buches noch nicht online.

34. Die Bicherfrää
on dè Lääseraddefängger

Der Leserattenfänger kann gebannt werden: Einfach in ein Geschäft gehen, in dessen Schaufenster Lesestoff liegt, an den Regalen entlanggehen, Bände von Stapeln nehmen, darin blättern, sich versenken und dann zur Kasse gehen, bar bezahlen, das Buch einstecken, zu Hause oder im Café auspacken – und lesen. Und lesen. Und lesen. Und lesen. Dieses Märchen ist der aus dem Gründchen stammenden Buchhändlerin Gerlinde Becker gewidmet, aber auch allen anderen, die sich um die Buchkultur verdient machen, wie Beruta Adolf in Bremen. Waldkappell (Capella) ist der alte Name von Grebenau, das an der alten Handelsstraße „Kurze Hessen" und dem Knotenweg liegt, nachzulesen auf der Website von Grebenau. Die Endung naha ist keltisch und bedeutet, zum Beispiel bei Ortsnamen: am fließenden Wasser. Wie bei Glenaha (Gleen). Und Bibo ist ein sehr alter Name, auf den aber auch ein großer, gelber Vogel hört, den wir aus dem Kinderfernsehen kennen. Wer, wie, was? Der, die, das. Wieso, weshalb, warum? Wer nicht fragt...

https://monikafelsing.de/WordPress_03/?p=1332

Nachwort

Wie viel ist wahr, wie viel erfunden? In einigen meiner Märchen verschwimmen die Grenzen zwischen den Fakten und der Fantasie. Das ändert nichts daran, dass sie Lebenserfahrungen widerspiegeln, die Menschen zu früheren Zeiten gemacht haben oder heute noch machen. Die Wahrheit hat viele Gesichter, und das Erfundene ist noch lange keine Lüge, solange niemand das Ziel verfolgt, andere hinters Licht zu führen und zu manipulieren. In der Mundart wiederum ist es nicht leicht, um den heißen Brei herum zu reden. Wer etwas nicht aussprechen wollte, schwieg, manchmal auch mehrdeutig. Mit Heuchelei und Prahlerei kam, wo jeder jeden und jede jede und jeder jede und jede jeden zu kennen glaubte, niemand lange durch. Ehrlichkeit, Anstand und Hilfsbereitschaft waren wichtig für das Zusammenleben und Überleben auf dem Land, auch wenn es Zeiten gab, in denen sie von einer schweigenden oder johlenden Mehrheit nicht praktiziert worden sind. In unserem Band *„Himmel un Höll"* erzählen wir auch davon. Aber auch von Menschlichkeit und gelebter Solidarität.

Die soziale Frage, aber auch die Verfolgung von Minderheiten, die Unterdrückung von Frauen, schwarze Pädagogik oder Naturschutz kommen in meinen Mundartmärchen zur Sprache. Aber es macht mir auch *Schbass*, aus Stichworten eine Geschichte zu machen, einen Haushaltsgegenstand mit magischen Kräften zu versehen oder meine alte Puppe mitspielen zu lassen. Gesprochen hat sie ihre hochdeutschen Sätze tatsächlich selbst und sie wie früher in einer nicht vorhersehbaren Reihenfolge wiederholt. Für mich grenzt es an ein kleines Wunder, dass der Mechanismus seinen Geist noch nicht aufgegeben hat. Und Geist ist auf Hessisch auch Lebensenergie. *Ech huh haut kenn Gaisd*, ich habe heute keinen Geist, ist als Ausspruch dann nicht den ganz Frommen oder den Wahrsagerinnen vorbehalten.

Und wenn sie nicht gestorben sind, leben Märchengestalten und Erinnerungen weiter. Die Brüder Grimm haben das Märchen von den Bremer Stadtmusikanten mit dem Satz enden lassen: Und wer das zuletzt erzählt hat, dem ist der Mund noch warm. Das wäre den Dialekten dieser Welt auch zu wünschen. Und den Menschenrechten. Und der Demokratie.

Geschichtsverein Lastoria Bremen

Unser 2008 gegründeter, eingetragener Bremer Geschichtsverein Lastoria macht Bücher wie dieses erst möglich. Der Erlös unserer ehrenamtlichen Arbeit kommt unserem als gemeinnützig anerkannten Verein zugute oder wird an andere soziale oder kulturelle Projekte gespendet. Unsere Aktivitäten sind ziemlich breit gefächert und oft mit großem Aufwand verbunden: Das ehrenamtliche Team von Lastoria hat seit 2008 unter anderem **drei Galas** mit Kleinkunst (Bürgerhaus Weserterrassen, Bremen) veranstaltet und zweimal den **Ernstpreis zur Erinnerung an Holger Ernst Riekers** an Kleinkünstlerinnen und Kleinkünstler vergeben. Unser Verein hat die della Musica in Bremen, ehemalige Synagoge Ober-Gleen, Café Mutz in Niederursel, Budge-Stiftung in Frankfurt am Main). Wir haben eine **Lesung von Buddy und Gerti Elias** in Bremen ausgerichtet, am **Weidig-Wochenende** in Ober-Gleen und Kirtorf und an Stolperstein-Verlegungen mitgewirkt, **historische Vorträge** in mehreren Bremer Seniorenheimen ermöglicht und 2022 die **deutsch-niederländische Geschichtswerkstatt „Deutschland auf der Flucht. Exil in Amsterdam Zuid 1933-1945"** mit **Silten-Preis-Verleihung** in der Villa Ichon, Bremen, auf die Beine gestellt. Und das jeweils entweder allein oder in Kooperation mit Vereinen, Stolperstein-Initiativen, Privatleuten, Museen, Kirchengemeinden oder anderen. Wir stellen Rechercheergebnisse online, unterstützen die Recherchen anderer, wann immer möglich, und veröffentlichen **Bücher, Hörbücher und Podcasts** zur Geschichte und Gegenwart. Außerdem waren wir beim Ökumenischen Kirchentag mit einer Online-Buchpräsentation zur Agenda 2030 dabei und sind bei der **VHS Vogelsberg mit digitalen Kursangeboten** vertreten. 2020 hat die Wirtschaftsförderung des Vogelsbergkreises mehrere Bücher und CDs unseres Vereins als **„Vogelsberg Original"** ausgezeichnet. Zu unseren Schwerpunkten zählen Alltagsgeschichte, Erzählkultur, Menschenrechte, Demokratie und, bei den hessischen Projekten, auch Mundart. **Netzwerken** ist bei uns Programm, **Mitmachen** auf vielfältige Art und Weise möglich.

Unsere Bücher
gestaltet von Wolfgang Rulfs

Monika Felsing (Hg), Unser Astoria, BOD, Norderstedt 2008. Das Buch über das einstige Bremer Varieté „Astoria", mit dem Schwerpunkt Nachkriegszeit. Zur Ausstellung gab es außerdem eine 60-seitige Broschüre.

dieselbe, **Künstlerleben in Hamburg und Bremen**, Bremen/Duisburg 2010, Auflage: 350.

dieselbe, **Die Waffen? Wieder?**, BOD, Norderstedt 2014. Auf der Basis meiner Magisterarbeit, die ich 1991 im Studiengang Fachjournalismus/Geschichte an der Justus-Liebig-Universität Gießen vorgelegt hatte.

dieselbe, **Ober-Gleen, Band 1: Gliesbeurel inner sich**, BOD, Norderstedt 2013. Sprachführer mit Grammatik und Redewendungen der Owengliejer Mundart, Reiseführer durch ein oberhessisches Dorf. Worüber wird mit wem gesprochen und worüber geschwiegen? Was ist wichtig für ein gutes Leben? Was ist Not, was ist Glück? Ein Zeitzeugenprojekt des Vereins Lastoria, Bremen, zu dem es sechs CDs mit Statements und Musik gibt und das sich nicht auf dieses eine Dorf beschränkt, sondern auch hessische, deutsche, europäische und transkontinentale Geschichte und Gegenwart beleuchtet.

dieselbe, **Ober-Gleen, Band 2: Naut wie Ärwed**, Der Band über Haus- und Erwerbsarbeit, aber auch ehrenamtliches Engagement und Schulzeit, BOD, Norderstedt 2014.

dieselbe, **Ober-Gleen, Band 3: „Himmel un Höll"**, der Band übers Zusammenleben, Auseinanderleben und Überleben im 19. bis 21. Jahrhundert, BOD, Norderstedt 2015. Enthält unter anderem auch sieben Kapitel über Friedrich Ludwig Weidig, den Herausgeber des „Hessischen Landboten", und seine Familie. Armut, praktische Solidarität, Auswanderung, die beiden Weltkriege, den Holocaust, den Neuanfang der Vertriebenen, den Umgang mit Behinderten und Krankheiten, die sich verändernde Kindheit und sehr viel mehr.

dieselbe, **Ober-Gleen, Band 4: „Schbille gieh un feiern"**, der Band über die Geschichte des Feierns und der Mobilität, BOD, Norderstedt 2016. Vom Zufußgehen bis zum Raketenstart, vom regionalen Tourismus bis zum Urlaub in der Ferne, von der Geburtstagsfeier bis zur Kirmes mit Tausenden von Besuchern – auch diese Themen haben viele Faccetten. Umwelt-, Naturschutz- und Klimathemen gehören nicht erst heute dazu. Ende Mai 2025 stehen die 750-Jahr-Feier von Ober-Gleen und die 50-Jahr-Feier der Jugendgruppe an.

dieselbe (Herausgeberin/Übersetzung), **Ruth Stern Gasten, Zufällig Amerikanerin**, Norderstedt 2017. Die Lebenserinnerungen einer jüdischen Nieder-Ohmenerin, die in Livermore in Kalifornien unter anderem einen interreligiösen Gesprächskreis angeregt hat und sich für ein friedliches Zusammenleben und die Demokratie einsetzt.

dieselbe, **„Owengliejer Lirrerbichelche"**, Norderstedt 2018. Lieder im Ober-Gleener Dialekt zu Themen aus unseren Projekten.

dieselbe, **„Naue Lirrer"**, BOD, Norderstedt 2019. Neue Lieder im Dialekt und ihre Hintergründe.

dieselbe, **„Mir"**, das Buch über das Grundgesetz, uns und Europa. Norderstedt 2020. Ein Dialektliederbuch zum Grundgesetz, zu Identität und zu Europa.

dieselbe (Herausgeberin/Übersetzerin), **Ruth Stern Glass Earnest, Das Türchen**, BOD, Norderstedt 2019. Die Kindheitserinnerungen einer jüdischen Diezerin, deren Mutter aus Ober-Gleen stammte. Ihre Familie konnte noch rechtzeitig in die USA fliehen.

dieselbe, „**08/18. Ein hessischer Beitrag zur Rettung der Welt**" über die Agenda 2030 mit Mundart und beispielhaften Projekten aus ganz Hessen und Porträts von Menschen, die sich engagieren oder sich engagiert haben, BOD, Norderstedt 2020.

dieselbe (Hg./Übersetzung), **R. Gabriele S. Silten, „Zwischen zwei Welten"**, BOD, Norderstedt 2020. Die Kindheitserinnerungen einer jüdischen Berlinerin, die in Amsterdam im Exil war und als Kind Theresienstadt überlebt hat.

dieselbe (Hg./Übersetzung), **R. Gabriele S. Silten, „Ist der Krieg vorbei?"**, BOD, Norderstedt 2020. Die Nachkriegserinnerungen von R. Gabriele S. Silten.

dieselbe (Hg.), „**Du on ech**", über Kindheit in den Sechzigern und Siebzigern auf dem Land in Oberhessen, für Kinder von damals, von heute und morgen, BOD, Norderstedt 2021. Covergestaltung zusammen mit Sabine Kirchner und Holger Krüger.

dieselbe (Herausgeberin), **Dokumentation der Geschichtswerkstatt „Deutschland auf der Flucht"** (Villa Ichon, Bremen, 2022) und über die Verleihung des Silten-Preises an Schülerinnen, Schüler und Studierende, die sich mit Holocaustforschung befassen, BOD, Norderstedt 2023.

dieselbe, „**Bettys Nachbarn. Betty's buren**. Verfolgte im Exil in Amsterdam Zuid 1933-1945", BOD, Norderstedt 2023. Ein Gedenkbuch mit Hunderten von kurzen Porträts von deutschsprachigen NS-Verfolgten aus heutigen deutschen Bundesländern, aus Österreich und anderen Ländern Europas. Wichtige Quellen waren unter anderem Stolpersteinplattformen und Joods Monument (Niederlande).

dieselbe, „**Es woar èmo**. Oberhessische Märchen und wahre Geschichten", BOD 2024.

dieselbe, „**Es war einmal**", die hochdeutsche Version des ersten Märchenbuches, BOD 2024.

dieselbe, „**Jetzt fahrn wir... Übersee. Auswanderung von Hessen nach Nordamerika im 19. und 20. Jahrhundert**", Dokumentation des Podcast, 2024 in Kleinstauflage erschienen.

dieselbe, „**Es woar nommo**. Oberhessische Märchen und wahre Geschichten", 2024.

dieselbe, „**Es war noch einmal**", die Übersetzung des zweiten Märchenbuches, 2024.

Unsere Ortsuznamensbüchlein

Monika Felsing, 12 Ortsuznamensbichelchen, gestaltet von Werner Landwehr von der Reproanstalt Otto Landwehr, Bremen, 2020/2021. Zu diesen Minibüchern über die Ortsuznamen von etwa 100 hessischen Dörfern und Städten, versehen mit Gedichten, Erläuterungen und Illustrationen, gibt es unter anderem auch ein Memory, Einkaufsbeutel und Postkarten. Zu beziehen über unseren Verein.

Unsere Ausstellung

„**100 Jahre Astoria**", eine Ausstellung über das einstige Bremer Großvarieté, gestaltet von Werner Landwehr von der Reproanstalt Otto Landwehr GmbH, Bremen.

Unsere Hörbücher und Podcasts

Monika Felsing (Konzept), **Hörbuch Weidig**, CD, 2015. Und als Kurzfassung das Hörspiel Weidig, 2018, zu hören auf www.monikafelsing.de.

dieselbe (Konzept), Hörbuch „**Dè Easchde Krigg**", auf der Grundlage der Feldpost der Brüder Schneider aus Ober-Gleen aus dem Ersten Weltkrieg, CD, 2017.

dieselbe (Konzept), Hörbuch „**Jiddisch Leben**", 2018, sechs CDs, 2018. Das Konzept steht online, auf Deutsch und Englisch.

dieselbe, Podcast **Geschichtswerkstatt „Deutschland auf der Flucht"**, drei Teile, zu hören in der Mediathek meiner Website.

dieselbe, Podcast „**Jetzt fahrn wir... Übersee!**" über die Auswanderung aus Hessen im 19. und 20. Jahrhundert über Bremen und Hamburg. Produktionszeit: 2022 bis 2024. Sechs Teile, aufgenommen mit Ehrenamtlichen, zu hören in meinem Blog. Einfach mit Podcast suchen.

dieselbe, Podcast „**Now we go... Overseas**", sechsteilige englischsprachige Version, in Zusammenarbeit mit Susan Eldridge, geborene Badenhausen, aus Connecticut (USA). In Arbeit, zu hören vermutlich noch 2024, und dann wahrscheinlich auch auf meiner Website.

Bilderverzeichnis

Justus Randt hat fast alle Fotos gemacht, die in diesem Band und dem anderen Band zu sehen sind. Für die Mundartausgabe hat er Spielzeug aus Privatbesitz fotografiert, für die hochdeutsche Ausgabe Gegenstände, unter anderem eine mechanische Schreibmaschine, eine Locken-schere (aus dem Nachlass meiner *Omma* Lina), Gewichte, handgewebtes Leinen aus der Schwalm, einen Milchwächter und eine Kaffeemühle. Fünf Fotos in der hochdeutschen Ausgabe stammen von mir. Zunächst einmal das Foto vom dösenden Wildschwein im Tierpark an der Sababurg im Reinhardswald, in Sichtweite des „Dornröschenschlosses". Der 1571 als Tiergarten eingerichtete Park ist einer der ältesten und größten Wildparks in Deutschland und besteht aus einem Urwildpark, einem Archepark und einem Kinderzoo. Als weitere Motive habe ich ein Gänseblümchen, eine Station im „Wortreich" und ein Porträt von Karl Gemmer beigesteuert und die Gänsehirtin vom 1958 in der Alsfelder Altstadt errichteten Schwälmer Brunnen, den der Bildhauer Wilhelm Heidwolf Arnold (1897-1984) in Allendorf (Lumda) nach einem Entwurf des Alsfelder Grafikers Willi Weide (1925-2011) im Auftrag der Stadt gestaltet hatte. Die Restaurierung des Brunnens hat 2021 begonnen und hätte 2022 abgeschlossen sein sollen, doch die Gänseliesel in Schwälmer Tracht, das Urbild des deutschen Rotkäppchens, ist im Herbst 2024 immer noch nicht wieder an ihrem Platz. Warum, ist in den lokalen Medien nachzulesen.

Blog

Den oberhessisch-hochdeutsch-englischen Blog Owenglie auf der von Wolfgang Rulfs gestalteten Website www.monikafelsing.de schreibe ich seit 2015. Solange der Vorrat reicht, ist Mittwoch Märchentag. Kommentare, auch zu anderen Beiträgen, sind willkommen.

Unterstützung

Wir schaffen was – aber auf Dauer nur gemeinsam! Unser kleiner Verein netzwerkt viel und kooperiert bundesweit und international mit Partnerinnen und Partnern, die sich wie wir für den Erhalt der Erzählkultur, der Menschenrechte, Demokratie und Mundart einsetzen. Wer unsere ehrenamtliche, gemeinnützige Arbeit unterstützen möchte, kann Mitglied in unserem Geschichts- und Kulturverein werden, bei der Umsetzung von Projekten helfen oder uns eine Spende zukommen lassen. Die Kontakt- und die Kontodaten stehen auf www.lastoria-bremen.de. Außerdem ist der Kontakt auch über meine persönliche Website möglich, auf der unser ehrenamtliches Engagement dokumentiert ist.

Moderne Mundart

Da oben auf dem Ofen, da liegt ein Schafsbraten, mit Knoblauch und Speck (Variante: mit Knoblauch gespickt). Komm, Vater, willst du auch ein Stück? *Menn Voadder* (1937-2009) konnte gar nicht genug bekommen von diesem Reim über ein gegartes Stück Fleisch, und er hat sich einen *Schbass* daraus gemacht, darin von einem Dorfdialekt in den nächsten zu wechseln. Es war ein Kunststück für sich, sprachlich wie geografisch, und wer bei diesem Rezept die feinen Unterschiede herausschmecken wollte, musste gut aufpassen. Kam *Pauls Kall* erst einmal in Fahrt, dann wanderte er von Ober-Gleen über Ohmes quer durch den Vogelsberg und ließ einzelne

Selbstlaute hinter sich wie der Lauterbacher Strolch seinen linken Strumpf: *„Doa owe offem Owe, doa läid enn Schoafsbroare, med Knowwelouch on Schbägg. Komm, Voadder, widde aach è Schdegg? Doa öwe offem Öwe..."*

Es war ein bisschen wie bei dem Kinderlied von den drei Chinesen: *Drai Schineese memm Konndrabass sasse off dè Gass on vèzohlde sech woas. Doa koom enn Bollidsissd. Ai, woas eas dè doas? Drai Schineese memm Konndrabass.* Als ich klein war, habe ich es auf Hochdeutsch gesungen, denn mein Bruder und ich gehören zur ersten Generation, die fast ohne *Pladd* aufgewachsen ist. Der Lauf der Welt. Dialekt war zwar noch nie etwas gewesen, mit dem man in der Schule hätte punkten oder Karriere machen können, außer vielleicht im Vieh- und im Landmaschinenhandel, doch spätestens in den Sechzigern war sein Ruf vollends ruiniert, und Eltern und Großeltern wurde geraten, Hochdeutsch mit den Kindern zu reden.

Einer Provinzposse verdanken wir ein seltenes Filmdokument, in dem Mundart die Hauptrolle spielt: Im Sommer 1961 beantragt ein Lokalpolitiker in Dreihausen im Ebsdorfergrund, dass im Gemeinderat kein Dialekt mehr gesprochen werden darf, obwohl acht der neun Männer in diesem Gremium Einheimische sind. Die Abstimmung fällt denkbar knapp aus, vier zu vier Stimmen, bei einer Enthaltung. Antrag abgelehnt, Skandal perfekt. Kurz darauf fährt ein Fernsehteam des Hessischen Rundfunks in den Landkreis Marburg, um den Antragsteller und den Bürgermeister zu interviewen (ARD Mediathek/HR Retro), doch der Reporter hat Pech. Keiner der beiden will vor die Kamera. Bleiben der Oppositionsführer („die Herren dachten wohl, wir würden bei einer hochdeutschen Sprache nicht mehr so redegewandt sein"), der aus dem Sudetenland stammende Schriftführer („ich bin schon 15 Jahre im Ort ansässig und verstehe die heimische Sprache sehr gut und kann danach eine Niederschrift anfertigen") und ein paar andere Mannsbilder aus dem Dorf, die glaubhaft versichern, „dass wir uns auf Platt so gut verstehen wie auf Hochdeutsch". Das Ergebnis ist ein sechsminütiger Nachrichtenbeitrag mit Geschnatter, Muhen und Gegacker als Hintergrundmusik, Fachwerk, Feldern und so manchem sanft gerollten R. Eine Reportage, hart an der Grenze zur Satire.

Auch noch Jahrzehnte später fühlten sich Großstadtmenschen uns Landeiern und unserem Dialekt hochhaushoch überlegen. In den Ohren des Darmstädter oder Wiesbadener Bildungsbürgertums klang *Owwerhessisch* nach einer Gegend, „wo die Höhlen allesamt Hausnummern tragen, wo der Wind rauer weht, wo man keinen versteht". Über die Vulkanregion, ihre Menschen und deren Ausdrucksweise auf diese Weise herzuziehen, kann sich heute fast nur noch ein gebürtiger Thüringer erlauben: Der Musiker Thomas Koppe wohnt in Hüttenberg und hat bei einem Kabarettwettbewerb im Frankfurter Gallus-Theater mit seinem Spottlied über den Vogelsbergkreis einst drei erste Preise abgeräumt.

Die vèoarsche dech, wu dè dèbai säisd, die verarschen dich, während du dabei bist, entrüsten wir uns in Oberhessen, wenn andere Leute uns veräppeln. Selbst sind die *Owwerhesse*! In den Achtzigern und Neunzigern

haben vor allem Männer Geschichten und Mundart-
gedichte über die *Maarer Frää* (die Frau aus Maar), den
General *Bunnsobb* (General Bohnensuppe) und andere
Originale geschrieben, ein Trend, gefördert von dem
Alsfelder Journalisten Karl Brodhäcker als Autor und
Verleger. Heimatlieder hatten von Schweinen zu handeln,
die im Garten wühlen, oder von Roterübenrupfmaschinen,
manchmal auch von Streuselkuchen. Die Mundartgruppe
„Fäägmeel" (Fegmühle, in der das gedroschene Getreide
von den Spelzen gereinigt wurde) – Siegward Roth,
Berthold Schäfer und Walter Krombach – hat den
mittelhessischen Dialekt von 1985 bis 2005 auf die Bühne
gebracht. Später füllte ihr Nachfolger *„Meelstaa"* (Mühl-
stein) die Säle. Im Gästebuch der Website gibt es reichlich
Beifall für die Musik, die Mundart, den Humor und die
Poesie. *„Fäägmeel"* ist auch der Band „Halb 6" zum Vorbild
geworden: Jürgen Litzka aus Alsfeld und die Feldaer *Brirrer*
Günter und Peter Seim besingen *Alsfealler Jungge*, die
Alsfealler Mädche lieben. Und meine Mutter, ein *Alsfeller
Mädche*, dreht den CD-Spieler lauter.

In dem zweibändigen Band *„Fäägmeel – E Geschicht fier
sich"* schreibt Siegward Roth, zitiert 2020 auf der Website
der Gießener Allgemeinen: *„Wann sich Mensche dofier
geschaamt hu, deass se platt schwätze deare, dann woar
doas neat nur uvernünftich und psychisch bedenklich fier
däijeniche sealwer. Es woar aach schwier erträglich, wann
mer doas vo auße metogucke muss.* Wenn sich Menschen
dafür geschämt haben, dass sie Dialekt sprachen, dann
war das nicht nur unvernünftig und seelisch bedenklich
für diejenigen selbst. Es war auch schwer erträglich, wenn
man das von außen mitansehen muss.

Zumindest die *Scherwewädds* (Ortsuzname der Menschen in Dreihausen) im HR-Film haben sich ihrer Mundart nicht geschämt. „Ich halte den Antrag für lächerlich", sagt einer auf Hochdeutsch. „Man sollte doch so sprechen, wie uns der Schnabel gewachsen ist." Auch so zu schreiben, macht selbst 60 Jahre später noch einen Unterschied. Historische Forschungsbeiträge und Sachbücher mit Dialekt finden kaum Beachtung in Schulen und Universitäten, weil Mundart eben noch immer nicht ernst genommen wird. Mundartfans wiederum erwarten etwas zum Lachen und fürs Herz, Heimatgefühle, keine Vorträge oder oberhessische Coversongs über Friedrich Ludwig Weidig, die NS-Zeit oder die Agenda 2030. *Mach's annerschd*, würde unsere Nachbarin Toni sagen.

Warum eigentlich nicht? Die Plattdeutschen Nachrichten von Radio Bremen sind so seriös wie beliebt, *„Kristallnaach"* von BAP kommt ohne Übersetzung aus dem Kölschen aus, und der Duden hat nicht nur einen Podcastteil über Dialekt („Was viele, die eine negative Meinung über Dialekte haben, gar nicht wissen: Dialekte sind eigene, vollständige Sprachen, und außerdem sind sie erheblich älter als unsere geschriebene Standardsprache"), sondern unter anderem auch eine plattdeutsche, eine fränkische, eine bairische, eine pfälzische, eine sächsische und eine hessische Ausgabe („Vom *Babbeln* und *Schnuddeln*", Lars Vorberger). *Gidd doch!* Aus Respekt und alter Verbundenheit tragen alle Ober-Gleen- und alle Liederbände aus unserem Oral-History-Projekt Mundarttitel, wandere ich auch in meinem Blog zwischen Hochdeutsch und *Owengliejer Pladd* wie mein Vater zwischen den Dialekten oder die märchenkundige Witwe Dorothea Viehmann

(1755-1815), geborene Pierson, von ihrem Fachwerkhaus in Niederzwehren zur Kasseler Wohnung der Grimms, wo ein silbernes Löffelchen neben der Tasse zu liegen pflegte.

Heute spricht in den Generationen X, Y und Z kaum noch jemand fließend *Pladd*, doch Kult zu sein, bedarf es wenig: Worte wie Kolter (*Kolter*) für Wolldecke, Kneipchen (*Knäibche*) für Schälmesser und Apfelkrotzen (*Abbelkroddse*) für Apfelkerngehäuse gehören, hochdeutsch verballhornt, aber gerade noch erkennbar, zur Regionalsprache, dem Regiolekt. Wer das Original schätzt, kann bei Hedwig Witte (Rheingau), geborene Schmidt, Emil Winter (Heuchelheim), dem 2015 in Marburg verstorbenen Germanisten Hans Friebertshäuser, Ortwin Koch (Niederklein), Karl Brodhäcker (Alsfeld) oder Jürgen Piwowar (Laubach) nachschlagen. Einige ihrer Bücher sind nur noch antiquarisch und mit etwas Glück erhältlich. In jüngerer Zeit haben Herbert Loch (Mücke-Ruppertenrod), Andrea Vogel (Dreihausen), der Kultur- und Heimatverein Maar, Bernd Strauch (Gießen), Doris Schmidt (Heimertshausen) und andere Ehrenamtliche und Hauptberufliche Dialektwörtersammlungen oder Sachbücher mit Mundart herausgebracht, wie unser Verein Lastoria auf der Grundlage des *Owengliejer Pladd*. Der Dachverband Mundart grüßt online mit *„Goure!"*, wo *Gliesboirel „Gurre"* sagen würden, und versucht zwischen denen, die es ganz genau nehmen, und denen, die auch mal *finnef groad sai leasse*, zu vermitteln: Bei Mundart könne man nur einen Fehler machen, nämlich, sie nicht zu sprechen. *Schwassd Pladd, wie ouch dè Schnowwel gewosse eas.*

Mit diesem neuen Selbstbewusstsein hat das Aschenputteldasein ein Ende, das Erbsenzählen auch. Mundart ist als

Regionalsprache anerkannt, wie die im Sommer 2024 eröffnete, interaktive Sonderausstellung im „Wortreich" in Bad Hersfeld zeigt: „Ich verstehe euch nicht, ihr müsst ein bisschen lauter sprechen, *schwatzen*, *babbeln*, *schnuddeln* – (Sprach-)Vielfalt durch Dialekte". Wie sagt wer zum Pantoffel? Oder zum Bonbon? Mögliche Antworten stehen auf dem Einwickelpapier des *Guuds-chens*, das im Namen des Kooperationspartners, des Deutschen Sprachatlasses, verteilt wird: „Klümpchen, Guuzi, Kamelle, Zuckerstein." Ein *Zoggerschdäi* war in meiner Kindheit noch kein dunkelgrauer bis anthrazitfarbener Kalkstein, mit dem heute in toten Vorgärten Metallkörbe befüllt werden, sondern einer der Gründe dafür, dass unsere Zähne anthrazitfarbene Füllungen bekamen. Beim *Ziehdogder.*

Das Bundesland Hessen fördert die sprachliche Grundlagenforschung, unter anderem das Forschungszentrum Deutscher Sprachatlas an der Universität Marburg und damit auch die Arbeit von Professor Alfred Lameli. Der Wissenschaftler befasst sich damit, wie sich der Dialekt verändert hat, wie er sich weiter verändert, wie er andere Sprachen beeinflusst, Identität stiftet, Nähe und Vertrautheit ausdrückt, um doch zu sagen: ein Gefühl von *Heemed.* „Zum Schutz und zur Förderung der Dialekte" hat das Hessische Ministerium für Landwirtschaft, Umwelt, Weinbau, Forsten, Jagd und Heimat 2024 erstmals den Hessischen Mundart-Preis ausgelobt, der jährlich vergeben werden soll. Gewürdigt wird „die Leistung engagierter Menschen, die sich für die Sicherung des Kulturgutes und die Stärkung der regionalen Identität einsetzen". Der Mundart-Preis soll „die Sichtbarkeit der Dialekte erhö-

hen" und „die Menschen für die hessische Sprachvielfalt begeistern". Als Tag der Preisübergabe ist der von der Unesco „zur Förderung sprachlicher und kultureller Vielfalt und Mehrsprachigkeit" ausgerufene Internationale Tag der Muttersprachen vorgesehen, *dè Doag voo dè Mamme ihr Schbroach*, der 21. Februar.

Woas sai ech, wu komm ech her, on wurim sai ech nid doa geplewwe? Frei nach Matthias Beltz („Was ist der Mensch? Wo kommt er her? Und warum ist er nicht dort geblieben?") habe ich in den Neunzigern angefangen, nach meinen sprachlichen Wurzeln zu suchen, und habe Dialektworte gesammelt. *Äis, noch äis on noch äis...* Meine Ober-Gleener Großmutter (*Omma* Lina) hat Wort für Wort beigetragen, nach ihrem Tod dann unter anderem Lina Löb (*Ammegridds* Lina), Toni Heinicke (*Schelde* Toni), Toni Dick (*Waachnesch* Toni), Dieter Ruppert (*Zimmerhannesse Dieder*), Sabine Kirchner (*Endesche* Sabine), Birgit König (*Gemmesch Birgidd*) und Karl Gemmer (Koads Kall, stellvertretend für alle abgebildet, siehe mein Foto aus dem Jahr 2021 auf Seite 241, aufgenommen auf seinem Hof).

Manches sind alte, nur noch selten zu hörende Mundartbegriffe, die *Endesche Kall* und *Endesche Miele* noch gekannt haben, die mit meiner Oma *ean Owenglie* zur Schule und in die Spinnstube gegangen sind. Andere Begriffe sind modern, wie zum Beispiel *Kombjuder* oder *Fäisbugg* oder *Eleggdroaudo*. Ich habe sie ins *Pladd* übertragen, der Aussprache nach, so umstandslos, wie früher Begriffe aus dem Jiddischen, dem Hebräischen, dem Französischen und anderen Sprachen in den Dialekt eingezogen sind.

Ohne sprachwissenschaftlichen Anspruch versuchen wir, das *Owengliejer Pladd* so authentisch abzubilden wie möglich und Lust aufs Mundartreden zu machen. Aber nicht alle in einem Dorf sprechen gleich, nicht einmal die, die den Dialekt mit der Muttermilch aufgesogen haben. In der Obergasse klingt manches etwas anders als in der Borngasse. Im Laufe eines Lebens und auch von Generation zu Generation verändern sich Laute und auch der Wortschatz. In Familien, Nachbarschaften und Freundeskreisen wird nicht nach Dialektlehrbuch geredet, sondern nach Vorlieben und Gewohnheit, und so ein sprachliches *Kwerdorchdègoadde* (Quer durch den Garten, eine Gemüsesuppe) kann viele geheime oder sehr spezielle Zutaten haben. Meine Mutter (*Pauls* Helga) hat zu meinem Ober-Gleener Grundwortschatz ein wenig Alsfelder *Pladd* beigesteuert, und einiges dürfte ich unbewusst von Schulfreundinnen aus anderen Dörfern übernommen haben oder aus Mundartbüchern anderer hessischer Autorinnen und Autoren.

Um auch absoluten Anfängerinnen und Anfängern die Aussprache zu erleichtern, haben wir verhältnismäßig wenig Sonderzeichen verwendet und zahlreiche Audios veröffentlicht. Weil Menschen mit Artikel oder mit Dorfnamen genannt werden, habe ich das beim Übersetzen beibehalten: Es ist also beispielsweise nicht von Lina die Rede, sondern von der Lina, nicht von einem Wirt namens Karl, der einen Nachnamen hat, sondern von *Weadds Kall*. Von Wendungen wie „der Toni ihrer Oma ihrem Acker" habe ich dann allerdings doch abgesehen... Waren Mundartworte wie *Hämel* oder *Schaude* nach meinem Verständnis nicht zu ersetzen, sind sie auch in der hochdeutschen Version zu finden. Und wenn ich von der Vorlage abgewichen bin, habe ich den Originalbegriff in die Fußnoten gepackt.

Wer das Original des Märchenbuches gelesen hat und Übersetzungshilfe braucht, findet Vokabeln in meinem Blog oder kann zur hochdeutschen Ausgabe greifen, aber ich beantworte auch sehr gerne Fragen zu den Märchen. Kontakt ist über die E-Mail-Adresse auf meiner Website www.monikafelsing.de möglich. Manche Schreibweisen haben sich im Laufe von mehr als zehn Jahren leicht verändert. Sabine (Kirchner) und ich haben über einiges bis ins kleinste Detail diskutiert, und ihr *Woadd* zählt für mich. Wenn ich ausnahmsweise etwas nicht korrigiert habe, dann auf die Gefahr hin, falsch zu liegen, aber aus einem für mich guten Grund: weil mir meine Version gefühlsmäßig näher war.

Das Oberhessische ist anspruchsvoll. Laute wie e und i sind nicht immer eindeutig auseinander zu halten. Doppellaute kuscheln sich aneinander wie Ferkel unter der Schweinelampe, wie die *Läffel* in der Besteckschublade. Ist der Blitz im *Owengliejer Pladd* ein *Bledds* oder ein *Blidds?* Es ist beim Korrigieren ein *Blidds* geworden. *Schraiwe* schreibe ich nun anstelle von *schräiwe, blaich* anstelle von *bläich* für bleich, *waid* anstelle von *wääd* für weit, und *wäirer* für weiter, auch wenn mir *wärer* auf den Lippen liegt, *Abbrel* anstelle von *Abbril* für April, *Angsd* anstelle von *Aangsd, Hedd* anstelle von *Hidd* für Hütte, *gesùchd* anstelle von *gesichd, zengge* anstelle von *zängge, Kanneflegger* anstelle von *Kannefligger.* Ich denke nach wie vor an eine *Kich,* wenn von einer Küche die Rede ist, weiß aber, dass ich eigentlich *Kech* schreiben sollte, und richte mich danach. Manchmal setzt sich die *Kich* heimlich durch.

Letztlich zählt beim Dialekt und auch beim Regiolekt das Bauchgefühl. Authentisch ist, was unverstellt und nicht gekünstelt ist. Manches habe ich deshalb so gelassen, wie es mir vertraut ist, auch wenn es kein authentisches *Owengliejer Pladd* sein mag. Von der *Schull* habe ich mich ungern getrennt: Wie oft habe ich *Gliesboirel* über *Schullliehrer* reden hören... Im Text ist die Schule nun eine *Schul*, der *Schullliehrer* ist geblieben, und da habe ich mich bei *Wachnesch* Toni rückversichert. Von *pläiwe* habe ich mich getrennt, weil *plaiwe* korrekt ist. Und „du bleibst" bleibt *du pläibsd.* Wenn es um angetrockneten Nasenschleim geht, schreibe ich auch in Zukunft *Bibbel* statt *Bebbel.* Aus *mais* (meins) hat Sabine *maais* gemacht und einen Beispielsatz geliefert: *Maai Klääd muss robbgelesse weann, sääd die Miele. Maais kann ech ean dè Sagg geduh, sääd die Frieda.* Mein Kleid muss rausgelassen werden, sagte Miele. Meins kann ich in den (Altkleider)sack tun, sagte Frieda. Schwierig bleibt die Entscheidung, was wir mit den drei Geschlechtern der Zahl Zwei machen: *È Dass* (eine Tasse) ist weiblich, aber es ist durchaus üblich, *è zwädd Dass Kaffie* zu trinken, keine *zwuud Dass.* Karl Gemmer hat *mir zwie* vorgegeben, wenn zwei Männer oder ein Mann und eine Frau „*Haut eas sou enn Doag fier die Domme*" singen, für andere wären es *zwä. Zwu* Möglichkeiten, wenn wir *zwä* so wollen.

Ich muss zugeben: Es hat mich große Überwindung gekostet, meine Dialektmärchen aufzunehmen, und auch wenn mir das inzwischen leichter fällt, würde ich ungern etwas vor Publikum vorlesen. Mundart zu sprechen, ist eben etwas vollkommen anderes, als Lieder und Gedichte *off Pladd* vorzutragen, eine sehr viel alltäglichere Angelegenheit. Gelebtes Leben, eine Selbstverständlichkeit für alle, die damit groß geworden sind. Diese Leichtigkeit fehlt mir beim Reden. Bei Liedern trägt mich die Melodie, bei Gedichten das Versmaß, und wischt meine Skrupel weg. *Doa kenn ech naut*: Ich habe schon in Läden, in Wohnzimmern und auf Wochenmärkten Mundartlieder angestimmt, auf der Straße, in Dorfgemeinschaftshäusern, der Ober-Gleener Synagoge und dem Synagogenraum der Budge Stiftung in Frankfurt, in einem Dienstzimmer in einem Rathaus, am Telefon und an einer Frankfurter Ampel, bei einer Stolpersteinfeier, in der Natur, und schon einige Male allein auf einer Bühne, doch am liebsten singe ich gemeinsam mit anderen. Die Erinnerung an die Menschen, die *Owengliejer Pladd* gesprochen haben, lebt in jeder Silbe weiter.

Dank

Wann sè's missde, däre sè's nid, hat meine Omma Lina oft gesagt. Wenn sie es müssten, täten sie es nicht. Das gilt für vieles, für das Menschen eine Leidenschaft entwickeln, und für ehrenamtliches Engagement ganz besonders. Freiwillige Arbeit muss Freude machen, weitgehend selbstbestimmt sein, Talente entfalten helfen, Menschen miteinander verbinden und einen tieferen Sinn haben, wenn sich der Aufwand lohnen soll. Wenn nicht jetzt, dann nicht: Das Gefühl, dass wertvolle Erinnerungen und spezielles Wissen unwiederbringlich verloren gehen, falls nicht gehandelt wird, hat die Entscheidung, unentgeltlich in einem Team für eine gute Sache zu arbeiten, stark beeinflusst. Und dann ergab sich eins aus dem anderen, und aus dem anderen wieder eins. Und am Ende steht der Dank. In einer Zeit, in der das *Lammediern, Besserweasse, Schdänggern, Schembe* und *Broddsenn* in Mode ist, darf der *Daangk,* dachte ich, etwas länger ausfallen.

Fangen wir mit Wolfgang an. Wolfgang Rulfs (Bremen, heute Delmenhorst) hat dieses und die anderen Bücher unseres Vereins gestaltet, das ist rekordverdächtig, und mein Dank ist es auch! Und schon sind wir bei Justus. Justus Randt (Bremen) danke ich allerherzlichst dafür, dass er dieses Ehrenamt von Anfang an mitträgt, aber auch fürs Fotografieren, fürs Zuhören, fürs Diskutieren und für das Korrekturlesen der hochdeutschen Fassung. Werner Landwehr (Bremen) verdanke ich die *Bichelchen* und das Memory mit den Ortsuznamensgedichten, meine Ehren-amtskarten und die Podcast-Bücher. Dank Dir, Werner!

On wäirer gidd's: Daangge, Sabine! Sabine Kirchner (Ober-Gleen) danke ich fürs gründliche Korrekturlesen der Mundartmärchen, für ihre Ratschläge und Erwägun-gen, fürs Loben und Motivieren und für ihre eigenen Erinnerungen, in die ich mich so gut hineinversetzen kann. Nach dem Korrigieren des Mundartbandes hat sie mir geschrieben, was ihr zum Herbst einfällt, und ich habe den Text mit ihrer Erlaubnis in meinen Blog gestellt. Zu finden ist er mit den Stichworten Sabine und *Äbbel.*

Meiner Mutter Helga Felsing (Alsfeld, Ober-Gleen, heute Bremen) danke ich für ihr Ohr, ihren Humor und so manches Dialektwort. Die Begeisterung meines Vaters für den Dialekt und die Region hat sich dann doch noch auf mich übertragen, und ich danke ihm auch heute noch dafür, dass er mich hat meinen Weg gehen lassen und dass wir trotzdem einen gemeinsamen Weg gegangen sind und immer verbunden sein werden. Mein Bruder Karlheinz hat sich auf einigen Fotos in unserem Projekt wiedergefunden, genau wie mein Onkel Hans, mein Onkel Herbert und andere Verwandte. Auch wenn ich mich nicht daran erinnern kann, ob sie mir Märchen erzählt haben, bin ich dankbar dafür, dass ich zwei liebevolle oberhessische *Ommas* hatte. Dialekt ist schließlich auch eine Großmuttersprache.

Nachträglich danke ich unserer verstorbenen Nachbarin Lina Löb fürs Dialektwortesammeln, allen, die mir beim Dialektlernen geholfen und die Geduld nicht verloren haben, unserer Freundin Elfriede Roth aus Lauterbach, die ihren 100. Geburtstag (2025) nun doch nicht mehr erlebt hat und große Fußstapfen hinterlässt, aber auch Egon Brückner (Egerland und Ober-Gleen), der 2024 hundert Jahre alt geworden wäre und unser Projekt von Anfang an unterstützt hat, stellvertretend seiner Tochter Christl Brückner-Aubry und ihrem Mann Marc (Paris). Während der Arbeit an diesem Manuskript ist Usch Weber gestorben, die Wirtin des Ober-Gleener Gasthauses „Zum Stern", *bai Eggschdäis*, in deren Saal wir früher gefeiert und im Laufe unseres *Owenglie*-Projekts in großer Runde zwei unserer Bücher vorgestellt haben. Auch Dieter, Walter, Elli, Elayne, Emma, Lina, Heinrich, drei Ober-Gleener und ein Alsfelder mit Vornamen Karl, Mariechen, Erika, Rudolf, Alfred, Irmgard, Erhard, Meline, zwei Ober-

Gleenerinnen mit Vornamen Hedwig und andere Zeitzeuginnen und Zeitzeugen, unser früherer Vereinsvorsitzender Walter und seine Frau Renate, Rosi, Eckfrid und Traudl sind seit dem Start unseres Projektes gestorben und werden nicht vergessen.

Dangge auch an Erika Thies (Worpswede), Heide Habermann (Frankfurt am Main), Christel und Harald Grein (Romrod-Zell), Marga Dittmar (Alsfeld), deren Mann, der verstorbene Heimatforscher und Lehrer Heinrich Dittmar, sich intensiv mit hessisch-jüdischer Geschichte befasst hat und 2024 geehrt worden ist, Gerda und Horst Dluzenski (Ober-Gleen), Burghard Bock, Kerstin Thompson, Kritika Thapa, an Annelie Stöppler, Willfried Meier, Beruta Adolf, Jürgen Moser, Reinhard Jung und andere Mitglieder von Lastoria, Barbara Schellhorn und Regina Dietzold (alle Bremen und umzu), Astrid Kehl (Appenrod, heute Frankfurt am Main), die *Bicherfrää* Gerlinde Becker (Grebenau), Karin Gröger und das Team der VHS Vogelsberg, Annette Wettlaufer und alle anderen von Vogelsberg Original, Ägidius Kluth und Andrea Weißing vom Alsfelder Antiquariat „Buchbasalt", an das Team des Regionalladens von Kompass Leben e.V. am Alsfelder Marktplatz, das Team des „San Marino" und das Team der Eisdiele „Venezia" (Alsfeld), Veronika-Henriette und Herbert Loch (Ruppertenrod, heute Schleswig-Holstein, „Grimms Märchen *off* Platt" und *„Voo Ääre bis Zwulch"*, erschienen im Frauenzimmer-Verlag), Elisabeth Wagner (Dreihausen, heute Marburg), den Ober-Gleener Künstler Bernhard Wald alias „Faldon" (heute Marburg), dessen Bilder hoffentlich noch einmal ausgestellt werden, die Marburger Verlegerin und Autorin Annette Schüren („Kirtorf und das

Eußergericht"), die Mitwirkenden an unserem Podcast „Jetzt fahrn wir... Übersee", die Offene Bühne des I. Bremer Ukulelenorchesters im Brodelpott in Walle, Helmut Meß (Heimatverein Stadt Kirtorf), Veronika Bloemers und Arnulf Triebel (Ober-Gleen und Frankfurt am Main). *Ech daangk ouch. Joa, dir aach! Selld ech ausgerechend dech vègäasse huh? Gieh foadd! Fiehl dech gedreggd.*

Aus meinem Blog ins Buch: Märchen im und aus dem *Owengliejer Pladd*.

Schuhwerk in der Dialekt-Sonderausstellung im „Wortreich" in Bad Hersfeld.